JN246992

マリー・ダリュセック

待つ女

高頭麻子訳

藤原書店

Marie DARRIEUSSECQ
IL FAUT BEAUCOUP AIMER LES HOMMES
©P.O.L 2013
This book is published in Japan by arrangement with P.O.L,
through le Bureau des Copyrights Français, Tokyo.

待つ女　目次

III

Ⅳ

V

待つ女

男たちをいっぱい愛さなくてはならない。いっぱい、いっぱい、いっぱい。彼らを愛するために、いっぱい愛さなくてはならない。そうでもしなければ無理、耐えられないから。

マルグリット・デュラス

七つの海の向こうには
澄み渡った空の下のそこに
一つの市《まち》があると人は言う。
そこでの滞在に魅せられて
黒い大きな木々の下
夜ごと、そのまちに
私の希望は向かっていく

ジョセフィン・ベーカー

人は海を渡り、ある大河に行き着く。飛行機でだって行ける、とは私は言わない。とにかく大河に行き着いたら、大河に入っていかなくてはならない。ときどき港があり、クレーンがあり、貨物船があり、水夫たちがいる。そして夜には灯りが。居住可能な三角州の地域にある港だ。それから、人影はなくなる。大河を遡るにつれて、ただ木々だけになっていく。

クレジット・タイトル

それは大志を抱いている男であった。それが彼の眼のなかで輝いているのが彼女には見えた。彼の瞳は燃え立つリボンのようにまるまっていた。彼女は彼とともに大河を追うため、彼の眼のなかに入っていった。でも彼女は彼の計画を信じてはいなかった。本当は、決して実現しないであろうと。果たしてコンゴに行き着くだろうか？

彼を彼たらしめているもの、それが問題。そして彼の大志はあまりにも巨額の金がかかった。あまりに多くの人に、あまりに多くを求めるものだった。おまけに彼女にとって、大志とは、ほかに女がいるようなもので、彼にそれを追い求めてほしくはなかった。

「コンゴのことを考え過ぎて、私は森と河がざわめくコンゴになり、そこでは大きな旗のように鞭が唸り声をあげていた」と彼は彼女にエメ・セゼール〔1913-2008. マルティニク出身のフランス語作家・政治家。ネグリチュード（黒人性）運動を牽引し植民地主義を批判した〕の一節を読んで聞かせた。私の好きな作家ではないけど良いページもある、と言うこともできない。彼が黒人だ、というところが重要なのだった、おそらくは。彼女もまた、そこの出身者になるのだ、これからは。不可能な、呑み込まれそうな、溢れ出るような国の。

毎朝、彼女は皮膚病に悩まされて眼を覚ました。肩も、胸も、腕の内側も、彼と触れたところすべて――彼女の肌は線状に、また刺繍状に穿たれていた。線は走り、刺繍は嵌め込まれていった。掻いても掻いても治まらない。シャワーを浴びても、水も何の効果も及ぼさず、鏡のなかで、皮膚の内側に、真珠の首飾り状にえぐれた、何本もの細かく規則正しい回廊が走っているのが見えた。

メイク係でさえ、これをどうすることもできなかった。刺青も、瀉血もしていない、透き通る肌のフランス女を演ずるはずの彼女なのに。顔というのは自分では見えない。背中もそうだ、というなら同意しよう。とはいえ身体をねじると、断片的に肩甲骨と、鎖骨と腰の一部が見える。しかし、人は顔を自分の前に、まるで捧げもののように掲げているのだ。彼は彼女の顔を見ていた。彼女は自分の顔を、映画や鏡でしか見ていない。この無垢なる顔は、それだけになおさら傷が刻まれやすかった。

しかし、彼とはいったい何者なのか？　彼女同様、俳優だ、少しは知られた脇役――顔は知られているが名前は知られていない、そのうえ発音がむずかしい。彼に戦闘的なところがあるとすれば、おそらくそこだ――つまり、この名前を保持する頑固さだ――こんな名前で売り出そうとするなんて。彼女も自分につけてみたいような名前。きわめてフランスっぽい彼女の名、ソランジュと組み合わせて。

彼はセックスするとき彼女に顔を見られるのを嫌った。彼女が眼を開けると、歯の間で「**シュウ、ウ、ウ、ウ**」と小さな音をたてるのだった。それで彼女はまた眼を閉じて、赤い闇のなかにもどるのだった。でも、彼女は、動転した彼の顔、彼のほっぺたの輝き、ほとんど涙のような頬骨の汗を見てしまっていた。そして彼女を見つめている彼の眼、シュウ、ウ、ウ、ウ。瞼の下から溢れ出る二つの黒い点、こめかみの三角形を持ち上げる二つの裂け目、彼の中国風の眼を。

　彼女は彼の美しさを幾何学的に思い起こすのだったが、写真に写ったこの男はいったい何者なのか？　ハリウッドのゴシップ・ページに写真が載っているこの男は？　彼女を見つめていた男、記憶のなかで今も彼女を見つめている男は？　彼女の肌はもう彼の痕跡を残していない。ただ、時の傷のほかには、彼が夢見ていた撮影の傷跡のほかには。

I

始まり《デビュー》

始まりは一つの傷口のようなもので、彼女は絶えず始まりを、くっきりと、人生から切り離して思い出している。それに続く事柄については、順番が逆になっていたり、削除されたり、無秩序のなかに見えたりするのに。

彼女には彼が見え、彼だけが見えた。ジョージの家のパーティだった。ほとんどの招待客がそこにいたのだが、彼女は磁場に入り込んでいった。空気の密度が高くなっていて、ほかの人すべてが排除されていた。彼女は静かにしていた。彼の存在が、彼女を静かに、一人にさせていた。声が出なくなり――何も言うべきことがなかった。力場〔物理用語〕が、目にも見え、まぶしく、彼から拡がっていき、爆風がとどまっていた。彼女は一つの波動に貫かれ、それが彼女を分解する。彼女は粉々の原子になった。その状態におかれたまま、すでにそれ――分解――を望んでいた。

彼は肌理細かで流れるような生地の、風変わりなロングコートを着ていた。彼女を見てはいなかった。窪地の下方、ロサンゼルスの灯りを見ていた。重くてくすんだ頭部を、まるでそのことに彼の全精力を使っているかのように、支えていた。まるで現存する全人類のなかで彼一人が、この頭部という重荷を意識しているかのようだった。街灯の逆光のなかで、長い髪は彼が深いフードを被っているかのような影を作り、細長いシルエットが修道僧のような風貌に見せていた。力場の強度は、彼らの一方——彼女——に何かを表明させるまでになった、穏やかな天気、あるいはジョージについて、もしくは彼らの飲み物に関して。そして息を吸い込んだ。霧が夜の闇をほの白くし、粉状の水が彼らに覆い被さっていた。彼が彼女にタバコを一本ころがした。彼らの手は触れ合うことはなかったが、力場がいきなり締めつけたため、タバコは浮き上がり、どうしてかわからないが、彼らの間のブンブン唸るように震える空間に入ってしまった。彼は暗闇のなかで、コートの底なしポケットを探る大げさなジェスチャーで、火を探した。持っていない——いや——炎がほとばしり出た。彼女は近づき過ぎて髪を燃やしてしまい、笑ったが、それは間違いだった。なぜなら、彼はすでに黙ったまま、最高レベルのまじめさを彼女に求めていたのだから。彼女は一息吐き出し、息を吹き返した、もう一度だけ。

次に彼女は、世界の中心に、彼とともに、力場のなかに、ローレル・キャニオンをふさぐ霧のなかに、不透明で白い、全き幸福、身の破滅をもたらす幸福のなかに、沈んだ。

＊

それは驚異的な俳優だった。彼は自分の前に、自分の周りに、決してまがい物でない皮膚を、さなぎのように次々と重ねてみせた。彼はマルチだった。彼はそういうレベル、一人で次から次へと役をこなす、そういう安心感に達していた、ジョージあるいはニコールあるいはイザベルのように。けれども彼は決してスターの地位には到達しなかった。とはいえ彼女はそのあと気がついた、彼の憧れや、恐れや、欠乏感の緒が切れていることに。

彼女は最初、彼はアメリカ人だと思っていた。その話し方や身ぶりから。確かにアメリカ人としてはエキセントリックだが、ハリウッドの高みでは、それとわかるような着こなしをするものだ。彼女はといえば、誰もが彼女がフランス人だと知っていた。なまりのないアメリカ人の役だってできるのだが、たいていの場合、彼女が依頼されるのはフランス人の役回りだ――金切り声のあばずれ、エレガントな冷たい女、ロマンティックな犠牲者。シャネルやルブタン〔底が真紅のハイヒールなどセクシーな靴で有名なブランド〕を身につける役で、撮影が終わるとそれらは彼女にプレゼントされた。

彼の方は、依頼が来るのはディーラーか、ボクサーか、時たま警官か、牧師か、ものわかりのいい主人公の親友だ。『スター・ウォーズ』のあるエピソードでは、ジェダイ騎士団の控え目な一員をやった。人生においては、ほかの人たちと同様アメリカ人を演じている、デビュー作でハムレットを演じたときと同じように。同じ静かな強烈さで。同じ集中力ある無頓着さで。パリのブッフ・デュ・ノール劇場で、彼女がコンセルバトワールの学生のころに観た、あれは彼以外の誰でもあり得ない。彼の声はこもっていて重々しい。厚みのある上半身《トルソー》、彼女にはまだ想像するしかなかった長外套《ウプランド》に隠された、とてつもなく長い身体の上の幅広の肩。彼の声は喉の奥底の遠くから、首の付け根の、あの甘美な窪みの内側から、出てくるように思われた。後に彼女はそこにキスするのが大好きになり、彼女の愛情がうるさくないか、と聞くと、「どうしてうるさくなんかあるものか」と彼は答えたのだった。

彼の「t」の発音は潤んだ丸みを帯びて「d」とほとんど変わらなく聞こえ、彼女は最初のうち、それはいい男や俳優の気取り《コケットリ》(フランスの貴族でそうする人たちがいるように)かと思ったのだが、実は彼の出身を表わしていたのだった。彼女については、人はよく冗談めかして、衛星から見てもフランス女性だとわかる、と言う。シルエットがか？　顎の角度か？　それとも、懐疑的に口をとがらせて話し始める癖のためか？　使用言語がその人の顔つきを形作るようなのだ。彼女に発音の訓練をしてくれるロサンゼルスの発音矯正士は、そこに筋肉ストレスの問題を見ている。

ええ、フランス人よ。彼はパリに行ったことがあって、パリが、そこのモニュメントが好きだったという。ええ、パリは美しい都市よ。ロサンゼルスに来て何年になるかと聞かれ、(思い起こす表情をしてみせて)四年、一、二、三、四と数える、二〇〇三年からだから。息子が父親と生きることを選んだときから、と彼に言いたいような気もしたが、長身のシルエットにも、重たい頭部にも、頰笑みのない顔にも、打ち明け話を促すような何もなかった。ロサンゼルス、ということをほかのことと並べて聞いただけなのだ。つまりはキャリアの話だ。彼はあまりしゃべらず、彼女もあまりしゃべらずにいた。彼女は彼に合わせていたのだ、すでに。彼がアメリカ人ではないことが今わかった。彼女がフランス人だと確認したうえで、彼は別な所の方言を、多分別な態度の取り方を、気づかれるままにしたのだ。彼はカナダ人だという。それは彼女には全く納得し難い。でもそうは言わなかった。すぐには。彼女はそれを単なる出身の問題だけに終わらせてしまうくらいなら、日光を当てられた吸血鬼のように一気に燃え尽きてしまうほうがましなくらいだった。彼らは二人の外国人であり、アメリカの養子となった二人なのだ。そしてまた、奇妙な具合に互いに親近感をもつ外国人同士の二人だった。まるで仲介する国々を通して前から知り合っていたかのように。まるで「歴史」の点火の論理的かつ電気的な結果として、今日の日の激しさがあるかのように。

コヨーテがすぐ近くの丘でわめき立てていた。プールの水を飲みに来るのだ。コヨーテの鳴き声は、狼のようでは全くなく、むしろちょっと変わった赤ちゃんのようなうめき声だった。とうとうジョージが、クリスタルのボトルを片手に彼らを探しにやってきた。彼は最近SF映画を撮ったところで、その小道具がこの日のパーティで使われており、白の宇宙用肘掛椅子もそうだった。彼はいつものことながら、しわ一つないスーツ姿で、日焼けした肌をして、銀河仕込みの頬笑みを浮かべ、空から降ってきたように見えた。招待客たち同士を、まるで彼と同じくらい有名で、わかりきった名のように、ファースト・ネームで紹介した。それがジョージの優雅さだ。彼がやれば何でも自然に見えた――巨大なトルコ風プールも、百人もの招待客も、丘の上の靄のかかった夕べも、ふいに現れたこの男の骨ばった響きがするあり得ないような名前も。そして彼女は二日後に、男の方では彼女の名前について何にも聞いていなかったことを知ることになる。

二人は一つのグループに取り囲まれてしまった、ジョージの重力野だ。ケイトにメアリー、ジェン、コリン、ロイドにテッド、そしてスティーヴンの二、三人の仲間、それにまた『コラテラル・

ダメージ』〔二〇〇二年のアメリカ映画〕に出ていた娘もいた。美人で、多分フランスだったら、いかにもプエルト・リコ女と言われそうだ。人々の頭が踊っており、影が漂っていた。彼女は闇のなか、眼で彼を探した。彼の顔の細部、無表情なジェダイの騎士の顔つきを目でなぞるようなことはできなかった。さっきの彼を真似て視線をほかの場所に、丘の方や、すぐそばの炎や、遠くの大熊座に止めることに専念してみたのだった。するとあの女優、プエルト・リコ女の眼つきには奇妙なところ、一種のやぶにらみがあって、彼をじろじろと見ていた。そう、ほかの人たちのように光のなかのジョージの白いシルエットを見つめているのではなく、彼女は彼から眼を離さずにいたのだ。

　プエルト・リコ女は彼に近づいた。そしてほら、笑いがはじけ、彼らの頭が踊り、周囲の影が彼らから離れた。するとスティーヴンが彼女の方に、ソランジュのところにやって来た。彼女は電話の振りをして二本の指を耳に当て、彼に電話する。彼女はスティーヴンと話すのはいやで、「彼」と話したかった。喧騒のなかで彼の笑い声だけが聞こえた。はじけた歯で二つに開いた彼の顔——皆がはじけた歯を見せており、そこにいた皆が皆はじけた歯をしていたと言い切ることはできないけれど、その笑いが夜の帳を押し上げ、霧に裂け目を開け、銀河のプリンスのあの仏頂面がプエルト・リコ女に向けられた笑いで二つに開いており、彼女——ソランジュ——には彼らの四八本の歯の白さだけが見えた。

「ご出身はプエルト・リコ？《アー・ユー・フロム・プエルト・リコ》」プエルト・リコ人と思われる女はソランジュの方を振り返った。眼差しによって彼女を探る。「ロサンゼルスの出身よ《アイム・フロム・ロサンゼルス》。私たち皆ＬＡの出身、そうでしょ？」と答えて笑いはじける。ロサンジェルス、ジェ-エ-エイと母音を長く延ばして……。ソランジュは彼女が誰だかわかった。ローラ・なんとか。スリナム生まれの売り出し中のスターの卵だ。『ロスト』〔二〇〇四～一〇年のアメリカのテレビドラマ〕に出ていたっけ——シナリオ作家が彼女にどういう役を与えたんだったか、クマに食べられたのだか、宇宙の裂け目で押しつぶされたのだったか——とにかく彼女は、生まれ故郷から、山刀でジャングルを切り拓くように、険しい道を切り拓いて、ハリウッドの丘まで上りつめたのだと、誰もが知っているはずと言えるだけの名声を獲得しているわけだ。

銀製トレーの上でクリスタルのボトルが行き来した。ロングコートのプリンスは、ロサンゼルスの街、あるいは夜、あるいは彼一人の心を占めているものを見つめていた、重たい頭の、彼女が知りたいと思う男は。

包囲作戦が功を奏したように、彼らは谷の上に浮かんだプールの方に引き上げた。海は一筋の長く不透明な線だった。彼が彼女の方を振り返った。ゆっくりと。最初はほとんどわからないくらいだった。動きが最後まで来たところで、彼の眼が彼女の眼を捕えた。それから——完全に水平な視線の動きで——その視線は再び海に沈んだ。それはあまりにも短く、あまりにも正確だったので、本当にそれが起こったことなのか、彼女には確信が持てなかった。

フローリアとリリアンが来てテッドに挨拶し、ソランジュとキスを交わした。彼女は紹介するために二言三言つぶやいた。テッドはその二言三言を聞いて男の方を見、それから彼女を見た。もう一本のクリスタルのボトルが現れた。パーティは波のように打ち寄せ、輪が開いてはまた閉じた。

彼女は潮の流れに逆らって闘った。小さな島がまた形作られ、峡谷の上の手すりを背に、彼女は彼と二人きりになった。

重力の法則に挑戦するトラ

彼らは何も言わなかった。静寂は素晴らしかった。もしあなたがすでに、高い所にある頑丈な家のなか、海から守られているが視線には晒されているのなら、もしあなたがこの静寂とこの安全性を感じる幸運に恵まれていたのなら、あなたは何と大きな安らぎのなかにあることか……。あなたはどんなにロサンゼルスが……そして自分たちが、峡谷の高みにあって、ちっぽけで、巨大で、拡がって縮まった、怒りっぽくも光り輝く都市であるか、知っているだろうか？

彼は彼女とここに留まっていた、ボトルを分け合うという口実の下に。ジョージとローラの取り巻きグループにはついて行かずに。スティーヴンやテッド、あるいは配役や財産や、セレブになることを追い求める代わりに。あるいは、ごく低く見積もって、刺激的な会話を追い求める代わりに。あるいは適度なコカインの。彼も彼女とともに残っている。彼女は彼のことをずっと前から知っているにもかかわらず、一秒毎に彼を発見している――いまなのだ、人生のピーク、一か八かの爆発と日々の穏やかさ、現在と永遠の結合。彼女は酔っている。彼らは共通のセンスを見出した。

彼は読書が好きだ。彼女は大胆になり、心の底から笑った。

「本を読む男のひと以上にセクシーなものはないわ」

彼女はもっと展開して言いたかった。彼に話したかったのだ——身をかがめていて、孤独で、誰も必要とせず、一つの世界に没頭していても、彼女が入って行くと重たい頭部を持ち上げて、明るい頬笑みで迎えてくれ、彼女の邪魔は歓迎して、ボンジュール、ぼくの恋人、ボンジュール。そんな展開を彼に言ってみたかった。そんなにも彼に話したいことがあった。彼は自分の抱いている計画のために読書するのだった。映画についてたくさん読んでいた。

「撮影の合間にも集中を保ちたがっている俳優たちだって、アクターズ・スタジオ〔アメリカの俳優養成所。一九四七年創設以来、現在までに多数の名優や作家を輩出している〕のドラマだって、みんなお笑い草だ」

彼は短く笑った。彼らはアメリカ人じゃない。自分は夜、本を読むんだ。白いシーツにくるまり、上半身裸で身をかがめ、本に長い髪をたらしている彼の姿が目に浮かんだ。彼は、彼女が聞いたこともない著者たちの名を挙げ、彼女はコンラッドという二音節を記憶に留め、フランス系の名前を聞くと身構えた。彼はそれ以上には進まなかった。でも彼女と一緒にい続けた。静寂が進化し、様相が変わった。彼はいい匂いがした。彼女は彼に触りたかった。教会のような、インドの寺院のような匂いがした。彼女はコメントを探した。自分は海があるからロサンゼルスに来たのだと言いたかった。パリでは海があまりに遠い。だから小さなときからすでに、彼女は海が恋しかった。でも彼はそんなこと信じないだろう。とりわけ女優の言葉なのだし。カーボン・グレーの空を背景に彼の横顔がくっきり見えた。彼女と海の間に彼だけがいた。目を上げさえすればすぐに彼が見えた。

張り出した大きな額。皮膚に幾つかの窪みのようなものがあって、彼女にはよく見えないのだが、傷跡だろうか？　その眼は、人からは見えない、ただの裂け目だ。鼻は長くて細い鷲鼻。幅広い唇は、しっかり閉じられていて立体的だ。どうなっているのか、どうしてこれらの要素がこんなにも美しい全体を作るのだろう？

彼女は学校でのデッサンの練習を思い出す——2、それから4、そして6、数字を線で繋ぐとでこぼこした、奇妙な輪郭ができあがるのだ。静寂のなかで彼の息づかいが聞こえる。彼はおしゃべりが嫌いなのだ。そうに違いない。あるいは説明が。自分のリズムでいくのが好きなのだ。それとも、すべては彼女の頭のなかにあり、街は単なる投影に過ぎないというような話はどうだろう。彼女は四年間そこに生きていると信じてきたが表面上を漂っていただけ。自分の両足がしっかり立っているつもりで、ロサンゼルスの体内に入り込み、彼女の身体が街に触れているのだ、と思い込もうとしたけれど。『ミュゼット』の宣伝のため、サンセット大通りとラ・シエネガの交差点に、自分の巨大な顔が貼り出されていた一週間に感じたそういうことを、彼に話したかった。そんな風に話したいこと、彼に話したいことすべて、思いがけない、センスのあること。彼が思い込んでいるのとは全く違う、ほかの女優とは全く違うことだ。彼にもう一杯ついでもらう。

「君のシャンパ-ア-アヌという言い方が好きだ、とてもシックで、とてもフランス語風だ」と彼は言った。彼女は笑った。彼はアメリカ人の発音をバカにする。「彼らがシャンペインと言うとジョン・ウェインみたいだ。」彼の一言一言が貴重で、重たい頭部を少し開けてくれる。彼の眼は何も語らないけど。彼は多分、『ミュゼット』で彼女を見たのだ。彼は多分秘訣《トリック》を、フランス女に対する定型的な秘訣《トリック》を持っている。

　少人数のグループが彼らの方にまた上って来た。この二足動物の連中のなかで、ジョージただ一人が、垂直に立つように作られた人間の運命をエレガントにこなすことができていた。全員が、身体の両側の二本の手を維持するために、タバコかグラスか、習い覚えた仕草を使っていた。彼らは地面に棒立ちだった。彼は彼女に誰かを思い起こさせたが、それはジョージではなかった、共通のエレガントさを持ってはいたが。記憶を呼び起こす方法をいろいろ試みて、鼻や口を比べてみたが、むしろ眼差しの方か、あるいは背の高さか……、あるいは何だかわからないが、自己肯定力、腰を高く持ち上げる動き、ギリシアの円柱のような首――古代の像、ひと目で人間そのもの。

　みんなで車の方に向かったが、ジョージは、自分で運転するなんて問題外だ、と彼女のキーを取り上げ、ジョージのリムジンが、デラックスなミニバスと化した。彼は彼女から遠くない、二席隣り、身体二つの所に座った。ジョージが運転手に話をし、まだ出発しない。テッドが彼女の隣に乗り込み、大麻《ジョイント》が回され、いかにもスターの卵の娘はスティーヴンとおしゃべりしていた。（彼女が彼のことを思い出すだろうとスティーヴンに、偉大なスティーヴン・ソダーバーグ〔1963- アメリカの映画監督〕に言ったことを知ったら、ソランジュのエージェントは不機嫌な顔をすることだろう。）彼女は早く寝なければならない。一つの大通りでみんな降りた。もう四年も住んでいるのに、彼女はいつも全く愚かにもそれがハリウッド大通りだと取り違えてしまう。チャイニーズ・シアターの前を通ると、スターの卵がモンマルトル・ラウンジという店を知っている、と言い出したのだが、「**モント - マルトゥ - ル**」とやたらと「t」の音を強く発音した。ソランジュは大麻《ジョイント》を回したくなったが、誰もそんなことに注意を払わず、彼女はテッドと喫煙《や》った。ジョージは姿を消しており、スティーヴンもいなくなっていた。それからとても白い灯り、大勢の人、クイーンの古いヒット曲とフレディ・マーキュリーの金切り声、「Don't stop me now - just give me a call」、そして、「重力の法則に抗うトラのように空で跳ねる星となる」。

like a tiger defying the laws of gravity

大麻《ジョイント》のせいで、すべての音が分かれ、ピアノとドラム、ピアノとギター、ギターと声の軌道が別々になってはまた結合する——恒星のハーモニーだ。こんなにクイーンが好きだと思ったことはなかったが、一つの挿話、面白い話を思い出した。彼女は彼の耳元で叫び始めた——彼は長身だったが、彼女はとても高いヒールだったのだ——フレディ・マーキュリーはファルシなのよ。何だって？　ファルシよ。英語でファルシってなんて言うのだろう。彼女は「ファルシ」以外に思いつかなかった。とにかく話し始めてしまっていた——魅力的な宗教で、太陽を崇める人たち、完全なベジタリアンで、死者を埋葬しない——つまり、死者を埋葬はしないのだけど、ものすごく文明的な儀式を行うの——なんだって？　と聞かれて彼女は声を振り絞る——死者を塔の上、沈黙の塔の上にさらすの——とわめく——ハゲタカがやってきて貪り食べるの、二〇羽くらいのハゲタカが一〇分で白骨にしてしまうと、塔の中に輪を描いて並べるの、体液を流す樋と排水路になる超洗練されたシステムで、つまりとても清潔で、埋葬することを考えればずっと衛生的でしょう。問題は、大気汚染のため、ボンベイにはほとんどハゲタカがいなくなってしまったことで、迷惑を被ったヒンズー教の隣人たちは困っているの。

「おもしろい《インテレスティング》」と彼は言った。

彼は考えているようだった。理想的な会話とは言えないだろうけど、彼は彼女の顔をじっと見つめた。二人は、そこいら中で鳴っている音楽から一挙に遠のき、彼の言っていることはよく聞こえなかったが、解体されていく肉体の映像がしばらく二人のあいだに漂っていた。「聞いたことがあるのだけど——彼女は話題を少し変えてみる——ゾウは、死者に対する儀式をする唯一の動物なのですって。」彼女は期待を込める。彼が彼女に話をしてくれるという希望。ゾウは仲間の白い骸骨を鼻で振って身体を揺らすの。彼が説明してくれること、自分を連れていってくれること、ゾウのように連れ去ってくれることへの期待。それなのに彼の顔は無表情にもどる。ほとんど石のように。

「ゾウのことはあまり知らない」と彼は、少し冷たく答えた。

「私はファルシのことなら詳しいのだけど」と彼女は弱々しく笑ってみせた。

彼はジェダイの騎士風の〔映画『スター・ウォーズ』の登場人物オビ=ワン・ケノービは長いケープを着ていたことから〕信じがたいようなコートを着たままで、髪の生え際に汗が光っていた。店の中の暑さのためか、それとも彼女にはわからない疲れか、彼女に対する何らかの苛立ちか、落胆のためか。そんなはずはないだろうが、これはきっと、こちらが一歩踏み出さなくてはいけないタイプの男なのだ。

時間‐空間が少し先に滑り落ち、彼女はテッドと踊っている。ドナ・サマーが喘ぎ、うめき、ささやく――ooooohhh I feel love I feel love I feel love. テッドは問題外だけど、いつものように、化粧した相手にならいつもするように、腰をくねらせ、手を伸ばし、肩を愛撫しながら「**愛を感じるよ**《アイ・フィール・ラブ》」と言い、彼女は身体を回転させる。カナダ人のジェダイはバーに身動きもせずに立っており、眼は何も見ていなかった。ジグザグの灯りのなか、彼がそこを離れ、ホールを横切って出口の方に歩くのが見えた――彼を追いかけなくては、とそれしか選択肢はなかった。彼の大きなコートの香りが漂い、彼女を包み込んだ。「厄介なことになるぜ《ユーア・ヘディング・フォー・トラブル》」と悔し紛れのテッドの声が聞こえた。

厄介《トラブル》なこと

彼女は走る。彼は彼女の後ろ三メートルにおり、銃の轟音が不安感を煽る。極度に高いヒールが頭のなかに響く、**ダン、ダン、ダン、ダン**——まるで自分の頭蓋骨のなかを走っているかのように。メイクが乾いたクレープのように頬に貼りつき、両目をこすりたくてたまらない。彼の走るのは速過ぎ、右手の標識に辿り着く。彼はあまりにも近くにいる、気をつけて、右手の標識、カーブ、レール。肺が破裂しそうだ。彼女はグリーン地帯に飛び込み、叫ぶ、マット・デイモンが彼女に飛びかかり血がほとばしる。彼女は喘ぎ、死ぬ——カット。

彼はあまりにも近くにいた！　確かにエキストラはあまりにも近くにいた、走るのがカメラのためであって、周囲にいるスタッフのためではない、ということがわかっていないのではないか、と思う。第六テイク——デジタル化のお蔭でもはやフィルム代はかからなくなったため、文字通りの奴隷状態だ。「**素晴らしかったよ**《ユー・ワー・グレイト》、**ソランジュ、最高だ**《ユー・ワー・スパーブ》**、アイ・ラブ・ユー！**」監督が少し大げさに言った。メイク係が更衣室にもどる前に血をだいたい拭い取り、小道具がぶつぶつ言いながらブラウスの下の肌をこすった。衣装係だけは天使のように、パンプスに衝撃緩和の靴敷きを入れてくれたが、脚が削岩機のようになっているのをどうすることもできなかった。次のテイクまでにマッサージが必要だろう。マット・デイモンはもっているに違いない、マッサージを。それに彼のエージェントはマットにこの役を売り込むときに、彼女がマット・デイモンの腕のなかで死ぬと言ったのだ、実写ではせいぜい（彼の）膝が（彼女の）胸にあたる程度なのに。最初のテイクでは、肝心な出血袋が破裂しようとせず、彼女は負け犬チョンボ女優だ。

　ケイタイには相変わらずメッセージ、ゼロだった。

　衣装係はウィッグを乱れさせないため、ブラウスをハサミで切り開き、ヘア係はウィッグにスプレーを吹きかけ、メイク係はそのスプレーから彼女の眼を護り、ファンデーションをつけ直す――彼女の頭部は恐ろしい状態だ。ぞっとするような顔色。顔はあざだらけだし、メイク係は目のくまを消そうと躍起になっている。小道具係が六つ目の出血袋をもってもどってきた。ブラジャーも替える必要があったが、衣装係のオルガはこのデザインをもう持っていなかった。六枚目のブラウスが箱から出され、オルガがアイロンをかける間に、アシスタントのナツミがブラジャーを買いに走る。『ベイウォッチ』〔カリフォルニアの水難監視救助隊を描くドラマ（一九八九～九〇年）〕ではないのだから、ノーブラで走るわけにはいかない。あっちでもこっちでも電話が鳴っている。彼女のだけを除いて。

　もしかして彼は、彼女が電話番号をポスト・イットに書いて残してきたのに気がついていないのだろうか？　それとも彼はまだ、こんな時間まで眠っているのか？　第二カメラが下がるタイミングが悪かったという話が伝わってきた。幾つかのケイタイがテーブルから落ちそうなくらい振動している。彼女は自分のケイタイを消したが、また鳴った。ナツミが顔を赤くし、汗まみれになって、手ぶらで帰ってきた。Bカップはないという――どうやら、この街でノーマルなサイズなのは彼女一人らしい。外ではわめき声がする。誰もまだ食事をしていない。彼女は自宅の固定電話に掛けてみようか、と迷う。もし彼がまだそこにいたとしたら、電話に出るだろうか？　彼がぐっすり眠り込んでいたので、彼女はポスト・イットを手に取りながら、なんて書こうか迷った。「**コーヒーとハチミツとシリアルがあります。カギを置いて行くので、それでロックして管理人に渡すか、私に返してくれるなら電話ください。番号は……。**」彼女は眠っている彼を見つめた。通りの街灯で縞模様に見えた。「**私に返してくれるなら**」に下線を引いた。

管理人に渡すか、電話ください、もしよかったら……。

「**もしよかったら**」は懇願しているみたいだ。結局、電話番号だけをコーヒーメーカーに貼り、カギとハチミツをその前に置いてきたのだった。

「オルガ、私に電話してもらえる？」オルガが実行する。ケイタイは通じている。

ケールのサラダが出された。硬くて嚙みにくい。メイク係によれば、ケールはブロッコリーよりはるかに多くのラファニン〔赤カブや大根に含まれる成分〕を含んでいて、肌が素晴らしくなるのだという。

彼の番号を知るには、ジョージに電話すれば簡単だろう。でも問題外だ。おまけに彼の名前は発音さえうまくできないのだから。

ボブ・エヴァンズ〔1947-　アメリカの元レーシング・ドライバー〕というプロデューサーが、ベッドにいる女の名をメモに書いて朝のコーヒーカップの下に滑り込ませるよう家政婦に頼んだのを思い出した。そしてまた、『キャット・ウーマン』という映画でミシェル・ファイファーが、一人ぼっちの小さなアパートで、空しく受話器に向かって問いかけていたのを思い出した。

オルガが鼻先にブラジャーをぶらぶらさせる。ナツミ自身のもの、同じサイズの「プリンセス・タム・タム」で、生温かく、少し湿っている。呼ばれるまでチェックの毛布をかけて寝そべる時間ができたけど、ヘアスタイルには気をつけて。ブラウスは直前に着ればいい。宇宙空間に続くトンネルが穿たれているグリーン地帯に問題が生じたのだ。それが映画の中軸を左右するのだから。彼は朝、コーヒーか、紅茶か、どちらを飲むのだろう？ ポスト・イットを湯沸かしポットに貼り付けてくるべきだった。あるいはベッドのサイドテーブル？

彼の家に行くべきだったのかもしれない。トパンガ〔ロサンゼルス西郊〕に、と彼は言ったのだ。でもそこは遠かった。彼女を待つ間に、自分でコーヒーを入れた。書棚の写真を眺め、何冊かの本を開いてみたりした。そして読んだ。彼女の息子の写真に気がついただろうか？ 彼女はそれを取り去るのをためらった。彼は彼女の家が居心地いいと言った。その答えがあてになるわけでもないし、彼がくつろいでいたわけでもない。

乳頭が熱くなった。ブラジャーのためではない。走っている間は彼のことは考えないでいられた。彼は背が高く、覆いかぶさって彼女の胸に唇をつけ、髪のなかに指を入れ、彼女の腰を自分の腰に合わせて、彼女を貪るように、吸い込むように、彼女のすべてを摑むようだった。それからさらに両手で彼女を引き寄せ、襟足を、尻を、鷲掴みにし、彼女を彼の方に持ち上げ、彼女を捕え、押し、奪い去った。彼女は毛布にくるまり、放電しながら燃えていた。アドレナリンによって起こる欲望だ。ナツミとオルガは緑茶の湯気の中で黙りこくっている。眠り込んでいるようだ。彼女たちもまた、誰かのそばで過ごしたときの余韻を残しているのだろうか。折りたたみ椅子に座っているのはオルガとナツミの投影、ホログラムであって、本物のオルガとナツミは、この街かよそのどこかの乱れたベッドの上で、一人の男と散らかったままなのだ。

彼女は何を手にした？　彼の何を掴んだ？　彼は目の上にとてもはっきりと、小さな三角形が連なった傷跡をもっている。彼女は彼のすべてを、仕草、言葉、香り、癖、スタイルを覚えており、彼のあの姿は彼女が掴むことができたものであり、包み込み抱きしめる肌が彼をそこに留めていた。彼女は彼を腕のなかに留めており、「彼はここに、私と一緒に、私のなかにいる」と思われた。記憶のための蓄え。力のための蓄え。なぜなら彼女はすでに新たな力のため彼を欲していることがわかっているのだ。彼をずっと自分のもとに捕まえていたいというような。

オルガ、ナツミ、私に話して。私を見て。私の肌にある奇妙な不思議な痕跡は、私が夢を見ていたわけではないという印――そうではなく、それは傷口の、待つことの、開かれた道の印なのだ。立ち姿の幾つかのシルエット、映画のさまざまな映像の重なり合い、くっきりと真っ直ぐ延びた何本かの道路、砂漠で急降下する幾つもの飛行機、逃げ出すべき迷宮、エキストラの数台の車に立ち上る熱による蜃気楼……。

「ソランジュ、起きて《ウェイク・アップ》」

……それは彼女の上にかがみこんだオルガ——一瞬、彼女ははるか昔の、ゆりかごを揺らす母親かと思った。電話には——メッセージなし。数分後には、ハイヒールで走らなければならない。

「ぐっすり眠り込んでいるようだったけど、昨日クスリをやったの?」とオルガが言った。

ビデオ

カギは彼女が残した場所にあった。電話番号を書いたポスト・イットも。管理人はこの世でこれ以上なく普通に、彼女に「今晩は」と言った。彼女はすぐ、彼がメッセージも何もなく、ただ扉をパタンと閉めて出て行ったのだ、とわかった。

ベッドは乱れていたが、衣類も何も、散らかってはいなかった。彼は自分のためにコーヒーを入れなかった。紅茶も入れてなかった。何も食べず、何も触ってなかった。自宅のように過ごしもしなかったのだ。

彼は目覚める、遅くなって。衣服を着る。出口に通じている台所に向かう。ポスト・イットを見つける。

その場面について、彼女は彼の表情を想像することができない。感じ取ることができない。あるいは、彼は彼女が出て行ったときに目覚めたのだ。彼女を追いかけて駆け出したが、すでに彼女を乗せたタクシーは出てしまっていた。彼はカーテンを閉め直す。もう一度横になる。一つの枕を摑む。腹ばいになってそっと自分の身体を撫で、彼女の残り香を嗅ぐ。仕草や言葉を思い出す。

あるいは。

あるいは、彼はタクシーを呼び、レジデンスの入口で待った。管理人とおしゃべりする。それから彼女の知らないどこかに、トパンガ・キャニオンの方に出発する。

彼女は身体中が痛かったが、管理人に会うため、もう一度外に出る。彼らはきっと話をしたに違いない。少なくとも挨拶は交わしただろう。管理人もまた黒人なのだから。

彼女は初めて思いをめぐらせたのだった。黒いということに、管理人の赤い野球帽の下が。見ましたか？　今朝方、目に止まりませんでしたか（あらゆることに目を止めるのが彼の仕事だ）？　大きなコートの男がここを通りましたか？　何だか泥棒の描写みたいだ。でも自分の私生活を開陳するつもりはない。『コネクション』シリーズに出演してた人ですけど。」このシリーズはアフリカ系アメリカ人の間ではとても人気があったのだ。そのうえ、そんな男が安全確認地帯を横切ったのに目につかないわけがない。あの大きなコートで。

きっと彼はコートを折り畳んで腕にかかえていたのだ。今朝はもう暑かったのだから。彼女は言い直す。くたくただ。彼女の夜、彼女の日中、何かが彼女をくたくたにした。「とても背が高くて、長くて細い三つ編みをたくさんしている男の人です。」それを「ドレッドロック」〔ドレッドヘア。縮らせて細く束ねたジャマイカ黒人の髪型〕と呼ぶことはよく知っていた。でも、そうは言えなかった。管理人の前では。生まれてこの方、「ドレッドロック」などと言ったことは一度もない。あるいは多分、ボブ・マーリー〔1945-81. ジャマイカのレゲエのミュージシャン。思想的・音楽的に大きな影響を与えた〕の話をしたときに一度だけ。「コートを着たのっぽの男。ジーパン姿ののっぽで有色の男よ。」レジデンスに黒人は一人も住んでいない。考えてみれば、地域全体にもいない。「有色の」なんて滑稽な言い方だ。管理人のやる気のなさにいらいらした。管理人なんて何の役に立つの、と言いたくなった。防犯カメラの録画を見せてと言いたくなった。

何時に彼が出て行ったのかを知ること。どんな歩き方をしていたのか。どんな様子か、どんな頭か。自分は何を欲しているのか、わからない——彼の話をすること。誰かが「彼なら見ましたよ。カリスマ的だ。謎めいている。でも、思うに、明瞭なのは、彼がどれほどあなたのことを思っていたことか」と言ってくれること。

彼女は彼ともう一度会いたかった。

彼女はユーチューブで『コネクション』のダイジェスト版を見た。驚いた。彼女が初めて見た時そのままの彼だ。彼の声。彼の仕草。彼の使う言葉ではなかったが、苦もなく「ちくしょう《マザー・ファッカー》」みたいなセリフを言っていた。彼の姿。彼の輝かしい姿。今もなお家中に溢れている姿。彼はそこに、彼女のベッドにいた。ユーチューブの映像はたった三分だ。一話全体をダウンロードしようかと迷った。眠らなくては。明日もまだ撮影があるのだ。

彼の名はいろんなクレジット・タイトルに載っており、いろんなスペルで書かれているが、大体 Kouhouesso Nwokam である。それはさほど複雑な問題ではない。ネット上の人物年鑑では大したことはわからず、私生活については何も載っていない。ウィキペディアには生年月日が載っており、それが正しければ、彼は彼女より二歳年上である。カメルーンの英語圏で生まれたカナダ国民。彼女はカメルーンに英語圏があるとは知らなかった。グーグルの画像検索には、いくらかの媚びた表情の写真があり、ほかのでも概ね笑顔だが、それは彼らしくなかった。ほかには太めの写真があり、それらは彼に似合わなくはなかった。

彼女は跳び上がった――メールの着信音だ。

ナツミだ――彼女にブラジャーを返すのを忘れていた。

三、四年前に大ヒットした映画――『眼を眩《ダズル》まされて《ド》』のダイジェスト。彼は警官の役だ。ストーリーは海に面した家で展開する。白人の同僚、つまり主人公が、手錠をしているディーラーに尋問すると、その男が彼らを罵る。彼の方は大したことをしない――やや逆光で。でも彼にもカメラは向く。彼は――いや、しゃべらない、彼は、ガラス越しに海の方に軽く身体を回す――やさしい光のヴェールが突然このシーンを包む。黄色くほこりっぽい光だ――疲れた大天使が羽根を揺らすように。そして彼は果てしない眼差しを海に向ける。飽き飽きしている警官の、思案する俳優の眼差しを。その場から外れ、映画から外れて。海に向けられた眼差し、ならば彼女は海になりたかった。波に向けられた眼差し、ならば彼女は波になりたかった。空虚に、他所に、彼の頭に浮かんだ唄になりたかった。そしてその唄を、彼女を、彼に歌ってほしい。彼に脱線してほしい、そう、彼女の方に。彼女は、この逃避的な、離脱的なもの思いに、この三、四年前の映画の外の「他所」になりたかった。

彼は彼にもどり、映画にもどって、皆が待ってるセリフを言う。「何くだらんこと抜かすんだ。」

彼は精神分析医ぶってる同僚を遮り、ディーラーの頭を机に打ちつける。ビデオが切れる。彼女は巻き戻す……そこ……ちょうど彼がゆっくりと窓辺に近づくところ……そこ……彼は飽き飽きして……良いデカ《グッド・コップ》も悪いデカ《バッド・コップ》も……彼は本当に飽き飽きして、海を見つめ、彼はほかのことを考え、監督は撮り続け、彼はわかったのだ。彼が映画を撮るのはこの瞬間のためなのだ。

　映画が消えてしまう瞬間、一つの過ちのために、一つの離脱、一つの裂け目、一つの法悦のために――そこ、一人の俳優が海を見つめ、彼の優美さが映像を噴霧にしてしまう……。

　ブレている男、噴霧状の男、眼を大洋に向けて。

　この間の、丘の上の一夜と同じように。全く同じ眼差し。同じカタストロフ、耐え難い、このカタストロフを生きなくては、急いで。

向こう側での待ち合わせ

数々のことば。彼女は、彼のことばの数々を、まるで今も両の乳房の谷間に熱く囁かれているかのように思い出していた。

キスさせて、もいちどキスさせて、君のキスが好きなんだ、君の唇の味が好きだよ。夜が明けなければいいのに。

それなのに、彼はもういない。それなのに、電話もくれない。

Let me kiss you, let me kiss you again, I love to kiss you, I love the taste of your lips. I don't want the day to break out.

英語でのやり取りだった。フランス語だったら、きっとここまで耳にこびりついていないのではないか、いやわからないが。とりわけ何度も甦ってくるフレーズは、あのおろおろした声で、どんなフレーズでも同じことかもしれないけど、あの声で言われたあのフレーズなのだ——**I want to**《アイ・ウォント・トゥ・》 **stay inside you for ever.**《ステイ・インサイド・ユー・フォー・エヴァー》 こんなフレーズをどうやったらフランス語で言えるだろう? 君のなかにずっと留まっていたいよ、だなんて。

銃撃音のなか、ハイヒールで走ったが、彼女は、これらのフレーズしか聞いていなかったし、フレーズごとにお腹に響くその衝撃しか感じていなかった。記憶の一つひとつが彼女を捉え、目標物——彼女が融け込んでいくべきグリーンの背景布〔映像合成用の緑の布〕の方角、そこからマット・デイモンが現れることになっている——この方角が休憩だ、彼女の思考は止まり、窒息状態の脳と棒のようになった脚が物理的な、雑な、わずかな注意を喚起し、彼女は断末魔を演じながら息をつく。セリフ、切れ切れの断片、お題目《マントラ》。夜が彼女を再び捉える。たった一夜でも彼女よりはるかに大きい夜が。監督は彼女のことを「**ワイルド《ワイルド》だ、崇高《サブライム》だ、**ソランジュ、**君は崇高だったよ《ユー・アー・サブライム》、ワイルドだ《ユー・アー・ワイルド》**」と評価する。

彼はいきなり、深く眠りこんだ。彼女は人と一緒だと眠れないことが多いし、彼と一緒に眠ろうとは思ってもいなかった。彼を見つめていた。彼がそれをいやがるのではないか、と思いながらも見つめていたのだ。彼の長く繊細な横顔を。彼の顔は正面から見ると驚くほど幅広かった。正面と横顔とでは同じ男のものとは思えなかった。

彼の唇に、鼻に、髪の毛の毛根に、こめかみの奇妙な小さい三角形の窪みに、キスしたかった。がっしりとしていて優しい首、少し縮れたような肌。鎖骨のたくましい繋ぎ目、肩や腕や胴体の頑丈な丸み。しなやかで、弾力があって、すべすべで、分厚く、完璧なカーブを描き、彼の筋肉や腱を形づくっている肌。ただ柔らかな首だけに彼の年齢が読み取れた。肌に漲る力強さのなかに眠り込んだ男。

その数分前に彼女も彼にひとこと言っていたのだった、「**あなたの肌が大好き**《アイ・ラブ・ユア・スキン》」、それは本当だった。彼女は彼の肌が大好きだった。分厚くて、しなやかで、すべすべの、そこにキスし、愛撫し、口づけしながら彼女の唇から洩れるそのフレーズ、一匹の蝶。

彼は突然身震いした。のびをして、身体を引き、大きな距離が、彼の肌から彼女の肌までに大きな距離ができた。彼は言った、「**肌については何もわからない**《アイ・ノウ・ナシング・アバウト・スキン》」。「**肌ってふれあいよ**《スキン・イズ・コンタクト》。」彼女はそういうことを言いたかっただけだ。二つの肌が互いに擦れ合い、組み合わさること。そういうふれあい《コンタクト》だと。

彼は彼女をもう一度引き寄せ、赦免のしるしのように、キスした、あたかも彼女の答えを評価する、というように。そして彼は眠り込んだのだった（彼女の胸と迸り出る血潮の間で、彼女の膝を打ち砕いたマット・デイモンが彼女を殴った）、それで彼女は彼を見つめることができたのだ。彼に見とれる。彼は銅のような茶色、チョコレート色、ほとんど黒と言ってよい首の窪み、赤に近い手のひら、オレンジ色の足の裏。彼女は蒼ざめたベージュ、青味をおびた手首、乳房は青白いピンク、乳首はモーヴ・ブラウン、胸骨にグリーンがかった血腫。彼女は白かったが、自分ではそれがわかっていなかった。

もう一度、もう一度やった、やり直し、マットとソランジュ、血を流し、ハリウッドだもの、彼女はセリフを言う、フランス語訛りを誇張して。「**向こう側で会いましょう**《シー・ユー・オン・ジ・アザー・サイド》。」彼女のたった一つのセリフだが、これが映画のタイトルだ。彼はグリーンの布地の方に突進し、それが映画では時間

-空間の裂け目の伝説上の入り口であり、彼女は死んでその境に倒れたままになるのだ。

もう一度やり直した。マットが彼女の胸の上に位置を取り直し、弾丸が炸裂したところで、彼女は死んでゆき、ナツミが彼女の衣装を少し直し、彼女の口の真上にデイモンの骨盤があり、それは奇妙なことだが彼女の精神は普通の反応はせず、悲愴な眼差しをしており、カメラが右側のすぐ近くにあり、録音技師も同様で、彼女はみんなの脚や膝に囲まれて、収録が進む。「**シ-イウ-オン-ズィ-アザ-サイードゥ**」、向こう側でまた会いましょう。カット。彼女はもっと訛りと、息づかいと、弱々しさを強調しなくてはならない。彼女は、アルノー・デプレシャンやレオス・カラックスや、ギャスパー・ノエの映画に出たかったので、もう決まっているのに仮配役の後で待っていたこともあったが、今ではハリウッド大作のタイトルのセリフを言うまでになったし、二日の撮影に五万ドル支払われても当たり前と思うようになった。デイモンの指に軽いいら立ちが見え、彼女は集中した。デイモンのことをハンサムだと思っている女たちもいる。彼女は彼のことを白人だ、と感じる。「**向う側でまた会いましょう**《シー・ユー・オン・ジ・アザー・サイド》」、このセリフをフルートの音色のように、疑問文みたいに上がり調子で言ってみた。正解だった、監督が誉めてくれた。

*

オルガがメイクを落としてくれる。二人ともくたくただ。ナツミとメイク係はもう帰っていた。ケイタイに二つのメッセージがある――ジョージからの「キス」とロイドからの「調子はどう？」

だ。エージェントのロイドはうまくいってるか、と聞いてくれている。やさしい。オルガはメイク落としで顔をマッサージしてくれる。鏡。日が暮れた。

「出会いがあったわ」

「How nice」とオルガ。なんて素敵なの《ハウ・ナイス》。彼女たちは先を争って、先ずはお決まりの感嘆文を、バーガーのチーズみたいに固まって出来上がったものを使う。それから少しずつ融け出すのだ。彼女の顔が白いジェルの下で流れ、にじんだマスカラのなかから両目が姿を現し、赤い唇が発言する、「彼から電話がないの」。どのくらいの時間がたったの、とその唇をコットンで拭きながらオルガが聞く。二日よ。オルガが頬笑んだ。二日なら何でもないわ、男たちなら。男たちは。でもそういうのじゃないのよ——幾つものコットンの下でもがき、オルガの方を振り向いた、鏡から像が消える——本当に何かが起こったのよ、一つの——彼女は言葉を探す——繋がり《コネクシオン》が。

オルガに言ったこれらのフレーズ。それを彼女は声には出さず、オルガと彼女の間に浮かんだままにした。言葉のジュレが細かく震え、くぐもっていた、それをオルガが読み解く、彼女と彼が。夜の黄金の光のなかで、言葉の琥珀のなかから摑み取り、読み分ける。恋のなかから摑み取り、それを見分ける。

いいえ、一つの要素が欠如している。

「He is black.」彼、黒なの《ヒー・イズ・ブラック》。

オルガは理解しない。「彼、黒なの。黒人なの《ヒー・イズ・ア・ブラック・マン》」と繰り返す。どうして彼女はそれを知らせる必要があるのだろう、ストーリーにどんな関係があるというのか？　どんなニュアンスを混ぜ込み、このストーリーをどういうことに巻き込もうというのか？　このわだかまりが身体のなか、喉のなかに。この疲労感が。オルガが少し身を引いた。クウェッソが彼女と彼の間に開けている小さな距離、大きくはないけど計測可能な距離――そう、それがまさにオルガが直感的に取って見せた距離、触知可能な、空間的にここからあそこまでの、緯度と経度の、秩序正しく計測される距離なのだ。大洋や、カリフォルニアとさえ比較されれば決して遠くはないが、人間の身体にはすぐ感知される、それが白人から黒人までの寸法であり、この二日間、彼女が闘っているさまざまな定型《トポス》の寸法なのである。

オルガはアジア系だ。それは一目瞭然である。彼女の眼、彼女の髪。素晴らしいハン系の頭だ。国の名前が「××スタン」で、ウラルの下の大きく膨らんだ部分、ヨーロッパの続きのようだけど砂漠だらけで、きっとラクダもいるような、アジアの一部分の出身だ。どうして彼女はナツミのことを信頼できる、と思えないのか、自分でもわからない。そう。ナツミも黄色だ。彼女はとても色白だが、それでもやはり白人ではなく、日本人であり、フランスでよく言うように、日本産なのだ。中国人よりはしっくり来るし、アラブ人よりはずっとましだけど、スペイン人ほどは合わないし、ポルトガル人ほどにさえ合わない。

オルガはソランジュと、その鏡の像を見つめた。その両方がそれぞれオルガの方を見つめていた。メイク落としが融けて、素顔の、透明なソランジュが現れた。オルガに考えを見透かされているような気がした。彼女から再び立ち上ってくる人物は、ロサンゼルスからはほど遠い、彼女の村の泥まみれの底のどこからかやって来て、後頭部に隠れているのだ——彼女は弁解して、私たちはみな同じだと言いたかった。肌を開いて、自分の血の中を流れている「ユナイテッド・カラーズ・オブ・ベネトン」を見せたいくらいだった。

オルガは頬笑んだが、明らかに、質問するのをためらっていた。彼女たち二人でメルロー・ワインを分け合っているこの一日の終わりに、みんなが帰ってしまったこの時間に、この時間でさえも——ソランジュは彼女の上司だから。銀幕に出るのはソランジュだから、莫大な予算だし、ワーナーだし、スターが青あざを作るのも彼女によってなのだ。オルガは少し口をとがらせ、半ば咎めるように、半ばいたずらそうに、「Did he have a big one?」と言うと、彼女は手を口にあてて笑った。彼、大きいの持ってるの？

夜の金色の光のなかで

彼女は眠っていなかった。と思われた。あるいは、論理的秩序を保ったままの夢を見ていた。そこへ電話が鳴り、それが彼だと彼女にはわかった。

「Hey.」

彼だ。

胸が張り裂け、それから彼がHeyと言うのは私の名前を忘れたから？　と考える。「Hey」と彼女も返す。

叫び出さないように努力する。つまり彼は私の番号をメモったということ？　コーヒーメーカーに貼っておいたポスト・イットを持っていかずに、番号をメモったのだ。紙と鉛筆を探した、そういう努力をしてくれたわけ。ちがう、私バカみたい、直接ケイタイに登録したに違いない。

いま迷惑じゃないか、と聞いてきた。社交辞令ではなくて、本当のところ夜半の二時だった。問い、答え、戦略や駆け引き――そんなこと、どうでもかまわない――彼女の胸はうれしくて破裂しそうだ。「いいえ、大丈夫よ」と言った。彼女はハスキーな声だ。

「行ってもいい?」「ええ」

で、それだけ。彼は切った。彼女は水を一杯飲んだ。

きょうもまた、彼女はその思い出と彼女の記憶とをすり合わせていたら、生身の彼がそこから出て来たのだ。歓喜の火花が散る。鏡を見て、自分自身を感じ直し、泡立つ海のような待ちの態勢に入る。奇跡のように彼を待つこと。

もし彼がトパンガから来るのなら、まだ一時間近くある。彼女は少し眠っていたらしい――鏡で見ると、瞼と口元に眠り皺があった。髪を梳かしながら、少しの乱れを残した。化粧はしない。「ベッドから飛び起きたところ」という感じ。化粧着の下は裸だった。これは**やり過ぎ**《トゥ・マッチ》だろう。彼女は、ごく簡単な、コットンのフランス製のニュイゼット〔スリップのような夜着〕のコレクションを持っている。それがどんなにセクシーであるか、アメリカの女たちは知らないような種類のものだ。でも彼はアメリカ人じゃない。彼にとって、セクシーな女ってどういうのだろう? 彼女は、素足のままジーンズと、肌に直にセーターを着ることにしようか。私は静かに読書していた、という感じに。結局のところ、彼女は自宅にいるのだから。

お茶を沸かす。いや、むしろワインを開けよう。父親がクリスマス用に送ってくれたサン・テミリオンだ。軽く香水をつけ、シャワーを浴び直そうかと迷う。この電話のせいで、少し汗をかいたのではないだろうか? 汗の匂いが好きだという男もいるけれど。第一、彼女もそうだ。音楽は。今夜もし彼女が寝室に行かずに、リビングで室内着のまま読書をしていた場合に、かけたであろう音楽。何が彼の気に入るだろう、どんな音楽を聴いているどんな女を気に入るだろう？

彼は彼女のそのままを受け入れるだろう。夜半の二時に。彼女は迷う。ろうそくなんて点けちゃだめ。これ以上ないくらい明白な状況なのだから、余計なものを付け加える必要はない。ブラジャーもつけちゃだめ。自宅でブラジャーつけてる女なんていないのだから。極端な場合でなければ。彼女は日本人みたいな胸なのだけど、彼がそれを嫌いじゃないように願う。クウェッソが。それにしても何という名前なの。クウェッソ・ンウォーカム。

なんて幸せ。なんて幸せなの、約束があることは。もうすぐ彼が来る、と確信できるってことは。準備万端。

牡丹の花束をアレンジし、茎を少し切って水を換える。ついでにローテーブルを拭く。

ソファに寝そべる。暑い。もう彼が来るころだ。もう一度立ち上がる。本を一冊取る。もう一度寝そべる。本を読もうとする。彼はきっと気が変わったんだ。大変だろうし。きっと他所で引き止められたのだ。そうでなければ、時間が遅いからあきらめたか。

メールを送ってみた。返事はない。少しして彼女は短い時間うとうとした。また少しして、彼女は自分が崖っぷちにいると感じた。待つことの切っ先に。切っ先は彼女の胸のなかに宿っていた。彼女はそれを感じて、じりじりと焼けて赤くなった。崖っぷちは極細の一筋の糸であり、金属でできた刃だ。彼女はじりじり燃えていた。もうすぐ四時だ。もう一度ケイタイを見てみる。確かに彼から電話はあったのだ、夢ではない、着信記録がある。あの短い会話が。その番号を登録した。クウェッソ。クウェッソ・ンウォーカム。

今頃フランスでは午後のはじめだ。彼女は歩いていることだろう。パリの通りを。パリの通りの自由さのなかを。シンプルなスカートとヒール姿を決めれば、何の色づけもされず、気兼ねもない。この時間にフランスで、ローズは働いている。ローズにメール。返事――後でスカイプして。でも、返事の電子音だけで、すでに良い効果がある。自分はベル・エールの高台で姿を消したわけではないのだ。ヨーロッパとアメリカの間のどこかで雲散霧消したのでもない。両大陸の繋ぎ目で。二つの海峡で――そのうち一つは大西洋という裂け目だが、もう一つはある日、カリフォルニアを他のすべての生者たちから切り離してしまうような海峡で。

クウェッソ。クウェッソ・ンウォーカム。これまで彼女はほとんどアフリカのことなど考えたこともなかった、小切手を送るときくらいだ。アフリカと、飢えた子どもたち。アフリカと、山刀による虐殺。父が生まれた所であるのに決して話そうとしないアフリカ。ヨーロッパの下に垂れた大きな土の滴――決して旅程には入らない。モスクワでCM撮影したことがある。香港で一時間で二万ドル稼いだこともある。『ミュゼット』が日本で賞をもらったこともある。東から西へ、西から東へ、でも決して南はない。

パソコンの電源を入れ、衛星写真の照準をアフリカに当てる。カメルーンは、奥地の右側に、ほかの国々に挟まれてある。どこが英語圏かは示されていない。海岸に沿って、もやが帯状にかかっている――ナイジェリア、ベナン、トーゴ、ガーナ、コートジボワール、リベリア。潟が連なっており、アノヘ、テグビ、イエモラサ、アクウィダア、ササンドラなどという名前の町が見える。パルマス岬で大洋に沈む。反対側、東に行くと、緑の地帯に入る。コンゴに辿り着く。するとかなり南に下っていく。幅広い河には、木の葉のように卵型の島々が浮かんでいる。彼女は二つのコンゴがあることを知る。画像はどこにコンゴ・キンシャサとコンゴ・ブラザビルの境界があるか確定できずにいる。BとKの両都市は、正確に河の両岸に位置しているが、少し離れた所は紛争中の赤に塗られている。あたかも河の中の島々は国を失って浮かんでいるようだし、大河は両岸の間を無国籍で滑り落ちていくかのようだ。すごく幅広いが（彼女は指で地面を回転させていく）、ジロンド河〔フランスの川。ボルドーの近くで二つの川が合流し川幅が広い〕の河口ほどではない――メドックから、灰色のはるか向こうにロワイヤンの灯りを見るときの。

　ローズの顔がディスプレイの上部に現れた――**ビリビリビリ**。ローズは、パリのオルナノ通りの医学心理学センターのオフィスにいる。お昼を食べる時間がなかったに違いない。彼女の方は、ベル・エールの高台にニュイゼットを着ている。同じ時間に昼と夜なのだ。本当のところ、どうしてもこれに慣れることができない。ローズは彼女を見て「あなた、きれいよ、どうしたの」と言う。ソランジュも二〇年来の親友、ローズを見る。彼女に言いたいことをテレパシーで伝えるよう努力してみる。クウェッソ・ンウォーカムのことだ。二人の間でそれが成功するかどうか、ローズが分析転移と呼ぶものが。ローズによれば、それは患者と精神科医との間でのラジオ番組のようなもので、地球上のどこにいようと、双方向で永遠に続くのだという。

クウェッソ・ンウォーカム。テレパシーで送るクウェッソ・ンウォーカム。ちょっとむずかしそうだ、多分。最後には届くだろうか？　イメージがゆらめき、ざわめき、砂嵐が吹き、ソランジュが親友ローズに話せるように巨大なケーブルが大洋の海底に投げ込まれている。「どう思う？　精神分析として聞くのだけど。一度寝て、それがよかったと思っているらしいのに電話もくれないし、くれたと思えばまた待たせるような男のこと。」「いま何時なの？」とローズが聞くが、彼女が気にかけているのが親友のことなのか、次の患者のことなのか、わからない。

「四時よ」

地球のこちら側では四時。朝だ。ベル・エールの地平線はブルー・モーヴ色。

地球の反対側のローズが目を上げると空は褪めた色だった。ソランジュが息せききって言う。

「今度は違うの、私が感じていることは——彼の方はそうではないかもしれないけれど——滅多にない大切なこと、もう長いこと、多分思春期以来のこと、（ソランジュはすぐに考え直して）だけどあの頃にもどりたいというわけではないわ。」

ローズが言う。「待つ、というのは病気よ。心の病気。女にありがちな。」

ソランジュは、「いま感じていることがとても大切に思えるから、待つことが、少しは待つことができるのよ。彼を待つのはいいことだとさえ思えるわ。それに彼はほかの男とは違う、あなたが考えているような男たちとは違うの。同じことの繰り返しではないのよ」と言う。

ローズに、彼が黒人であることは言いたくなかった。知り合って三日だということも。さまざまな考えが頭をよぎる。さまざまなディテールも。カウンセラーのソファに寝そべっても、何から話し始めたらよいのかわからないだろう。

突然浮かんできたイメージは――ベルニーニが彫刻にした聖テレーズ。何本もの光線を浴びており、その一本一本がいずれも鋭く甘美で、いずれもが彼女を彼に引き寄せる。どの光線が最初に彼女に届くのか？　どれが最初に手を伸ばすのか？　ローズには理解できないだろう。最悪の場合、月並みなセリフを発するかもしれない。驚きの声だけでもソランジュを傷つけるに十分だ。彼が黒人だって、大した問題にはならないだろうか？　ローズとソランジュが生まれた村では皆が白人だった――唯一の例外が――よく考えてみると――食料品屋のクデシャヤンさんだ。彼は厳密には黒人ではない――彼の肌はクウェッソより色が濃く、チャコール・グレー、炭鉱のグレーだったが、彼はパキスタンかどこかその辺りの出身だった。その種の黒さの人たちのことは黒人と呼ばない。奇妙だ。

彼はきっと邪魔が入ったのだ。それにしても電話くらいできるだろうに。まさか事故に遭ったのではないでしょうね？　もう一つ頭に浮かんだ考え――黒人は遅刻する傾向があるのではないだろうか？　アフリカの人は、時間に対して、いわば特殊な関わり方をするのでは？　この光線が彼女を貫いた。人種差別的考えだろうか？　自分は人種差別の光線による爆弾を浴びようとしているのだろうか？　クウェッソはそういう意味で黒人なのか？　――つまり、彼女がいわゆるバスク人だ、と言われるように、クウェッソはいわゆる黒人、なのだろうか？

そういうことを誰かと話してみたかった。そういうことを彼と話してみたかった。ハリウッド・ヴァインの角にある「バスク」に行ってみたかった。自分の出身地のことを彼に話してみたかった。でも女たちに対しては？　彼らは女たちと特殊な関係性を持っているのじゃないのだろうか？　何本もの光線は雷だ。ローズは彼女を責めることができようか――彼の魅力を色の濃い肌をしているというただ一つの事実に還元すること、その上これ以上あり得ないような名前を、とにかくもアフリカの名前を持っているということに？　ローズは、この思いがけない男への彼女の狂おしい欲望を顕微鏡で調べて、彼が黒人であるという馬鹿げていて手ごわい、つまらない事実に還元することができるのだろうか？

＊

彼がインターホンを鳴らした。彼が。

彼女の「待つこと」の正に対象そのもの――彼が、ここに。ほかの誰でもない彼が。待つことがあまりに茫漠としていたため、彼はいわば溶解していた。彼、この男は――不可能になっていた。星座の存在は知られており、空に見ることもできるのに、到達不可能であり、それゆえ抽象的な存在に、ついには無関心になってしまうように。

ほかのものに感じるような奇妙な満足感を感じた。ほかの誰か、ほかの男かあるいは見たい映画にでも感じるような。映画が話をするだろうか？　ほかの男って黒人かな？　いまいましい問いが知らず知らず、浴びせかけられる。窓の外に怒りの群衆が拳を振り上げて押し寄せているかのようだ。ネジを背中につけた機械仕掛けの群衆だ。

彼。彼がそこにいた。彼はコーヒーを飲むのか？　水か？　ワインか？　ワインを選んだ。それともオレンジジュースは？　とっても美味しいオレンジがあるんだけど。彼女はとにかくしゃべっていた。喉の奥で心臓がバクバクしていた。慣れていないのだもの。彼には。彼は自分でワインをついだ。遅れたことについては何も言わない——そもそも彼は遅れたのか？　結局のところ、時間を決めていただろうか？　彼はそこにごく自然に腰掛け、彼の周りにはケープのように彼の磁場が拡がった。彼女には、彼を待つことに何であんなにエネルギーを使ったのか、わからなくなっていた。彼女はどうして、ごく単純に、これから来る人を待とうとしなかったのか？　これからベルを鳴らして、グラス片手に腰掛けに来る人を——その自然さとサイケデリックな外套とともにやって来る人を。

彼女は空腹を覚えた。また別な、ばかげたイメージ、ある日テレビで見た、木に寄りかかってその木の皮を食べていた痩せてひょろひょろしたエチオピア人女性のイメージが浮かんだ。英語をしゃべるカメルーン男についてはイメージが湧かない。

彼が話しかけた。彼女の耳に入らない。彼女は立ち上がってピスタチオを取りに行く。彼のことをあまりにも長いこと待っていたので、未だに待ち続けているみたいだ。待つことが惰性で進んでいく、船のように。彼女はそのなかにいた。彼がグラスを片手にソファに座っているのに、海の真ん中を漂っており、通りがかっている大型船の上で満員の乗客が激しく議論しているのを、うっとりとして散漫な注意しか払わないでいるように。

私は彼に恋しているのだろうか？　これが恋だろうか――こんな待ち方が、そして今は綺麗な歯の上で綺麗な唇が動いているのを話も聞かずに見つめていることが？　彼女は彼にキスしたかった。彼のしゃべり方は生き生きとして、熱を帯びた雄弁で、少し湿り気のある丸みを帯び、喉は重厚そうだった。まるで彼の最初の沈黙が、彼の語った言葉に強度を帯びて振動し続けるかのように。

それから彼女は彼が酔っているのだとわかった。最初に会ったときのように。でも彼女は酔っていない。彼女は彼を興奮させていることにぴったり乗ることはできなかった。進んでしまった映画を遅れて観る観客のように。あるいは単に彼女は眠かったのかもしれない。

彼女は朝の四時に自分の部屋に腰掛けている、この魔術師じみた男を眺めながら、彼女が望んでいたのはこれだろうか、と考えた。彼にキスしてほしかった。男はみんな彼女にキスしたがる。内気な男は酒の力を借りるが飲んだ後には普通になる。普通の男は彼女にキスする。彼女ほど美人じゃない友達でも、女優でない友達でも、男がどんな風にするかって話してくれるところによれば、男は普通そういうものだ。とりわけ、こんな非常識な時間にニュイゼット姿の女の部屋にいて、しかも以前に甘い言葉を囁いたことがある女を相手にして。

真鍮の脛当《ゲートル》

彼は彼女にコンゴの話をした。コンゴならどこでもよいわけではない。ブラザビルのある小コンゴ〔コンゴ共和国〕ではなく、キンシャサのある大コンゴ〔コンゴ民主共和国〕。そこでは、あっという間に道路がなくなり、代わりに河の大きな支流が現れる、三時間前に彼女がグーグル・アースで見たあの国だ。その偶然に彼女は動揺する。河に浮かぶ島々のことを言おうとした——が、彼はすぐ次の話に展開した。『闇の奥』の話だ。コンラッドの小説のことである。一人の男を探す男の物語だ。植民地の元大尉、「強欲で冷酷な狂人の悪魔」であるクルツを探すマーロウ。「悪や真理のように、偉大にして抗いがたい何か」だというコンラッドのコンゴ。そしてヨーロッパ——青白いヨーロッパ、民族大虐殺《ジェノサイド》の予感。彼は彼女に、「魅力に彩られ」「真鍮のゲートル」をつけたアフリカ女の引用をした（彼女はキリクの魔女〔フランス・ベルギー・ルクセンブルク共同制作のアニメ映画『キリクと魔女』（一九九八年）は、アフリカで村を荒らす魔女と闘う少女キリクの冒険を描くヒット作〕を思い出す）。彼は許婚者《ラ・プロミーズ》〔『闇の奥』に登場する女性〕の描写、「とても青白い」を引用する。ブロンドで透き通る肌（彼女は自分のことかと思う）。これは人種差別の小説なの？　いや、だがアフリカ人がハリウッドを席巻すべき時なんだ。アメリカで諸民族の歴史をもう一度取り上げるべき時なんだ。

彼女は疲れを覚えた。普通の話をしてはいけないの？　——だが彼は続けた。彼は『闇の奥』を映画化、コッポラの『地獄の黙示録』とは違った作り方で、いずれにせよ現地ロケで映画にしたいのだ。とんでもない計画だ、ということは自覚しているが、彼の監督としての最初の作品、赤道に向かう野心は、ジャングルの真ん中にロケ隊を移動させ、そこにこの本のモニュメントを打ち立てるものなのだ。コッポラはフィリピンに出かけていってベトナムで撮影したが、彼はコンゴに行ってコンゴで撮影するのだ。

彼女がさえぎって言った。私はその本を読んだことはないけど、『闇の奥』って少しステレオタイプなイメージではないかしら？　アフリカにとっては決まり文句ではないの？　彼が抗弁する。彼が取り上げたいのは、まさにステレオタイプだからこそ、白人がアフリカと言えば必ず、暗黒とゾウを想像する、お決まりの極致だからこそなのだ。

私も「白人」に入っているのだろうか？　この視点が彼女の胸を貫く。彼は彼女のことを一人の「白人」として見ているのだろうか？　彼がここに来たのは——さらにひどいことだが——彼女が白人だからなのだろうか？　彼女は今まで彼女の尻のために愛されたことも、彼女の才能のために愛されたことも、彼女の名が知れてるから愛されたこともあるが、未だかつて彼女の肌の色のために愛されたことなどない。それとも、今まで彼女を欲した白人男たちは皆、彼女が白人であるという条件を満たしていてこそ彼女を欲したのだろうか？

彼女が振り返ると自分たちが映っていた。夜の底に沈んだ大きなガラス窓のなかに、一人の男と一人の女が互いに寄り添っており、彼らの美しさに彼女は打たれた。女のカーブと男のライン、女は寝そべり男は腰掛けていて、古典的な美しさ、スレンダーでハリウッド風だ。女は正面を向き、男は横顔を見せ、ビシッ《クリック》、バシッ《クラック》、陰と陽――あらゆるペアの完璧な配置。女たちを、彼ならばどんな肌の色の女だろうと、ものにできるだろう。男たちだって、もし彼がその気にさえなれば。地上のすべてがきっと彼と寝たがるだろうが、彼はここに、自分のそばにいるのだ。

彼女が彼の方に動く。彼は話し続けている。彼は奇妙な目つきで彼女のニュイゼットの表面上をトポグラフィのようになぞる。コンゴは、奇襲を受けてなかば投げやりに、隷属されるがままになったのだ。ベルギーは、巨人の脇腹についたダニのようなもので、アフリカの中央にある、グリーンの染みが拡がっているのを子供の頃から見ている人たちの誰が今なお、その領土を言い当てることができるだろうか？　彼は円を描くような動作をしながら、どのようにプランからプランへ、入れ子から入れ子へと、彼の映画がどんどん密室恐怖症的になり、「大地の真ん中への埋め込み」になるかを説明するのだった。すると突然彼女は、誰かが――恐らくは彼が――とうとう地球の中心がどこにあるかを知ることができる、という淡い希望を抱いた。彼女はいたるところで、男たちに、この中心を、この強さを求めてきたのだった。彼の話を聞いていると、それはそこに、コンゴの奥にあるのだった。彼とともに。

彼は熱に浮かされたかのようであり、苦みがあり、知的だ。彼女はこの風味を味わいたく、彼に黙ってほしかったが、彼はまだ話し続けている。彼女は彼の口にむしゃぶりつきたかった。フランスでは、男が女に長々と語るとしたら、先ずは彼女と寝るためだ。彼女は新しいボトルを開けた。彼女はマニキュアとニュイゼットの色を合わせようとは思いもしなかったが、濃いピンクを肌色ピンク――なんと表現すべきか、白人・の・ピンクの皮膚――の上に。

「本当のことを言えば、例えばベルギーがコンゴに侵攻したことも、私の頭から抜けていたわ」と言ってみた。

「侵攻じゃない、植民地化し、レイプし、切りつけ、流血させたんだ。一五〇〇万の死者が出た。そしてフランスは、コンゴ・オセアン鉄道だけのために二万人の死者を出した」

「そんなに」と彼女はため息をついた。リビングが頭蓋骨で埋め尽くされた。

彼がスマホを調べる――彼女はメールを、別の女からのメールを恐れる――しかし彼は彼女に読んで聞かせた。保存されているコンラッドの小説の最初のページだ。「暗闇のロンドン、テームズ川で、夜に二本マストの帆船が行く。彼は第一海図を見ていた。空は闇で非常に暗い。そこに溶け込むように海に辿り着くだろう……。」

「それであなたはここ、ハリウッドでその映画のスタッフを見つけるつもり？」

彼は間をおいた、俳優じみた間を。

「誰がクルツを演《や》ると思う？」

新しい光が彼女に閃いた。わかった。

「ジョージ」

「そして君の考えでは、誰が許婚者《ラ・プロミーズ》を演《や》ると思う？」

彼女の唇は血が流れ込んで緊張し、彼女は欲望がその唇を膨らませ、彼女自身を彼の方に押し上げるのを感じた。空の方に、風変わり《バロック》な未来、コンゴへの遠征、恐ろしくも素晴らしい撮影に向かって。

「グウィネス・パルトロー〔1972- アメリカの女優・歌手〕さ」

彼女は立ち上がった。女優の人生にはいつも落胆や、欺瞞や、偽物の安売りや、夜の裏切りや、不作法に直面する決定的な瞬間がある。彼女はセーターに腕を通した。彼女の指の一本のマニキュアが剝がれていた。子供じみた後悔の思いに襲われる。もし爪をきちんと手入れしておけば、彼は彼女に役をくれただろうに、などという幼稚な考えだ。

彼は財政計画を説明する。ジョージが出す金額、多分カナル・スタジオが、ラゴスのプロデューサーの一人、さらにはＵＣＬＡ〔カリフォルニア大学ロサンゼルス校〕のアフリカ研究科までが。どうして彼女はこんなにも泣きたい気持ちなのだろう？　やっぱり彼の唇がほしい、腹立たしいのはそのことだ、その猛り狂った欲望。彼のこの計画は決して実現できないだろう。ジョージはいつもこうした博愛的な考え方をするが、彼のキャリアでも最も愚かなミスキャストと言えよう――ジョージの悪意だろうか？しかし彼のような大物には、マーロン・ブランドを引き継ぎたいというような挑戦があるのだ。たとえジャングルの奥地での駄作であっても。

そしてそれは駄作なんかにはならないだろう。ジョージが出れば、それは世界中のスクリーンに届けられるだろう。崇高なＵＦＯだ。大冒険映画だ、少しばかり芸術家気どりだが。ジョージがハリウッド映画にも付与できる非・俗悪的なタッチをともなって、とうとうアフリカに捧げられる大作。ジョージ、そしてこの男、クウェッソが。**イェーイ、ベイビイ、やったぜ《ヒーズ・ガット・イット》。**

グウィネス・パルトロー？　あの栄養不足のアスパラガス？

彼女は彼の唇に自分の唇を重ねた。牡丹の花束にキスするようだった。肉づきがよく、ふっくらとして、真珠のように新鮮で。強いリキュールで満たされた牡丹、男性的で甘美で中毒にさせるような花々。

彼女はもう彼の顔も、おしゃべりな眼も見ていなかった。二人の凹凸が融け合い、巨人《キュクロプス》のような熱、濡れた唇。彼はまだ話したそうだったが、おとなしくなった。彼の口はざらざらした頬の外側に花開き、その唇はさらに甘くなり、彼女はとろけ、柔らかくも硬く、やさしくも張りつめて《タンドル・タンデュ》。彼は一瞬、身を引き離し、彼女はまた彼がコンゴの伝道を続けるのかと思ったが違った。彼は彼女を見つめていた。そして幸福そうな顔をした。

彼の大きな身体と向き合って横たわり、ニュイゼットは頭の上に置いて、彼女は再びこの男に触れていた。彼女のことを語り、素敵なセリフを言ってくれ、彼女のなかにもぐりこみ、いやいやをするように後ずさる、この男に。彼女は彼を引き寄せ、二人の抱擁は動きのないものにまで、全く表情のない、一つの強度にまでなった。もう少し、もう少しで、あの素晴らしい息の止まるところに留まることができるまで、そこではもう彼女は彼を待たない――今度は彼が、彼女を待っていた。

それから、彼の尻が彼女の尻に、彼の腕が彼女の腕に重ねられ、彼女はたいそう白く、彼はたいそう黒いので、笑いたくなるくらいだった。それは素敵で、美味しそうで、まるでケーキみたいだった。二つの身体はあまりにくっきりと分かれているのに、あまりにぴったり触れ合っており、肌が閉じる所できっちり止まり、また始まっていた。正にこのために、もう一度始めたかったのだ、ここが私でそっちがあなた、ともう一度確かめるために。正確にこれ、見栄えがするように誇張して作り出された、ほれぼれするようなコントラストだ。すると彼女が笑っているのを見て彼も笑った。すると彼女は、彼が笑っているのは愛してるからだと思った。彼が笑っているからには、私たちは笑い続け、楽しみ続けることができるだろう、と。

ハシボソガラスが電線の上で鳴き、空はミルク・ブルーだった。ガラス窓に映っていた彼らの姿は消えた。彼らのうち残っていたのは現実の肉体だけ、彼らのうち残っていたのは彼ら二人だけ。彼らの映像は映像が生きている所で折り畳まれた、ハリウッドの丘の襞のなかに、影のなかに。

Ⅱ

そしてあなたがた亡霊たちは化学変化《シミー》で青く立ち上る

陽光で彼女は目を覚まし、彼といることがうれしかった。彼女は長く眠ることはなかった。彼の髪の神聖な匂いを吸い込んだ。彼の髪というカテドラルの香油を。彼のドレッドヘアを。彼女はそれに包まれ、巻きつかれるままになっていた。毛先が尖っていて、少しちくちくするが、ベッドの上のパールのように丸まっていた。朝、それは彼女の肌に刻みこまれ、跡を残すのだ。一日中、彼女はそれがゆっくりと消えていくのを見守るのだ、腕や、肩や、尻のあたりに残っている秘密の結びつきの感触とともに。

頭のそばにいると、柔らかくてビロードの感触だった。三つ編みではない、違うのだ。こまやかなカールだった。彼、この奇跡が、彼女のベッドのシーツにくるまっているのを見つめた。自分が、触手を持つ生き物に八方から捕えられているような感じもした。彼を起こしてしまうのがこわくて動けなかった。

そうっと彼女は一冊の本を摑んだ。「そして、あなたがた亡霊たちは化学変化《シミー》で青く立ち上る……。」何年間もクレーヴとボルドーで、学生生活を、次には教師をやっていたのに、彼女はセゼールも読んだことがなかったし、サンゴール〔レオポール・セダール・サンゴール（1906-2001 セゼールとともにネグリチュード運動を牽引した詩人で、セネガル初代大統領〕も読んだことがなく、ましてやチヌア・アチェベ〔1930-2013. ナイジェリア出身イボ族の作家。口承文学を題材とする作品を執筆〕やウォーレ・ショインカ〔1934- ナイジェリアの詩人・劇作家。アフリカ人初のノーベル賞受賞者〕など。この二人については、名前を聞いたことさえなかった。彼にスペルを聞かなくてはならなかった。文盲になったような気がした。そのうえファノン〔フランツ・ファノン（1925-61）アルジェリア独立運動の指導者〕も知らなかった——彼女は。フランス人なのに？　コンゴのチカヤ・ウ・タムシ〔1931-88. コンゴ共和国の詩人〕も？　もう一方のコンゴのソニィ・ラブ＝タンシ〔1947-85. 作家。ベルギー領コンゴに生まれコンゴ共和国で死去〕も？　ジンバブエのツィツィ・ダンガレンブガ〔1959- 女性作家、映画製作者〕などなおさらだ。ボツアナのベッシー・ヘッド〔1937-86. 南アフリカの女性作家〕とかも（そもそもボツアナってどこ？）。フランス語版が見つからないものは英語で読んでみた。彼の横で、静かに、何時間も。彼女は答えを求めていたのだ。彼らの歴史を語ってくれる本を求めていたのだ。彼女に未来を教えてくれるものを。彼女は彼に目を向けながら、彼が愛したところを探しながら、そこここを読んでみた。この女の登場人物が好きなのか？　彼は寝るのが遅かった。寝つくのが遅かった。

彼女は息子の写真を隠しておいた。最終的に。迷った挙句に。その写真では息子はたった五歳なので、彼女も若く見えた。彼にはいつか息子のことを話そう。その時が来るだろう。でも、故郷の村や、ボルドーや、パリや、ロサンゼルスのことでさえ——あたかも彼と会う前には何もなかったかのようなのだ。あたかも時が彼と過ごした何回かの朝とともに始まったかのように。それらの年月、一体彼女は何をしていたのだろう？　この烈しさの前には？

ほかの写真もあった。ローズと彼女の写真や、弟のモノクロ写真だが——たとえ彼がそれらに気づいたとしても——それらについて質問したりしなかった。彼女は、息子が、その当時のその場所での自分の顔とともに写っている写真を見た。小さな車輪の自転車に乗っている頃のものだ。どこにいたのだったか——パリだ。奇妙なことに、元の彼、ブリスとつき合っていた時代だ。今ようやく思い出したのだが——ブリスのことでなく、彼が黒人だったという事実だ。ブリスの肌の色なんて全然問題でなかったのだ。彼の肌がとても明るい色だったからだろうか？ それとも彼女と同じようにフランス人だったからか？ アンティル諸島のアクセントもないし、彼の家族がアンティル諸島にいることも——瑣末な、付随的なことでしかなかった。彼女はそのことを見せびらかしていた。その時分は、クラブに入り浸って、ＣＭで稼いだ金をぱっと使っていた。踊り暮らした。彼はハンサムで、二十歳で、脱色した髪をとても短くしていた。キャスティングだけが関心事だった。黒が流行だった、昼より夜が、ティエリー・ミュグレー〔1948- フランスのファッションデザイナー〕、ニック・ケイヴ〔1957- オーストラリア出身のシンガー・ソングライター、作家、俳優〕、ティム・バートン〔1958- アメリカの映画監督〕など、ニュー・ウェイブの最後の残響が。一枚のドレスと同じように、目まぐるしくも軽い思い出だった。それに黒人と言っても、彼は普通の黒人ではなく、彼独自の風だった。とりわけ思い出すのは、彼は男の子たちが好きだったことだ。女も好きなのだが、男もだった。彼が彼女を棄てたとき、彼女はそれほど落ち込まなかったが、それでも痩せた。わずかの間だが、彼女は恐怖をもって、彼の出身地を気にかけた。その当時、ハイチ出身者と、ヘロイン中毒者と、ホモセクシュアルだけがエイズに罹ると想定されていたのだ。そして彼女にとっては、ハイチもアンティル諸島も同じことだった。

エイズではなかった。彼女は彼のことも忘れた。それで、つまり、少なくとも一人は黒人の恋人とつき合ったことも忘れたのだ。ブリスは、その頃の彼女同様、色なしだったのだ。色彩上の違いなんて何でもなかった。

クウェッソが目を覚ました。まだ少し驚いたような感じで「Hey」と言う。手のひらで目をこすっていた。起き上がって小用に行く。彼女はそのまま、胸をドキドキさせていた。彼がもどってくる。彼女に腕を廻す。ゆっくり身を落ち着け、素晴らしく時間をかけて。セックスした。二人で笑ったりもした、ときには。その場合さえ、彼女には何もわからなかった。彼女は自分だけで——彼の肩の間に、両腕の、髪の間にいることで、自分が世界の中心にいるのだ、とわかった。

もう少し彼をつかまえておかなくては。でも、彼が目を覚ました瞬間から出ていく瞬間までの間に、シナリオは繰り返し、一刻一刻が過ぎ去り、そのすぐ後に、彼は立ち上がった。昨夜の衣服に腕を通し、出て行った。彼女のところでは絶対にシャワーを浴びないのだった。電話もして来なかった。それでも彼女がメールで「さみしい《ミス・ユー》」とか「あなたのこと思ってる《アイ・シンク・オブ・ユー》」などと書き送ると、手短に「僕も《ミー・トゥ》」とか「たくさんの愛を《ロッツ・オブ・ラブ》」などと返事してくるのだった。

「**たくさんの愛を**《ロッツ・オブ・ラブ》」——彼女のペンフレンドがこの言葉で手紙を締めくくっていたっけ、彼女たちが十五歳のときだ。

*

彼女はプライドから、彼の沈黙の長さを測るほかはなかった。二日、三日……一〇日と。そしてとうとう降参する。メールでデートを申し出るのだ。彼は決まって賛成した。驚くような無邪気さで、どうして連絡しなかったの？　などと彼女に聞いてくるのだった。しかも時間を守った、最初の時の遅刻を彼女がきついフランス語でなじってからというもの。

「正確な時間を決めてはなかったですね？」と、いくぶんか声を高くしたものの。

彼がフランス語で答えることは珍しかった。彼の生まれた国では、英語とフランス語と、その他の多くの（三百もの！）言語が話されているのだ。「**正確な時間を決めてはなかったですね？**」というのも少し変だけど、とりわけアクセントが変だった。ミシェル・リーブ〔1947- ケルン生まれのフランス人のもの真似芸人・俳優・歌手〕と同じアクセントだ。一瞬、彼が自分を馬鹿にしているのかと思った。大げさなのだ。クレーヴの町では、いつも誰かが、黒人のもの真似をするミシェル・リーブの真似をしていたものだ。もし彼が同じくらい断固として英語で「We didn't say what time」と言っていたなら、彼女はきっと気おくれしたことだろう。「決めて《プレシゼ》」が彼の口のなかで、転がるような、甘い歌声のような動詞に、強調される最初の音節に、三つの母音の使い分けになっていた。「時間《ウール》」の方は、暗くて脅かすような声音だ。彼女が生まれるよりずっと前に、父方の祖父母がセネガルから持ち帰った黒檀の無粋な仮面が思い出された。バスク製のテーブルクロスの上に直立して置かれていた。彼女はそんなものに少しも関心を持ったことがなかった。

それから、彼女は忘れた。何かが彼女を再び捉え、捉え直していた。『闇の奥』を読んでみた。それが気違いじみたことだと理解できるまでに。少なくともどういう点で気違いじみているのか、森をデジタル化しようなどという狂気？　緑の背景布《グリーン・キー》のスタジオを借りて俳優たちをジャングルのなかに埋め込もうなどという？　マーロウは最後の最後にしか許婚者《ラ・プロミーズ》に出会えないだろう。そのシーンは美しい――短く残酷とはいえ、許婚者《ラ・プロミーズ》が空しくクルツを待ち続けているのだ――けれども、さまざまな素晴らしいプランを考えることができよう（喪服、白いものの混じった髪、「もう若くはないのだ」、ハリウッドなら、正に彼女の年齢だ）。「彼女の金髪は黄金のきらめきによって、空気中に残っているすべての輝きを集めているように見えた。」クルツが彼女を夢見るシーン、ジャングルに彼女が透き通るようなイメージで浮かび上がるシーンを挿入することだってできよう――結局のところ、幻影だらけの小説、幻覚じみて、マラリア熱に浮かされた、神秘的な小説なのだから。「私はあの方から気高い、全幅の信頼を得ておりました……私ほど彼のことをわかっていた者はほかにありません……。」そう、私のための役柄だ。そう、クルツは許婚者《ラ・プロミーズ》を夢見ていたのであり、私は、私はジャングルまで行こうじゃないの。あるいはスタジオでもいいが、とにかくクウェッソとともに。

＊

ローズがスカイプで、一度も自分の住まいに呼んでくれない男なんて良くない兆候よ、と言った。自宅に何があるというの？　ほかの女？　ほかの女が何人も？　殺された七人の女？　たくさんの汚れた靴下？　「中東の闇市《バザール・ノワール》」？　相変わらずソランジュはまだクウェッソの肌の色を明かしていなかったし、名前も教えていなかったのだが、やはりテレパシーの波が伝わっていったのだろう。

同居人がいたのだった。ジェシーという名の。そこにいたためしがないが。その男の方が家賃を多く払っているのだった。ジョージのヴィラと同じくらい豪華な屋敷だった。クウェッソは峡谷を見下ろすテラス付きの最上階に住んでいた。初めて彼の家に連れていってくれたとき、彼女はあちこち行ったり来たりはしなかった。明るい大きなロフトで、本や幾つかの低い家具があった。大きな亜麻色の絨毯。床にじかに置いた幾つものパソコンといろいろなメカ。

彼女は、床のうえを素足で動き回り、音の響きを楽しんだ。シンプルな白いコットン地で、肩ひもが細く身ごろが釣鐘風のワンピースを着ていた。壁には巨大な──何だろう──色を塗った皮革、羊皮紙、幾つもの天使や剣と奇妙な文字が書かれた、芝居の背景となる垂れ幕の一種のようなものがあった。床にはじかに、親しげに、黄色い素材でできた、黒人女性の晴れ晴れとした大きな頭像が置かれていた。とても美しいこの女性の顔は線が刻まれており、疲れか、おそらくは嫉妬を感じているかのようだった。この叙事詩的な物体を、彼がサヴァンナの市で値切っているところを想像して聞いた。「これをどこで買ったの？」しかし、彼は大英博物館のミュージアム・ショップで買ったのだった。「これは誰なの？」彼は爆笑した。ミロのヴィーナスを見て「これは誰なの？」

と聞く人があるか？　イフェ〔ナイジェリア南西部の都市でヨルバ人の天孫降臨神話の聖地〕の王様だった。女性ではなく王だったのだ。おそらくはファン族〔ガボンとムビニの熱帯雨林に住む西アフリカ黒人種。彫刻で有名〕の仮面によって、アフリカ美術で最も有名な頭像なのだ。羊皮紙の方は、アムハラ語で悪魔払いをするためのエチオピアの魔法の巻物だった。

　彼女にはアムハラ語《アムハリック》がアメリカ語《アメリック》にしか聞き取れなかったが、わかった素振りをした。

　太陽が峡谷に沈み、私たちはレナード・コーエン〔1934-　カナダ出身の詩人・シンガーソングライター〕を聴いていた。彼は彼女が持ってきたワインを開け、その中国人風な眼が二筋の裂け目となり、何かやさしいものが彼の顔に浮かんだ、瞳の辺り、口の辺り、亡霊かハチドリか、素早くてかすかな何か、それがおそらく彼女の心をまた摑み、彼女の手が届かないでいる――彼のマスクにひそんでいる、つかの間の甘やかさなのだ。彼女は彼の内側に隠されたやさしさの襞が少し開いている、そこやあそこに、キスしたかった。「彼は恋にたじろいでいるのね」とローズは分析した。

　彼はもうすぐコンサートに、コーエンに会いにいくのだろう。有名な歌手の主たる敵が、ベトナム戦争でもアメリカの右翼でもなく、自分自身の失意だということが君にはわかっているかい？　ユダヤ人たちのホロコースト（彼は「ショアShoah」とは言わない）が、この失意の一生のなかでどのくらいの位置を占めるのだろうか、と考えてしまうんだ。

　彼女のほうは、コンサートはいつなのだろう、どうして彼は彼女をそこに誘わないのだろう、と考えていた。

＊

目が覚めたらロフトは空っぽだった。「クウェッソ？」彼女はこの名を、彼の腕の中で小声でしか、声に出して言ったことはなかった。ほかの誰にも言ったこともなかった。ジョージにさえ何も言っていなかった。静けさのなかで、「**クウェッソ**」と大きな声で発音するのは奇妙だった。神の冒瀆のような。想像上の、魔術めいた、恐ろしいアフリカというところの、いかなる言語でも彼女には発音することができない音律、空っぽの空間での響き。

ジェシーがいた。彼らは二人ともプールサイドでタバコを吸っていた。ビールを開けて『闇の奥』のプロジェクトについて話し合っていた。ジェシーというのは、（ヴィラを見て彼女もそうかなとは思っていたのだが）あの有名なジェシー、ハリウッドでは珍しい黒人スーパースターの一人だった。ジョージほど有名ではないが、それにしても。彼女は彼に手を差し出した。ジェシーは、クウェッソの彼女にみだらな眼つきを投げかけた。彼女は恥じらって頬笑んだ。気おくれがした、この男のためではなく、クウェッソがよそを向いて黙っていたからだ。彼は彼女といるところを見られて気まずいのだろうか？　あるいは白人女といるから？　彼女はその考えを、ハエを追い払うように追い払った。ジェシーが彼女に緑茶を入れましょうか、と言った。「女性はみな緑茶を飲むようだから。」「緑茶を入れてきて」と彼が言うと、昨晩には見かけなかったメキシコ人のメイドが現れた。「クウに言ったんですよ、フランス人女性とはデートしないようにってね。僕がこの間フランス人女性とデートしたとき、ちょっと口喧嘩になったら、そのかわいいひと《プティト・シェリー》は、峡谷の一番下まで降りて行ってしまった――女性が運転しているときは絶対にケンカするもんじゃない――スピードを抑えて、二人とも死んじゃうよ、と言ったんだが、彼女は小道に入るなりバーーン！と僕のマイバッハ〔高級車のブランド〕をぶっつけた」と続けた。

彼は彼女に向かって話しているわけでもなく、クウェッツォにというのでもなく、見たところ、谷の方を見下ろしていた。彼の話によれば、マイバッハというのは車のブランド名のようだった。彼女は多くの場合同様、話の流れからそう理解した。

「僕は車から降りたかったんだが、彼女はバックして、また後ろの左側にバーーン！」

クウェッツォは笑っていて、どうやらもうその話を聞いたことがあるようだった。あまりに仲間うちの、ちょっと失礼な笑いだ。彼女は彼と目を合わせようとした、咎めだてるように。だが彼はまた無表情にもどってしまった。そのうえ彼らは映画の話にもどってしまった。プロジェクトは彼女が思っていたより進んでいるようだった。

彼女は帰るべきと感じた。彼らを残して――仕事に。

ベル・エール

再び待つことが始まった。慢性の病のような待つことが。鳥もちに捕えられたような熱っぽさ、麻痺状態。デートと次のデートの間、二つの感染の間に、彼女は、自分が待っている男を見失っていくような、自分が作り上げた男を待っているような、パラドックスに少しずつ侵されていくのだった。待つことが現実であり、彼女が待つということは、彼女自身の生の証しだった、まるで彼女が両腕で抱きしめた男の身体は時の繊維でできていて、どうしても逃げ去ってしまうものであるかのような。

レナード・コーエンのコンサートの日付を、偶然の一致であるかのように彼女が知ったのは、一二日後のことだった。まさに一二日後に、次のようなメールを受け取ったからである。

「素晴らしいコンサートだ。Wish you were here」

彼女はインターネットで、まさにこの時にレナード・コーエンがノキア・シアターに出ていることを知ったのだった。彼女はレナード・コーエンと打ち込みながら、彼、クウェッソを、マップ上の矢印のように、**ここに**《ヒヤ》、位置を特定化できたのである。Wish you were here、「君も一緒にいたらなあ」だなんて、怒りとフラストレーション（誘ってくれさえすれば、予定を立てて知らせてくれるだけでよかったのに！）——そのとき、次のメッセージが届いた。「君のこと忘れることはほとんどないよ。」

君のこと忘れることはほとんどないよ。

一二日間もほっておいて、君のこと忘れることはほとんどないよ、だなんて。こんなに時代遅れの、こんなに愛らしいフランス語を書くアフリカ人は一人しかいない——彼女にはわかった（彼のことがわかった、そう、彼を知れば知るほどわかってきた）、彼は自分のやさしい感情を全く知ろうと思わないのだった。英語では、対等な扱いだった。異国人から異国人への。アメリカでは。アメリカという領地では。

スザンヌはあなたを連れていく《スザンヌ・テイクス・ユー・ダウン》
川のそばの彼女の部屋に《トゥ・ハー・プレイス・ニア・ザ・リヴァー》**……**

頭のなかでレナード・コーエンの歌を浮遊させてみた。**スザンヌ**を**ソランジュ**に変えて。メランコリックに。そのあと、繰り返し口ずさんだお蔭で（まるで自分が十分なだけ歌えば、彼が来てくれるだろうというように）、彼がやってきた。彼女は彼を咎めるようなことは何も言わなかった。彼はすでにかなり飲んでいたが、二人はボトルを開けた。**素晴らしい**《エクストラオルディネール》コンサートだった、と友人たちも誉めていたよ。なおのこと、彼女を彼の友人たちに紹介する良い機会になったということじゃないの？

「いつまた会えるのか、私には全然わからないのだもの」

「だから今ここにいるじゃないか」

フランス語での会話はいつも勝利と感じられた。彼の彼女への愛の、証でさえあった。彼女が自分の領域に彼を引き寄せていたわけだ。彼は彼女のことを忘れることはほとんどないのだった。フランス語では。

「メール一通もなしの一二日間の後で」

「一二日間?」

彼は信じられない、と言った。素直に謝った。「すごく忙しかったんだよ。」

彼女は二つの役と役の間の時期で、彼の方は見たところもう役をもらう仕事は探していないようだった。彼は、食べるためにたまたま役者になったのだと言っていた。自分の映画を製作したいのだ。「製作準備期間」だったのだ。彼女は、友人と、コーチと、ヨガと、精神分析医とをキャンセルしていた。彼は現れた。また姿を消した。断続的な存在の男だった。彼が出て行くとき――彼女は彼が車のなかに姿を消して、それから車がベル・エール・ホテルの背後に消えていくのを見送るのだった――彼は非物質的存在になるのだった。ひとつの亡霊になって。彼女は空虚を腕に抱き締め、無にこぶしを押し付けるのだった。彼女の遠くで、彼の存在は不可能な記憶のようだった。

二人はセックスした。彼が彼女に触れると、彼女はたちまち大事変に再び捕えられてしまうのだった。心奪われ、転がるようなアクセントも気にならなくなり、自分の知らないことの渦巻きばかりに気を取られた。彼女の毎日の空虚も。彼に対する熱病のような渇望も忘れて。

彼はバスルームに移動した。それから居間に降りていった。彼が電話する声が聞こえた。パソコンを打つ音。彼は何を製作しているのだろう、何時間も、ベッドの彼女の隣にいる代わりに。

彼女も彼のそばに行ってみる。彼はパソコンから顔を上げる。彼女は最初に思いついたことを言う。

「アフリカに行ってみたいな」

「No you don't まさか」と彼は答えて、またパソコンの文を読み始める。

「本当よ、ザンベジ川の滝やナイル川の源流を(「ゾウを」というのは止めておいた)見てみたい」と子供のように駄々をこねた。

彼はパソコンを閉じるのだった。「アフリカなんて存在しないんだ。」

彼は信じられないようなことを言うのが得意だった。だが彼女は記憶を、少なくとも最近の記憶を、動転して述べ立てる。

「あなただって、同じようにアフリカと、この間の夜、言ったじゃないの。最初に私の家に来たとき、すごく遅くなって。確かに、アフリカの中央にある緑のしみと言ったじゃないの。素敵だと思った」

彼は妙に尖った笑い声、他人の身体から聞こえるような笑い声を上げた。

「アフリカというのは民族学者のフィクションさ。複数のアフリカがあるんだ。黒という色についても同じさ。でっち上げなんだ。アフリカ人たちは黒人じゃない、バントゥ族やバカ族やナイロート族やマンディング人、コイコイ人やスワヒリ人なんだ」

これらの音節は全く聞いたこともないので、彼女にはそれらの音を聞き分けることもできなかった。全部が長い一つの単語のように聞こえた。そして、もっと後で彼女が彼に「アフリカは民族学者のフィクションなのね」と言うと、またあの不気味な笑いを、疲労感にも似た、あの静かな秘めた怒りを見せるのだろう。アフリカは存在しないなんて、どう考えたらよいというの？　彼女には、「あなたの」と言うのも、「愛してる」と言うのも、はばかられるのだった。

彼がいると、彼女の頭脳は空転してしまうのだった。どんな理屈も組み立てられないのだ。何もわからない。どんな本も読了できていなかった。読むこともできない。彼については、彼女が恋するこの男については、彼についてその趣味や、歴史や、喜びや、力や、才能や、ユーモアの欠如がわかってきて、彼についてその機嫌《ユムール》が怖くなってきて、彼について彼女には何もわからないのだ。

時空間や歴史や、場所、暴力を占める一つの現象によって、魔法でも何でもないのだが、彼女には彼らの間の空間でひび割れるのが見えるある現象によって、彼が発するフレーズは彼の口で別のフレーズになってしまうのだった。一つひとつの単語ごとに、同じフレーズが彼女の望まない意味を担ってしまうのだ。恐ろしい意味を。魔法ではないこの現象が、彼女の先祖がその祖先を奴隷にし圧殺した一人の男をひたすら待つように仕向けるのだった。搾取と虐殺は相次いで起こり、明らかに、そう、彼らの同意のもと相次いで起こったのであり、彼らは決して支配者としての立場を緩めることはなかったのだ。

こうした真実を彼は彼女のようには語らない。彼は彼女のような天使ぶった左翼を軽蔑していた。アフリカは絶望的であること、彼は自分の故郷に背を向けたのだということ、米袋の見返りなどなしに、歴史を語ろうと試みたいのだと主張するのだ。

でも米袋がときには、暴君の賄賂や慈善のための取引きにもかかわらず、飢えた人々の口に入ることもあるなどと彼女が言おうものなら、彼は、穀物や米の販路では、それらを収穫する者と消費する者とでは段違いであって、両者は数千キロメートルもの距離によって、また正式に税関に足止めされた数百万のコンテナによって、数千の武器と粗悪品取引によって、隔てられていることを説明するのだった。数千も、数百万も、数億という数字も、人間による人間の搾取や、住民が弓なりにぶら下がった惑星の、持続性と恒常性と断固たる厚みを表わすには足りないだろう。

彼女は生まれた地で、彼女自身の肌をもって、彼女を取り囲む言葉に取り囲まれて、生まれたといえる。だが、彼女は理解した。黒人について、白人は何も言うべきことがないのではなく（彼らは口をつぐむことなく、彼女が幼い頃から口をつぐむことがなかったではないか）、そうではなくて、黒人について、白人は何も黒人に対して言うべきことがないのだ。たとえ、黒人の言ったことを繰り返すのであっても、いけないのだ。

明け方になって、彼らはようやく横になった。もう一度セックスした。彼はすぐに眠り込んだ。そして彼は、午後になって、天頂の太陽の空虚のなか、帰っていくのだった。

HOLLYWOOD DOOWYLLOH

彼女は彼と一〇日間会わなかったが、その後突然に彼はそこにいた。完全に彼女のもとに。彼女も彼は実在するのだと、いきなり彼女の人生から去ってしまうことはないのだと、信じ始めた。彼の沈黙のインターバルを大人しく受け止めるようになった。プライドのため、空しい日々のことを彼には隠していた——空しいと言っても荒廃していたわけではないのだから。

二人はたいていは彼女の部屋で会った。彼はその配置も、高さも、居間も気に入っていた。夜、彼が彼女を起こさずに仕事することもできた。ジェシーの家では（彼は「僕の家」と言うのだが）、ベッドがロフトの中央にあったのだ。だけどジェシーの家だとプールがあるわ、と彼女は指摘するのだった。彼女の分譲マンションなどとは違って、完全にプライベート・プールなのだ。そこでは彼女は裸で泳ぐことができたのだ。それが彼女の気に入っていた、そのプールが。

「来てよ、気持ちいいよ」と彼女は、乳房をまるで二つの浮きのようにさせて、水中でバシャバシャしてみせた。彼は「本物の魚みたいだ」と褒めてくれると、ロフトの日陰にもどっていくのだった。彼女は眼を開けてカリフォルニアの空を見上げながら浮いていた。青い楕円形の世界のなか、あまりにもまぶしい光と棕櫚の木のけだるい揺らめきに気が遠くなるようだった。このままずっとこうしていられたら、彼が室内で仕事して、自分は外で水に浮かんだまま、彼ら自身の家で。

彼女はクリスマスのことを考え始めた。何日間かフランスで過ごす予定だった。実を言えば、三か月も前にビジネスクラスの席を安く取ってあった。その計画を話しかねていた。急に俗っぽく思えた。そもそもクリスマスが彼にとって意味があるのだろうか？　カトリックかどうかさえわからない。

彼女は彼にスペア・キーを渡し、管理人に彼を紹介した。管理人は笑って、もう知り合っていますよ、ありがとう、と言った。驚いたことに、クウェッソが聞いたこともない音節《シラブル》を発音し、もう一方も同じとてつもない音律で応じたのだった。彼女は水から出された魚のように、びっくりして突っ立っていた。

それは英仏語混じりのカメルーン語《カムフラングレ》だった。「彼があなたの所の出身だって、どうしてわかったの？」（彼女は「あなたの所」という言い方を、探検家の地図上に白い目印を指で指し示すような感じで使った。）すると彼は、自分だって同じ部族を、ロサンゼルスで何人ものバスク人を見分けるじゃないか、と答えた。彼がこんな風に笑うとき、彼女は気持ちがくじけた。二人の関係に独特の、あの奇妙な疲労感を感じるのだった。

彼が行ってしまう。純然たる待ちの状態。おお、彼女はこういう待ちの状態には慣れているではないか。二つの役柄、二つの仕事の間の待機。でも今度の待ちの状態は新しいものだった。彼女はその承認の許でのみ生きていた。再び生が息を吹き返すのを待っているのだ。

彼女は以前のことを思い出そうとした、あたかも病気の時に健康だった時のことを思い出してみるように。当たり前の状態を。彼女は野心家で、大西洋を渡って進出したのだった。彼女のエージェントは一流の部類で、最上級の仕事に加わって来た。確かに端役ではあったが、大作に出演した。許婚者《ラ・プロミーズ》の役が来ないとしても、フローリア〔Floria Sigismondi, 1965- イタリア生まれのアーティスト〕との企画もあった。スティーヴン・ソダーバーグだって彼女を撮っている。そう、彼女は待っていた、自分の才能を信じて、自分の肉体とスタイルを維持していた。以前のことを思い出した、バイオ食品店で野菜を選んだり、特選スムージーを作ったりしたこと、コーチに習ったヨガ、それから、ほかには何をしていたのだっけ？　たぶん読書したり、ダイエット専門家がカロリー計算した昼食の配達を待ったり、発声法の授業を受けたり、友人たちに電話したりした。夜には衣装を試着したり、試写や、封切りや、ディナーや、ときにはテレビに出かけた。ベル・エールの家という買い物は彼女を夢中にさせ、その実現のためにたくさん働かなければならなかった。その間ずっと、彼の方は、同じ町にいたのだ。でも彼女は彼を知らなかった。最も驚くべきことに、彼女は彼がいなくても淋しくなかったのだ。出会うまで、彼なしで平気だったのだ。彼の磁場に気がつきさえしなかった。見事なまでに彼のことを知らずにいたのだ。

ところが今では、彼の車がベル・エール・ホテルの背後に曲がってしまうと、彼女は大ガラスの窓辺に取り残され、まるで大きな金魚鉢の中に閉ざされてしまったように思われるのだ。息がつまり、羽根をばたつかせる。大ガラスの窓辺での時間は、空虚の始まりなのだ、もし空虚というのが、彼を追いかけたい、ガラスに体当たりしたいというこの狂おしい衝動を表わすカタチなのだとするなら。ガラスの向こう側――生への衝動を。

二日後、クリニックのような白い光の下、完全に透明な水底に行き着いた。彼女が電話したのに、彼が出ないのだ。メールを送っても返事のないみじめさを味わった。彼は返答した、確かに――いつも最終的には返事をくれたが、あまりにも時間がたってからなので、それはもう返事ではなく、事件であり、驚きであり、ヒーローの華々しい帰還のようだった。

*

彼が一度、MOCA（現代美術館）のシンディ・シャーマン〔1954- アメリカの映画監督、写真家。コスチュームをつけたセルフ・ポートレート作品で有名〕展の前売り券二枚を買った。ということは、彼は現代美術が好きなのか？　ピエロの化粧をしたシンディ・シャーマン、魔女に扮したシンディ・シャーマン――自宅の書棚にこのアーティストの小さなポスターがあることを思い出した。彼は自分を喜ばせようとしてくれたに違いない。

「なんて素晴らしい女優なんだ」と彼が言った。彼女の方が当惑してしまう。今まで彼は彼女の映画の試写を見たことがない、最初の一作のほかには。ある晩、質問を山ほど抱えてやって来たのだ――ゴダールはどんな風に君を演出したんだい？　ゴダールは予めシナリオを渡しておくのかい？　ゴダールは一つのシーンを何度もリハーサルするのかい？　ゴダール、ゴダール、彼女がジャン＝リュックの映画に出たのは十八歳のときで、このスイスなまりの男が何者かということさえ知らなかったのだ。「彼はしょっちゅう抜け出してテニスをしていたわ。」クウェッソは跳び上がって大笑いした。

彼は少なくとも彼女のことを美人だと思っていたのか？　彼は彼女のことを恐ろしいほど若いと思っていたのか？

どういうリズムで彼は展覧会を見たいのだろう？　しゃべりながらと黙っているのと、どちらがよいのだろう？　一人で見るのと、それぞれの感想を分かち合うのとでは？　電話の横で打ちひしがれたシンディ・シャーマン。異常肥満で抑うつ状態のシンディ・シャーマン。ワンちゃんを連れた太ったおばさんのシンディ・シャーマン。蒼ざめた死人のシンディ・シャーマン。彼女の将来が次々と現れるのを見るのは忌まわしい印象だ。

彼は後ろについていた。一人の年配の女性が彼に話しかけた。エレガントで、多分フランス人だ。繊細にアイシャドウで青味がかったその瞳は、彼に向けて大きく見開かれていた。高くもたげた首、小柄で痩せていてしゃんとした身体つきは、一つの運命のよう。それは未来であり、欠乏の姿だった。最後にソランジュに向かって四つの単語を浴びせかけた。「あなたはシンディ・シャーマンがお好き？」と。その現実的で憂愁に満ちた含意が広がっていた、「何てあなたは運がよろしいの」。

年配の女性たちはクウェッソを讃美した。中年の女性も。若い女性たちも。小さい少女たちさえも。続く数か月間、「大志」に捧げられた数か月間ずっと、何人もの少女たちが彼の膝に飛び付き、何人もの年配の女性たちが、同じ純真さで人混みをかき分けて真っ直ぐ彼のところに来て、現代美術は好きか／牧神の笛は／籐の家具は／絹に描かれた絵は好きか、と尋ねるのを彼女は見た。

*

その少し後で、二人は車でロサンゼルスを走っていた。ドライブのためのドライブ、町のため、夜のためのドライブだった。彼女は彼の車、一九八〇年代のベンツのクーペが好きだった。彼の匂いがした。香料とタバコの匂い。彼の身体のなかに匿われているような気がした。同化したような。溶け込んだような。頑丈な車体に、ベルトをしっかり締めて、風に髪をなびかせるこの贅沢さ。そして、もし彼がカーブを曲がり切れなかったなら、そう、二人は一緒に死ぬことになるのだ。

ナビの声が二人に語りかける。ビバリー・グレン大通り。マルホランド・ドライブ。ヴェンチュラ・フリーウェイ。発せられる名前は、二人がそこに行くために大洋を渡って来た地名の数々だ。そのために二人が移住してきた亡霊たち。町ははるか下方で、空のようにきらめいていた。一方からはHOLLYWOODと読める文字が、反対側からはDOOWYLLOHと読めていた。走り過ぎたお蔭で彼らは時間を遡っていた。『理由なき反抗』〔ジェームズ・ディーン主演の一九五五年のアメリカ映画〕の展望台。

靄の中のシルエット、五〇年代の空に五〇年代の棕櫚。ヘッドライトの灯りで靄が絶えず開いていき、車輪の回転にしたがって夜が二人を迎え入れてくれた。彼らはカリフォルニアの夢に溶け込んでいき、それは尽きることがなかった。

彼女は、ここ、マルホランドでのカサヴェテス〔1929-89. アメリカの映画監督・俳優〕のモノクロのインタビューを思い出した。燃えるような光の下、コンバーチブルの車に乗ったクールでセクシーなカサヴェテス、『罪と罰』をミュージカルにしたいと言ったカサヴェテス、この町について「ここでは人々は決して出会うことができない」と言っているカサヴェテス。そして、ちょうどカメラがカサヴェテスを映し出したときに、ラジオでは「カリフォルニア・ガールズ」〔ザ・ビーチ・ボーイズの一九六五年のヒット曲〕が始まったのだ。そのとき始まったのだ、人生そのものにおいて、現在形で、永遠に、ハリウッド時間のライブで、カサヴェテスの永遠のサウンドトラック、ビーチ・ボーイズが。

彼女は彼を、斜めから、夜の高原を運転しているところを見ていた。そう、そこには……似ているところが……同じ口、同じ額があった。黒人になったカサヴェテス——ドレッドヘアではない、それは認めよう……でも、この抗いがたい既視感《デジャ・ヴュ》の感覚、つまり絶えず見知った顔を見てしまう、心を蝕むような移り変わりの感覚……。カサヴェテスの夕べが終わり、カサヴェテスは元の所に帰っていき、二人はドライブを続けた、この昼から、ここ、峡谷の夜へと、こんなにも誰かに酷似している男と一緒に。

「『罪と罰』のミュージカルだって?」とクウェッソは頭を振った。「What a stupid idea. なんてバカなアイディアなんだ。」そんなものを聞いたら畑でマイクがいかれてしまうだろうし、俳優たちが酔っ払い、ジーナ・ローランズ〔1930- カサヴェテスの妻で彼の『こわれゆく女』や『オープニング・ナイト』でヒステリックな役を演じた女優〕がヒステリーを起こし、マルホランドのお屋敷がロシアの農家風ログハウス《イズバ》に変わってしまうだろう。『闇の奥』を撮り終えたら、彼もミュージカル映画を製作する計画があるのだった。ミリアム・マケバ〔1932-2006. 南アフリカ出身のグラミー賞受賞歌手。反アパルトヘイト運動のため国外追放になり、ギニアで活躍〕との真面目な計画だ。

彼女はわかったようなふりをした。二人の周りに疲れが漂い始め、彼はこの奇妙な重圧感を振り払うために、もっとスピードを出しかねなかった。彼はいつもスピードを出し過ぎていた（オートマティックの車は嫌いで）。オーケー、カサヴェテスも才能はあるだろう。でもポランスキーは、キューブリックは。シドニー・ポラックだって。彼らはプロフェッショナルだ。本物の偉大な映画監督さ。ピントの合った創造性と才能、そして技量。ヌーヴェル・バーグは映画に多くの間違いをもたらした。

「シドニー・ポラック！」と彼女は冷笑した。彼は「最初に挙げたのはポランスキーだよ」と抗議した。カサヴェテスの映画はあらゆる方向へと向かうものだった、映画の下書き、映画以前の映画だ。彼女は、ヒステリックな登場人物たちのほとばしりを称賛し、失敗作と言われる作品について、それらの映画は欠陥が明らかなほど才能を感じさせるものだ、と誉め称えた。彼は新しいタバコに火をつけて深く吸い込んだ。自分はブリコラージュに恐怖《オルール》を感じる——そのアイディアを遠くにはねのけたいという気持ちが大きい分だけrの音を巻き舌で発音して言った——自分は、あるべき才能を、十分な才能を、プロとしての才能を持つ、アフリカ出身の最初の映画監督になるのだ！

彼女はそれを否定したわけではなかった！ 靄が晴れてきた。夜がきらめいていた、荒々しく、冷淡に。彼はアクセルを踏み込んだ。ナビが、彼女を家に連れ戻す地名を次々、矢継ぎ早に並べたてた。ウィルシャイア、サウス・ビバリー・グレン、コパ・デ・オーロ、ベラジオ——ゼロ地点まで。分譲地の柵の前に車を停めた。彼女にドアを開けてやるために彼も降りたが、エンジンは切らなかった。疲れているんだ。

彼女は懇願した。空っぽの家に一人で入るなんて——いや、そういう気分じゃないんだ、Not in the mood。彼は、彼女から腕を振り離す動作をした。

男たちをいっぱい愛さなくてはならない

もう一度『目を眩まされて《ダズルド》』の試写を見た。本を読もうと努力した。本で見つけたフレーズを、彼にメールで送ってみた。「**男たちをいっぱい愛さなくてはならない。彼らを愛するには、いっぱい愛さなくては。さもないと、やってられない、彼らには耐え難いのだもの。**マルグリット・デュラス」

彼から返事はなかった。五分後にも、三日後にも。彼女は、彼のユーモアの欠如をローズに愚痴った。

「そのうち何か言ってくるわよ」とローズは言った。ローズは写真を見たがった。彼女は自分が転ぶシーンの出ている『目を眩まされて《ダズルド》』予告編のリンクを送ってやった。ローズは彼女の美しさにほれぼれして、ジョージと比較した。ただでさえ華やかなソランジュの生活にその上またイケメンがいるの。彼女は余計なことは言わずにおいた。

ただ、生活にその上また男がいるのではなく、彼が生活そのものになってしまったのだ、とだけ言った。

彼女はパソコンの履歴を見てみた。彼女自身のパソコンだが、夜によく彼に使わせていた。彼は確かに何も彼女に隠してはいなかった――俳優やギャラの検索をして、映画の試写を見て、カメラマンの比較をし、ジャングルでの製作スタッフの実現可能性を研究し、コンラッドとコンゴについて見つけられる限りのものを読み、熱帯病や防水カメラ、携帯用蚊帳や持ち運び可能な貯水タンク、軽いテントや飛行機のチケット、ラゴスとケープタウンのカメラスタジオやバカ通貨での通訳料などを調べてあった。「グウィネス・パルトローのヌード写真」だけが唯一、これらの統一のとれた調べもののなかで少しばかり逸脱したものだった。そしてまた――コンラッドやマケバ、あるいはオゴウェ河のナマズ（有毒な触角を持つ）について、ウィキペディアを修正するため、ほかの執筆者と議論を交わすことにかなりの時間を費やしていた。彼は「イフェの王」の項の三言語での独占的な執筆者なのだった。説明の長さに彼女は疲れてしまった。

するとこれが彼が夜の間、やっていたことなのか、ベッドで彼女と一緒に過ごす代わりに？

彼のシナリオもそこにあった、ＨＯＤのファイルに。「Heart of Darkness（闇の奥）」。彼女は「許婚者《ラ・プロミーズ》」と検索してみたが何も見つからない。「グウィネス」と引くと配役が現れた。とても短く――三ページ、三シーン、三分間。彼女がデイモンと撮影したもの以外はほとんど何もない。グウィネスはいやがるだろう。確かに、ジョージはいる。今はジェシーも。グウィネスはスランプに陥っているとはいえ――初心者の監督のために三分間？

彼女は鏡に向かって髪を上げてみた――昔風のシニヨンだ、少し髪が落ちかかった。肌の白さを強調した化粧。コルセット付きの、首までボタンを留めてはいるが体のラインが強調されるドレス。「私はあの方から気高い、全幅の信頼を得ておりました……私ほど彼のことをわかっていた者はほかにありません。」もっと甘美に、もっと囁くように、「私はあの方から気高い、全幅の信頼を得ておりました……私ほど彼のことをわかっていた者はほかにありません。」

驚いたことに、この小説はどれほどまでに、女性たちにも、アフリカ人にも、ほとんど出る幕がないことか（一体ジェシーは何の役を演じるのだろう?）。彼女は改良すべき点を考えた。許婚者《ラ・プロミーズ》がコンゴまでクルツについて行くことにしたら、すべてが変わる。彼女はそのとき、ある種の祖国を失った女性になるだろう——美しくも御しがたい、黒人たちのそばにいて、内気ながらも官能的で、倦怠と驚愕とに捕われて。そこで彼らは結婚する、福音派のチャペルで。そして、夫が植民地軍と縁を切るとき、彼女ももちろん彼にしたがって行くのだ、闇の奥まで。

闇の奥、それは彼女のことだ——その善良さによって、その寛容な心によって、植民地の地獄のような呪いの世界を明るく照らすのだ。

崇高な役。映画の全編を通して。ポスターに彼女もジョージと並んで載るような役柄だ、『天国の門』でイザベル・ユペールがクリストファーソンと並んで載ったように。彼女はＨＯＤ‐２のファイルに、幾つかのシーンの草稿を粗書きした。

一週間が過ぎた。彼に電話するのをためらっていたのだ。

*

時が再び彼女を捕えた。時のナマズ、淀んだ水の魚、流れの緩やかな河の大きな魚。彼女は分解されていった。エージェントが『ER緊急救命室』での端役の話をもってきたが、決断できなかった。スティーヴン・ソダーバーグに丁寧な留守電を入れてあったのだが、返事はなかった。あるディナーの席で、**キンシャサ**という語の炸裂を彼女の耳が捉えた途端に——それまで何も聴いていなかったのだが——彼女がコンゴについて詳しいことに驚いて、会食者たちは目を丸くした。彼らは『闇の奥』の新たな映画化を聞いているのだろうか？ 会話はコッポラに、彼の娘に、彼の葡萄畑の話題に逸れたので、彼女は聴くのを止めた。

マイケル・マン〔1943- アメリカの映画監督〕の『目を眩まされて《ダズルド》』。エージェントが彼女にこれについても触れていたのを覚えているが、当時、彼女は『ミュゼット』に入っていたので立ち消えになったのだろう。二人の警官がフレンチ・レストランに入っていくシーン——彼女はセクシーなウェイトレスの役の可能性があったのだった。彼とすれ違うことになっただろう。その時すでに激震が走ったことだろう。あるいは何が？ **共時性《シンクロニシティ》**——クウェッソの言葉だ。実務的な男——互換性のあるアジェンダの語彙で思考する。でも彼女は、彼女にはわかっていた——いつ何時《なんどき》だろうと、クレーヴでも、パリでも、ロサンゼルスでも——いつ何時《なんどき》だろうとも、彼女は彼についていっただろうと。

違う。彼女は彼が美しいと思っていた、ブッフ・デュ・ノール劇場で、オセロではなくハムレットを演じていたこの黒人のことを。しかし、彼女は彼と知り合いになろうと画策することを何もしなかったのだ。彼女が二十二歳のころだった。この王子さまとすれ違ったにもかかわらず、彼に見向きもしなかったのだ。もしかすると、当時のソランジュにとって、彼はあまりにも王子様っぽくあり過ぎたのか。

『目を眩まされて《ダズルド》』でウェイトレスが寝ることになるのは、白人の男とだった。アメリカ映画でも、それ以外でも、黒人男と白人女が——あるいは白人男と黒人女が——寝る映画を、それがドラマのテーマそのものであるもの以外では、一本も見た覚えがなかった。黒人男と白人女が——白人男と黒人女が——少しでも近寄り過ぎると、まるで警告信号でもあるかのように、観客は身を硬くするし、プロデューサーがストップと言い、シナリオ作家はもう問題を修正し、黒人俳優は白人女優を誘惑することはないと知っているのだった——さもないと、別種の映画に、風俗画に、スキャンダルに、問題になってしまうのだ。

彼女は前に遡ってみた……そこでは……彼はあれをして、海の方に振り返り、光が彼とともにあり、彼の眼差しのように曇り、彼が中心となり、すべてになった……この揺れ、微細な揺れ、あまりにも長く見つめ過ぎた写真のような……。

彼らの世界は寛容だった。ハリウッド、パリ、マンハッタン——ホモセクシュアルのカップルたちや、三人のカップルたち、女が男より年上のカップルたち。白人とアジア人のカップルたちもいくらかいた。しかし、アジア人は白人なのだ。リアーナ〔1988- バルバドス出身のレコーディング・アーティスト、モデル〕やビヨンセは誰とデートする？　黒人とだ。ハル・ベリー〔1966- アフリカ系の父とイングランド系の母から生まれたアメリカ人女優〕は白人男とデートしているが、彼女はクウェッソよりずっと色白だ。そしてレニー・クラヴィッツ〔1964- アメリカのユダヤ系の父とバハマ系の母から生まれたアメリカ人シンガー・ソングライター〕が、完全に白人のブラジル人トップモデルと一緒にいる写真を見たことがあったが、その女性も、ソランジュ自身よりはだいぶくすんだ肌だった。

色紙を束ねた分厚いカタログのような色見本を前にしたように、黒というのは黒のことなのか、と考えると、軽いめまいが彼女を捕えた。だが彼女にはわからなかった。

ソーホー・ハウスでの騒動《タムタム》

彼が電話してきた。彼の名がケイタイに表示されていた。そうよ、彼が来てくれた、そうよ、彼がインターホンを鳴らしている。カギが自然に開いた、マジックか——彼女が渡したキーを使ったのだ。彼女はその場ですぐに抱きついた。彼は先ず水一杯をほしがった、テニスをやってきたところで、頭痛がして、少し熱もある？　日射病？　彼がテニスをするとは知らなかった。そして彼が日射病になり得るということも。濡れ手袋で額を覆ってあげた。彼の瞼に小さいキスをいっぱいした。彼の頬にまばたきを打ちつけながら蝶のキスをした、子供のころ父がよくそうしてくれたように。彼が彼女の横で眠りについたので、彼女はそれ以上身動きをしなかった。

彼には心配ごとがあった。グウィネスのエージェントから返事がないのだ。一週間もたってからようやく、彼女にはほかの仕事があることがわかった。ジェシーがスカーレット・ヨハンソン〔1984- アメリカの歌手、女優〕はどうだ、と言った。肉づきが良過ぎる。プロダクションでジョージの世話をしていたテッドがシャーリーズ〔シャーリーズ・セロン、1975- 南アフリカ出身でアメリカで活躍する白人女優〕のことを、とりわけお堅いと評価した。男みたいだよ、とクウェッツソ。

彼らはソーホー・ハウスのオリーブの木々の下、四角い噴水のそばにいた。一五階下では、駐車場係がジョージとジェシーの素敵な車を目立たないように駐車させようと焦っていた。彼女は初めてHOD会議に参加したのだが、彼について来たのはガールフレンドとしてなのか、女優としてなのか、自分でもわからなかった。それともグループの慣例のため？　それとも、ジョージにとって、彼女が彼らと一緒にいるのが当たり前だったから？　それとも彼女を眺めているのが快感だから？　ロスの午後の終わりのほろ酔いのけだるさのなかで、汚染された暑さのなかで、カリフォルニアのクリスマスが近づいているなかで、彼女は自分が棕櫚のように美しくも強張っていると感じていた。「許婚者《プロミーズ》」〔約束の意もある〕という語が頭のなかで甘美に響いていた。

ウェイトレスが注文を取りに来た。ジョージが彼女を盗み見ている。彼女は笑った。アン・ハサウェイ〔1962- アメリカの女優〕に似ていた。ジョージのエージェントがアン・ハサウェイを推薦した。ジェシーのエージェントは彼のお客のケリーを誉めたが、少し時代遅れ《ハズ・ビーン》だ。むしろエヴァ・グリーンは、とジョージのエージェント。三人の女優の卵が偽ヴェルサーチを着てそばに座っていた。中庭《パティオ》の奥、噴水のそばではケイト・ボスワース〔1983- アメリカの女優〕がスムージーを飲んでいた。彼女がジョージに「クックゥー！」と合図した。一つの役が、小さな翼をつけた役が、蒸発しそうな小さなドレスを着て、どこにその翼を置いたらよいかわからずに、ハリウッドに漂っていた。そして、ロサンゼルスはざわめき始め、そのひび割れた背から細かい金色のほこりを舞い上げていた。

ウェイトレスは遠ざかっていった。池の魚たちは魚らしく泳ぎまわり、人間たちは議論を続けた。

イギリス人女性は？　キーラ・ナイトレイ〔1985- イギリスの女優〕とか？　洗練されて上品なヨーロッパの女性だ。フランス人は？　テッドはオドレイ・トトゥ〔1976- フランスの女優〕の名を四回も挙げた。ジェシーはカトリーヌ・ドヌーヴの若い頃みたいな、という。ジェシーのエージェントはジュリー・デルピー〔1969- フランスの女優、監督〕と。テッドがオドレイ・トトゥと五度目の発言。

　クウェッソが彼女を見つめた。彼女はキャスティング向きの笑顔をしてみせた。彼はいつも彼が彼女を見るときと同じ見方で彼女を見つめている――頭を少し傾け、少し気づかうように、まるで彼女がそこにいることに驚いたように。あるいは（突然その考えが彼女を貫いた）彼も探していたのだ。当初から。誰に彼女は似ているだろう？　この顔。この眼は。

　彼は編んだ髪《ドレッドロック》を束ねていた。淡いターコイズ・ブルーのセーターを肌に直に着て、黄色のリネンのスカーフをしている。さらに背が高く見え、ほとんど痩せているようでさえあった、髪の束の下の肩幅を除いては。ジェシーがキム・ワイルド〔1960- イギリスの歌手〕はどうだと言った。若ければ。彼はキム・ワイルドの若いころをうまく想像できた。テッドがむくれた。クウェッソはウェイトレスを呼ぶとイースタン・スタンダード（きゅうり‐ミント‐トニック‐ウォッカ）のお代わりを頼み、失礼、と言ってタバコを吸いに外に出た。ジョージはソランジュの腕を取り、クウェッソを追いかけてテラスに連れていった。

　赤い靄が分厚い層をなしてロサンゼルスの町に覆い被さっていた、紅おしろいのように。クウェッソは欄干に寄りかかっており、彼のタバコの煙が霧に溶け込んでいた。サンセット大通りが一五階下に拡がった、あたかも彼、クウェッソの腕の一振りで町に通りが開けたかのように。

ジョージが、彼女、ソランジュなら許婚者《ラ・プロミーズ》の役にぴったりだ、と言った。「きっと彼女は素晴らしいだろうよ、でも先ず、彼女のヌードを見てみなくてはね」とクウェッソがふざけてみせた。二人ともそれぞれの笑い方をした。ジョージが指で合図するとウェイトレスが来た。彼はシャンパンを注文したが、ちゃんぽんを嫌ったクウェッソはまたイースタン・スタンダードにした。テラスは霧に浮いた筏になっていた。

クウェッソはそれから少し奇妙なエピソードを話し、まとめていうなら彼はある夜にある娘について、彼女が彼ジョージによって、たまたま同伴されて来たのかどうかわからないでは、とにかくも自分が、何らかの張りつめたものを感じて、彼女から受け取っているサインを過剰解釈してしまっているのかどうかわからないでは、ぶしつけなことはするまいと思っていたのだと。その娘から受け取ったサインは確かに不快ではなかった（彼は赤い霧に向かって頬笑んだ）けれども、何よりも、それに対して無礼な応え方をしてはいけないと気がかりだった。なぜなら、彼には、あらゆることが言われてしまうこの世界でも、各自の（女性もそうだが）プライベートな生活は尊重すべきという遠慮があるからだ——実際のところ、その娘について自分は何を知っているのか？　何も。それならばその夜、自分はとんでもない不作法を働いてしまうくらいなら、雷にでも撃たれる方がましではないだろうか。

彼は何か、打ち明け話か、宣言か、をジョージとソランジュに伝えようとしているかのようだったが、メッセージは見失われてしまった。そして許婚者《ラ・プロミーズ》の配役については、再び混沌に陥ってしまった。

室内でちょっとした騒ぎが持ち上がった。ジェシーがグッチのスーツにグラスをひっくり返してしまったのだ。ウェイトレスたちが彼の周りであわてふためいていた。テッドはどこかに立ち去ってしまっていた。話題はジェシーの役柄をより鮮明にすることに移った。クウェッソは蒸気船のボイラー焚きの性格を明らかにした。原作では二ページしか割かれていないのだが、きっと極端な人種差別主義者だ。ジェシーはソーホー・ハウスにいながら、自分の役柄のどぎついポートレートをとことん描写した。「仕込まれて役に立つようになった未開人さ」、「改良されたお手本だ」、「ズボンをはいて羽根付き帽をかぶり後ろ足でダンスして見せる飼い犬さ」！　クウェッソと彼は大笑いした。ジョージと彼女は魚たちを見ていた。「人種主義者の傑作に出る娼婦だよ！」とジェシーは叫んだ。クウェッソは、教育的で度量も大きいところを見せて、時代とナレーションの問題として話した、「ニグロに対するマーロウ船長の視点については、今日ではジョージもソランジュも……」。「人種主義者の傑作に出る娼婦さ！」とジェシーは繰り返した。ニグロという語が、すでに苦痛を感じていたソランジュの頭の中で、鐘のように鳴り響いた。

この野蛮人に名前をつけてやらなくちゃ――クウェッソは自分の祖父の名、「イヤポ」はどうだ、と言った。イヤポは「苦労がどっさり」という意味だ。みんなが笑った。実際、雨季には罠が蚊の数ほどにもあるのだから。

ということは、彼には祖父がいるのだ。彼の家族はみんな「O」で終わる名前なのだろうか。「クウェッソ」という名にも意味があるのだろうか？ 国語の教師が彼女に教えたところでは、高校中が人種差別告発キャンペーンをしていた頃には、名前の意味を聞くことさえ失礼とされていたという。ジョージは、george〔英語で「素晴らしい、一流の」の意〕という意味だ。ソランジュはソル〔太陽〕でもないし、アンジュ〔天使〕でもなく、ラテン語のsolennel〔厳かな〕からきている。野蛮人の名前は「風の中の雲」だの、その類の意味を持っているなどと思い込んでいるのは白人だけだ。彼女もその当時は、教師に向かって、自分のセカンド・ネーム、オイハナがバスク語で森を意味するなどと言う勇気はなかった。バスク人は、ヨーロッパの中のアフリカ人なのだ。

イヤポ＝ジェシーの役は、蒸気船がコンゴ川を遡る間ずっとボイラー室にいなければならない。ということは、ジェシーは少なくともコンゴ川に三週間は滞在するということだろう。彼はしみのついたジャケットを脱ぎ、ワイシャツの襟も大きく開けていた。エージェントは二、三回ロケに行くように思っていたが、『怒れる四人の男たち』とうまく調整できるだろうか？ 『ハサミの返礼』のプロモーションも忘れてはいけない。「Fuck the promotion. プロモーションなんてくそくらえ」とジェシーはパティオの真ん中で大麻《ジョイント》に火をつけた。クウェッソがコンゴの真ん中に「二、三回行く」というようなわけにはいかない、と説明した。クルツの聖域として彼の頭の中にある洞窟は、ヘリコプターでしか近づけない所だ。「それを承知しているのかい、テッドは？」とジョージが聞いた。彼が空いているのは一週間だ。『セイラーズ13』の日程が決まっているし、彼の監督第二作もだ。クウェッソは「聖リタ様、私のためにお祈りください」と天を仰いだ。ウェイトレスがジェシーに灰皿を持ってきて、責任者からの「新しいスーツの配達が渋滞にはまってしまいまして」という言い訳を言った。ジェシーはワイシャツも脱いだ。

ジェシーの彼女、アルマという名で、バストが巨大で十八歳くらいの娘がやって来た。ジェシーが彼女に、イヤポの描写、尖らせた歯をして、下唇に磨いた金の唇飾り板をつけている、というのを聞かせた。アルマは冷やしてもなく、熱くもなく、ぬるいラテを注文した――「簡単でしょ?」クルツ＝ジョージの役は、最終的にはむずかしくない――肝心な役だが、映画の最後に集中しているのだ。ただし、洞窟の中でひっくり返ることが想定されており、それは保険が必要だろう――ジョージは黄金の価値があるのだから。マーロウの配役については――ショーン・ペン〔1960- アメリカの俳優、映画監督〕の返事待ちだった。ジェシーがバーの丸椅子をタムタムのように叩いた。もうすぐテーブルの上に飛び乗って裸の胸をたたきながらわめくだろう。店はほかのカクテルを差し出した。

ソランジュは、いつでも、コンゴ行きも含めて参加可能だ、と言った。しかし誰も聞いていないようだった。彼女は頬が熱くなり、腹がねじれるようだった。ジェシー＝イヤポは南軍の囃子歌を歌いだした、「**マクドナルド爺さんは農場を持っていた《オールド・マクドナルド・ハド・ア・ファーム》、イヤ、イヤ、オー……**」。彼のスーツが届き、ウェイトレスたちが見守るなかで、彼がそれを着るのをアルマが手伝った。日の出が、赤く丸く、まるで幻覚剤《エクスタシー》の錠剤のように、町に上ってきた。

息がつまるような十二月だった。ジェシーは四六時中プールサイドで過ごした。彼のプールの。アルマもだ。彼女がどこに住んでいるのかわからないくらいだ。スマホの中でないとすれば。ジェシーが彼女を叱っていた。長期にわたる教育の試みだ。「君が誰かと一緒のときまでスマホに貼りついているなんて、失礼だろう。これが男だったら、人はゲスだって言うだろう。どの電話の相手に君は優先権を与えるつもりなんだい？　考えてもごらんよ、今そこにいない人間かい？　それとも、物理的にそこにいる人間か？　スマホの過去を本当に特別な時間と呼ぶことができるだろうか？　遠く離れて話している相手と一緒にいるように感じられるのかい？　スマホで本当に、一緒にいた過去を語ることができると考えるのかい？」

ソランジュのセンスからすると、彼は疑問文の使い方がよくない。そのうえ彼が指で引用符（〝　〟）の印を表わすと、不快で眼がチカチカしてきた。「物理的な存在こそが本物だと思ってはいないのかい？　身体がここにいる奴に対してと、身体がここにいない奴に対してで、同じ話し方なんかしないだろう？　君はその違いを感じないっていうのかい？　つまり、物理的に？　礼儀っていうのは言葉だけじゃない、礼儀っていうのは相手の肉体的な存在に対してあるべきものなんだ。君は自分自身の肉体を大切にしているだろ、電話しているときだって同じことさ。君は、言葉の全面的な意味でそこにいる人物にこそ優位をおいて話すんだ……」

彼は改宗者的《プロセリット》だ――当の本人が改宗者という語の意味を彼女に教えていた。問題はジェシーがいなくてはプールにいられないことだ。一方（彼）はいつも他方（プール）とともにあった。彼は撮影と次の撮影の合間だったのだ。

メキシコ人の庭師が、砕いたばかりの樹皮を植え込みの根本にせっせとばらまいていた。ハチドリが花から花へと飛んで回り、ここに、あそこに、と手品のように空中に止まっていた。十二月だというのに、バラがまた花開き、早過ぎか遅過ぎの――もうどっちかわからない――春が来たようだった。みなが天気の話をした。前ほど気候風土の話をしなくなった、という話をした。マヤ文明で予告された世界の終末ではなく、私たちの無責任な振る舞いによってもたらされる終末の話をした。メイドがグレープフルーツ・ウォッカを運んできた。アルマは要らない、と言った。気温のせいだ。クウェッソはまだ眠っていた。あるいはコーヒーを飲んだかもしれないが、そっとしておかなければならなかった。上からは何の音も聞こえてこなかった。彼はウィキペディアの文章を修正しているのだろうか。

昨日わかったところでは、ジョージの名前だけ見て参入したチーフ・プロデューサーが、シナリオを読んで撤退したという。コッポラはコンラッドに対して多くの過ちを行った。確かに神秘的な映画だが、先ずは予算の面で黙示録的だ。それに誰もコンゴでジョージの身の安全を確保する苦労を望まないのだった。誰もコンゴにいるジェシーを想像もできなかった。誰もコンゴでの撮影チームという話を受け入れたくはなかった。実際のところ、誰もコンゴという語を聞きたくなかったのだ。コンゴを作り直すこと――ハリウッドはそのためにこそあるのだ、スタジオが。それに船のことがある。BBCが関心があると言っているが、本物の船という構想は彼らを後退させていた。彼らはすでにヴェルナー・ヘルツォーク〔1942- ドイツの映画監督〕の作品に出ているクウェッソがポンドの大河で溺れているのを見ていた。ショーン・ペンからは何のたよりもなかった。そして、アン・ハサウェイの方はダブルブッキングしていた。

すべてが行き詰まっていた――薪のない蒸気船のように。巨大なジャングルのなか、目前に開けた大河をめぐって、隅々まで考え尽し、構想し、組み立てた機関《マシーン》があるというのに、構築した途端に蒸発してしまった。クウェッソの電話はもう鳴らなくなった。ジョージだけが、自由時間がある限りシナリオを丹念に完成するように、と励ましてくれた。これはサバンナの自由さ、とクウェッソは言った。何にもないところの自由が俺にはあるってことさ。

彼にまだ動けるのはキャスティングの領域だけだった。マーロウはペンディングだし、許婚者《ラ・プロミーズ》については何も話が出なかったが、黒人女優については、アフロ・アメリカンや、ノリウッド〔ナイジェリアの映画産業のこと〕のナイジェリア人や、カリブ人や、ジョージの家のパーティで会ったスリナム人まで、彼は一連の面談を行っていた。

「どのスリナム人？」

「ジョージの家のパーティで会ったスリナム人」

「彼女は黒人じゃないでしょう」

「ジョージの家のパーティで会ったスリナム人のこと？　もちろん彼女は黒人だ」

「ローラのこと？　『ロスト』〔二〇〇四～一〇年にアメリカで放映された人気ドラマ〕に出ていた女優？」

「もちろん彼女は黒人だ」

ローラ・ベーン。彼女のウィキペディアには、七一％ヨーロッパ系、二六％アフリカ系、そして三％南米オリノコ川系インディアンとある。彼女は『ルーツ』という番組でDNAテストに加わっていた。二六％は、クウェッソによれば明らかに黒人というわけだ。「白人に関しては、全面的に白人でなければ黒人になる。混血はあり得ないのだ。」

彼女は、コリューシュ〔1944-86. フランスのコメディアン。人気者で大統領選への出馬を試みたこともある〕の、「白より白い」が「白ほど白くない」という洗濯機のネタを聞いているような気がした。彼はこのネタを知らないのだろうか？

いや。彼は決して子供時代の話をしない。彼女は、密やかな共謀性の不在、諸々のしるしを再認し合えることのない少年のシルエットを思い描いた――キム・ワイルドを真似てダンスしたこともない、マリブ・パイナップルを飲んだこともない、スケートボードなんかやったこともない、ウォークマンを持ったこともない、MTVチャンネルも知らなかった、ジョー・ダッサン〔1938- アメリカのシンガー・ソングライターだがフランスの歌も多く歌った〕ほどミシェル・ドラッカー〔1942- フランスのラジオ・テレビ界の申し子的存在〕やコリューシュのことを知らないような少年の。

彼は行ってしまうとまた消えてしまった。二日、六日、一〇日と。彼女は彼を待った。すると彼はもどってきた。必ずもどって来た。

彼が、それぞれにもっと綺麗だったり、もっと若かったりするこれらの黒人女性と面談する、と思うといい気はしなかった。

*

彼女は一言、安心させてほしいと頼んだ。でも彼は彼女に何かを約束できるような、人生の一時期にはなかった。映画のために。「ソランジュ、いま僕にわかる唯一の約束は、この業界の人たちのものだ。」彼を笑わせることができたエピソードは、コッポラをめぐってスティーヴ・マックイーンとアル・パチーノとロバート・レッドフォードとジャック・ニコルソンが演じたワルツだ――『地獄の黙示録』のキャスティングのとき、彼らのためにコッポラは狂気に陥ったのだった。**ソランジュ**。彼は彼女の名を口にした。「ソランジュ、いま僕にわかる唯一の約束は、この業界の人たちのものだ。」ソランジュの「アンジュ」の鼻母音が効いた綺麗な発音だった。初めてのことだった。「ヘイ」を使わないとすれば、「シュガー」とか「ベイビー」とか、いつも英語でステキにやくざな呼び方で彼女を呼んでいたのだ。それなのに――ソランジュ。これは一つの証だ、愛情の、ではないとしても、少なくとも気を使っているという。そして彼は彼女にキスをした、**チュッ**

smack と。

毎晩、彼はシナリオに手を加えた。コンゴを変更するためでなく、撮影初日に、ジャングルのどんなハプニングにも自分の全エネルギーをもって対処できるように。そしてジェシーのハプニングにも、と彼女は付け加えたかった。

サバンナの自由とは（彼女はインターネットで学んだのだが）、解放の証明書ひとつ作らずに、支配者が奴隷たちに公式に約束したもののことだ。

衝突試験《クラッシュ・テスト》

「彼は堂々めぐりしている」とジェシーが物思わしげに彼女に言った。「君がゴダールの話をしてから、テニスに明け暮れているよ。」ジェシーは、直接接してみると、アルマといる時よりはるかに繊細であることがわかった。どうしてなのか彼女にもわからない現象で、たいていの男が、彼女と二人でいる時だけ、本当の姿を見せるのだ。ローズにもそう言ったことがある——彼女のなかには、最も荒れ果てた人格でさえ開花させるような何かがあるのだ。

白い短パン姿のクウェッソが小径を車の方に歩いていった。メキシコ人の管理人が柵を開けた。彼女はそこに残った。彼女は出ていく勇気がなかった——彼とはいつまた会えるかわからない。そして、ジェシーが、クウェッソと一緒でなくても彼女を家に迎えてくれると確信がもてなかったのだ。

彼女は彼のために、ピーター・マクシモヴィッチ——シャブロル〔1930-　フランスの映画監督〕の紹介でかなり前からの友達——の店でのディナーをセットした。『ザ・ソプラノズ　哀愁のマフィア』〔ＨＢＯ製作のアメリカのテレビドラマ。一九九九〜二〇〇七年に全六シリーズ続いた〕に出ていたデイヴィッド・スタインバーグ〔1942-　カナダのコメディアン〕や、ＨＢＯ〔アメリカのケーブルテレビ局〕のガスパール・メルキオール〔こういう芸名の人物が実在するかどうか不明だが、イエス誕生の時に祝福にやって来た東方の三博士のうち二人は王権を象徴するメルキオールと受難を暗示するガスパールと言われる〕や、クリックスター〔映画配給会社《ブロードバンド》〕なども関心を持ちそうだったので呼んであった。クウェッソは、ファイナル・カットは決まっており、完全に自由にやらせてもらえないなら、テレビ局からはビタ一文もらわない、と断言した。マクシモヴィッチは、自発的サボタージュ、組織化された操業停止の専門家として、そこに自分と同じ情熱を感じとってクウェッソに憧憬の眼差しを送った。ボブ・エヴァンズが、すごく遅れて、すごく老いぼれて、超ミニの洋服を着たすごく若い看護婦に支えられて到着したとき、ソランジュは希望をもってクウェッソを見つめた。黄金時代のハリウッドそのものがそこにあった。彼は黙ったままだった。ピーターが、彼女はすでに知っている話だが、彼の最初の映画が公開されたときのことを話した。『ゴッドファーザー』後のコッポラが彼の巨大なリムジンに乗り、『エクソシスト』後のフリードキンが屋根から頭を出し、ピーターは老いぼれボルボに乗って、サンセット大通りを一回りしたのだが、誰もが「俺が、俺が、俺が」とわめいて、まるで小便を一番遠くまで飛ばす競争のようだったという。

けれどもクウェッソは、疲労感に捕えられたようだった。会食もふるわず、天気の話題に終始した。ボブは看護婦が暑がっているのではないか、と気にしたし、ピーターは、彼がロサンゼルスに着いた一九七〇年代の最初の冬から今までに、こんなに暑苦しい冬はなかったと言った。

私が生まれた冬、ここから遠いクレーヴでのこと、と彼女は思った。

彼をディノサウルスたち、つまりハリウッドがお祭り騒ぎだった頃の証人たちに会わせようとしたのは、そんなに悪い考えだったのだろうか？　彼のような映画好きにとっては魅力的なはずではないか。彼の計画は確かに壁にぶつかっているが、試練だったらこの人たちも皆たくさん経験している。一九九〇年代に、マクシモヴィッチは糊のきいたモーヴ色のワイシャツにバンダナを蝶ネクタイ風に結んで、ハリウッド大通りを歩きまわっていた。「**あなた方は私を覚えていますか？　私はピーター・マクシモヴィッチだったのですが。**」そして彼は、今シュレックの像が立っているちょうどその場所で写真撮影をしてもらっていたのだ。でも彼は失墜してからあまりにも長く生きてしまったためにイコンになってしまった。個人的に彼女は彼を崇拝していた。彼なら痩せて、皺ができ、尊大な、素晴らしいクルツ役になるだろう――ブランドよりもキンスキー的な〔クラウス・キンスキー、1926-91。ドイツの俳優〕。ハリウッドが彼に向いていなかったとしても、コンゴが彼にとどめを刺すこともなかろう。

彼女はおどけた、飲み過ぎだった。クウェッソほどではないが、飲み過ぎだ。会話の最中に、彼はだんまりを決め込んだが、ほかの皆は笑っていた。ピーターは、老体にムチ打ってターザンになり、想像上のツル植物で飛んでみせた。

そのとき、クウェッソが一言、たった一言きっぱりと、場違いな荒々しさで、暴力でもふるうような調子で言った、「クルツの役をするのはジョージだ」と。

「ジョージは何らかのサインをしたのかい？」と、ガスパールが情報通のような調子で聞いた。

クウェッソは立ち上がった。彼女も、謝りながら彼の後を追うしかなかった。何もかもが堂々めぐりしていた。彼女は「失礼、失礼」と、鎧戸にも、壁にも、使用人たちにも言った。その夜のことを映画のように巻き戻してみると恥ずかしくなったが、なぜだかわからなかった。それでますます不愉快になった。

彼女は、父親が変に派手になり無口になって、手に負えなくなっていた時期のことを思い出した。そして母の辛過ぎる頬笑みを。当時の母が言っていたように、彼女もいま「緩衝地帯」をやるようになっていた。クウェッソと世界の間の。しかしハリウッドでは、すべての企画が恐ろしい批評の嵐を受けており、質問攻めに合い、腹のなかで何を考えているのかを探られた――監督の座を主張する者が通らなければならない衝突試験《クラッシュ・テスト》だ。

帰りの車では、奇妙な疲労感の沈黙が支配していた。二人のなかに三番目の人物として、この疲労感が後部座席に乗り込んでおり、疲れた子供のように、四六時中彼らの胸に摑みかかり、彼らを恐怖と憎しみの谷底に突き落とすのだった――そう、憎しみだ、沈黙のうちにもどってきた憎しみ、疲労感の憎しみ。「何か話してよ」と彼女は懇願した。彼女は酔っ払い運転していたが、ベル・エールの彼女の家のすぐそばで、トパンガよりはカーブが少なかった。彼は眠りこんでいた。疲れが東の方に、上って来る朝陽の方に逆流していった。門柵の前に着いたが、彼は自分の家に帰りたがった。彼は全面的に拒絶して首を振った。彼女は車を反対向きにして、彼を下ろしてやらなければならなかった。彼の重さと、重々しさと闘った。彼をその場に突っ立ったまま、びくともさせず、彼女にはわからない言葉で抗議しながら、地球と地獄とに支えられているように重たくさせている力と、闘った――彼女よりずっと大きく、ずっと強いのに。するとサイレンが聞こえた――愚かしいことには、彼女の家の前だ、アルコール・テストか？ ブルーと白の灯りがくるくる回り、クウェッソはボンネットに貼りついており、警官たちが質問を繰り返した。「この男があなたにつきまとっているのですか？」彼女には意味がわからない。クウェッソがなり立て、彼女は恐怖を覚えた。

管理人が彼らを救ってくれた。門柵を開け、警官たちにこの二人はカップルなのだと説明し、自分の戸棚を探って彼らのカギを見つけてくれた。

彼らは一四時に朝を迎え、クウェッソは目覚めに「Hey」と言わなかった。テレビでは、三九人の中学生が銃で殺された、と報じていた。一人の少年によって——未だかつて少女だったことはない。彼女は飛行機に乗って、アメリカから距離を取りたい、と思った。彼の肩を愛撫した。ところがクウェッソは身体を揺らせて、彼女の手を虫けらのように振り払った。

彼女は車に飛び乗って、オルガの家に身を寄せた、カタストロフの夕陽が沈んでいくなかを。彼女たちは女同士で夜通し話をした。翌日、ロサンゼルス中、あてどもなく車を走らせた。涙が流れていった、青い青い空の下、十二月の埃が立ち上るなか。涙が流れていった、豪奢な庭々が緑の稜線を作る、サバンナのように乾いた丘々を越えて。海まで車を走らせた。涙を流したまま、ベニスビーチの駐車場係員にキーを渡した。石塀に寄りかかって座ると、眼の前の大洋は愚かしく、汚ない灰色で、波がざわめいていた。サーファーたちがカモメのように波の上に止まっていた。嗚咽の小玉《ペロタ》〔ボールを壁にラケットで打ちつけ、跳ね返ったボールを相手が打つことを交互に繰り返す、バスクやスペインのスポーツ〕が喉のなかを上ったり下りたりした。その音が彼女の背中で**ポック**、**ポック**と音をたてた――ペロタのプレイヤーが、スプレーでいたずら書きをされた壁にボールを打ち返すことに夢中になっているようだった。彼女が十五歳でまだ将来のことを何も考えていなかった頃の、季節外れのベアリッツ〔フランス南西部の大西洋に面した高級リゾート地〕にもどったような気がした。とはいえ彼女は人生を生きて来て、ここ、太平洋の海岸に佇んでいるのだが。

彼女はトパンガに向かって車を走らせた。中に入れてもらうことができた。そして彼はそこにいた。彼女を探していたと言う――どこに行っていたの？　テッドがジョージの代理人として電話してきたという。ストーリー・ボードに出資することで、予算を帳消しにしてくれたのだ。彼女は、ジョージがポケット・マネーを出したのだろうと想像した。

彼は彼女をレストランに連れて行った。二人はロブスターとオイスターのロースト、シャブリ〔フランス、ブルゴーニュの白ワイン〕とサンジュリアン〔フランスの最高級ワイン〕を注文した。彼は笑いを取り戻していた。君と僕は似た者同士だ、と言った。二人は自分たちのことだけにかまけていられた。全く個人的な関心事に。黒人男と白人女でいること、一人の男と女というよりも。彼女が自分で対処するしかないのだろう、原因は彼のせいでも、彼女のせいでもなく、ジャングルの中での一斉射撃の時代に由来するのだから。彼は自分の友人たちが非寛容だと思っているのだ。ハリウッド伝説か、くだらない。彼らは豪邸のカギを握り、彼を中に入れようとしなかった。彼の経験から言えば、ユダヤ人たちはゴリゴリの白人差別主義者とは違っていた、彼らの固有の歴史や、彼らの文化的な柔軟性や才気煥発な精神の賜物で……彼女は跳び上がった。彼が彼女を押さえた。彼女はいかにもフランス人女で、自分の固定観念に凝り固まっているという。彼女は彼に言わせておいた。いつものディナーの時と同じように、彼は本物の人種差別主義者を言い当てることがうまくできないようだった――彼もちっぽけな考えに囚われていたが、まあ仕方がない――みんな一緒くたにして、行き過ぎになってしまう。敵を名指すことは難しいし、彼は自分の世界の全体性に、自分の考えに支配的な論法に、囚われているのだ。この塊が、彼らが自分でも気づかずに自分の前に建ててしまっているこの壁、彼らが普遍的《ユニバーサル》だと思い込んでいるこの世界が、彼をへとへとに疲弊させているのだった。**ユニバーサル映画がお送りする！**　彼はそれを頭に叩き込んでいた。そしてそこに、それがユダヤ人だろうとなかろうと、一人の白人を加え、一つのいまいましいハリウッド幻想か、一人のいまいましいプロデューサー青年をさらに足し算すると、その壁は指数関数的に大きくなり、強化されるというわけなのである。彼にはジェシーが必要だった。ファヴールが、黒人女優のなかでも抜きん出ていたファヴール・アデブコラ・ムーンが、必要だった。ジョージが、そして、そう、彼女だって、必要だった。だけど――と彼は笑った――信じ切れないのだ。誰もが、信じられなかった。ファヴールでさえも。彼はなおも笑った。彼女が支払いをした。

ジェシーがマリブ〔ロサンゼルスの西の海岸〕の「バンガロー」を貸してくれた。海辺の八部屋の別荘だ。ストーリー・ボーダーが毎日やって来た。二人は閉じこもってプランごとに、クウェッソが頭の中で見ている映画を書き出していった。夜遅く、イラストレーターが帰ると、クウェッソは彼が買ったばかりのパソコンの前でボトルを開けるのだった。彼女は一人でベッドに入った。ジェシーの多弁による勧誘にのったことを後悔した。彼女のエージェントは、なぜ彼女が『ER緊急救命室』の役を受けないのか理解できずにいた。彼女は、自分が不確かな役のために、あり得ないような国での行き当たりばったりの映画撮影の日程を待っている、などと言い出せずにいた。コンゴなどとは。

そのほかの時間には、クウェッソは海に面した雨除けの下で、アイポッドのイヤホンを耳につけているか、ケイタイを膝において座っていた。映画はまだ潜在的な存在のままだった。ストーリー・ボードはまだ、プロデューサーを納得させるというより、ところどころのプランを予告する程度にしか描けていなかった。彼女は引き潮のとき、海岸を散歩した。彼女は振り返って、欄干の向こうに座っている彼のシルエットを眺めた、夢の家のなか、彼独自のコンゴに、彼だけを待っている女の傍らにいる彼を。

待つ男とはどのようなものか？　アルコールとじれったさで重たくなった頭を傾げている。心のなかに映るものを紙上のイメージへと表現することに憔悴して。疲労の挙句に、手の甲で両目をこすり。彼女は彼に手を伸ばすが、彼はそれに触れようとしない。決まって、そういう場合じゃないのだ。それでいて反対に、彼が彼女のそばに来て抱き締める場合というのは、いつも彼女がようやくほかのことを考えて、泳ごうとか、歩こうとか、読書しようとするときなのだ。そして、その後は彼はほんの少し話すだけだ。彼女は彼の機嫌がよくないことをなじった。彼は、彼女に関わらないことすべてを、彼女が機嫌と呼ぶと非難した。「僕がそのことを考えるのを止めたら、誰が僕の代わりに考えてくれると言うんだ？」「ジョージが」と彼女は思っていた。

彼女は家のすぐ下に海があるのがうれしくて、毎日、海岸に下りていった。この映画がなければ、この強迫観念さえなければ、二人は幸せだっただろうに。彼女は料理を始めた。散歩に連れていく犬がいたらいいのに、と思った。彼女はその一帯《ゾーン》の住民たちと馴染んでいった。海とハイウェイの間の、この贅沢な小屋が帯状に並ぶ地域を「界隈《カルティエ》」とは呼びにくかった。多くが犬を飼っており（禁じられていたにもかかわらず）、多くが喫煙し（禁じられていたにもかかわらず）、会話がしやすかった。精神病院で知り合ったウクライナ人と中国女性は、そのいきさつを話したくてたまらないのだった。サーファーの女性は孫娘たちを預ける相手をいつも探していた。お客に耐え切れずに精魂尽き果てた建築家もいた。砂丘で説教する神秘主義者のギリシア人女性もいた。なかば海辺に住んでいる極貧の人たちもいたし、なかば海辺に住んでいる点では同じでも、別なやり方をしている大金持ちたちもいた。

　フランス人のカップルが、帽子とサングラスで隠していたにもかかわらず、彼女に気がついた。彼らは引退してそこに、ピロティに、鷺のように身を落ち着けていた。彼女をぜひ夕食に、と誘った。彼女は距離をおいて頬笑んだ。彼らの洒落たインテリアの中にクウェッソがいるところを想像した——結局のところ、彼に耐えられるのは彼女だけなのだ。

　週末になると、ビーチは民主化された——より多くの人々、もっと多くの家族が来て、そのなかには周辺の使用人たちもいた。そしてまた、日曜をマリブで過ごすために朝から車を運転してきた、東側からの探訪者たちもいた。黒人家族は、巨大な浮輪と、フリトス〔アメリカのトウモロコシ菓子の商標〕マークのパラソルと、折り畳み椅子に座るおばあさんたちを運んでやって来た。少年たちは金色鎖のアクセサリーを外しもせずに（ジェシーと同じように、ただしずいぶん違うやり方でだが）泳いでいたが、ほとんどの場合、カナヅチだった。それが見張り台にいる救助隊員をいらつかせていた。どうしてかわからないが、彼女は彼らに共感したくなった。おばあさんたちに孫たちのことでお世辞を言った。ポテトチップやら時候の挨拶を交わしながらも、彼女たちの訛りを理解するのがむずかしいことが多かった——ジェシーやクウェッソの言うことはわかるのに、ナイジェリア人のファヴールも、スリナムのローラだってわかるのに。

　数時間でもクウェッソと離れて過ごしているとき、こうした黒人家族といると、彼と一緒にいるような錯覚を覚えた。そう、親密さは驚くほどだったのだ。けれどもおそらく、それはクウェッソに結び付くというより、バスク地方の思い出のなかの既視感《デジャ・ヴュ》、つまり彼女自身の青春に繋がっていたのかもしれない。太り過ぎのおばあさんたちと折り畳み椅子。野暮ったい水着、ビーチタオルでなく、風呂場の使い古しを持ち出したボロ手ぬぐい。彼女は思い出した、数少ない海辺の日々、一時間以上のドライブ、彼女に恥ずかしい思いをさせた当時のフィアンセとやら、ビーチにいたほかの娘たち——思い出すのは、白人たちだが——、パリジェンヌたち、金持ちの観光客たちのことを。彼女が自分は太り過ぎで着こなしが下手だと思っていた頃のことを、本当は一番きれい——今の彼女にはわかる——で、プリンセスそのものだったというのに。そして彼女には、これらのマリブの——一日だけマリブの——娘たちが好ましく思われた。彼女たちは一流ブランドを真似し損なったターゲット印の一〇ドルの水着の着心地が悪いと大声でしゃべっていた。そして大きなアイスボックスや、砂に埋もれたベビーカー。そしてベビーたちが。

彼女は一度も黒人の赤ん坊を腕に抱いたことがなかった（「ちっちゃなドライ・プラムみたい」と彼女の母親はテレビで見た赤ん坊たちのことを言っていた）。一度も黒人娘と日焼け止めクリームの話などしたこともなければ、自分もUVカットで日焼けを止めようなどと思ったこともなかった。だが彼女もまた、ビッグ・チャンスのために一枚だけ素敵なTシャツをとってあった。遠い遠い、二つの大洋を隔てた話だ。

のっぽの思春期の男の子たちが、女優さんですか？　と聞きに来た。今までの彼女の人生にはあり得そうもなかったことだ。今まで彼女は、パリでも、ロサンゼルスでも、フードをかぶったこうした男の子たちと話したことがない。でももう怖くなくなっていた。そもそも彼らのような息子がいてもおかしくない年頃なのだし。

一九六〇年、フリードキンやコッポラの偉大な時代よりぎりぎり一〇年早いくらいの頃に、ジャーナリストのジョン・H・グリフィン〔1920-80. 人種差別と闘い続けたアメリカのジャーナリスト〕は「僕のような黒人（Black Like Me）」アンケートのために黒く化粧をし、黒人たちとの友情を守った――決して白人女に、映画のポスターの白人女であれ、目を奪われることはなかった。『行く所トラブル続き《ヘディング・フォー・トラブル》』〔一九四七年のアメリカのテレビ・ショート・コメディ〕。カリフォルニアでは、一九四七年に最後のリンチが起こった。その男はガゼルのそばの大牧場で捕えられ、キャラハンにある唯一の学校の前で吊るし首になった。

マリブでのストーリー・ボード

　それでも映画は存在し始めた、とはいえマンガのようにだが。黒々と描き込まれたデッサン、黒白の影と湿っぽさ、ジャングルだ。船の舵灯は黒い水から突き出た円錐形だし、残りの船体は、島々や砂州の間、黒の中の灰色に描かれ、浮かび上がった鯨のようだった。山刀で切り開かれた小道、油ランプの灯り、黒人たちが暗闇の中で象牙や金を探せるようにするトーチ、薪小屋のまぶしさ、そして聖なる洞窟の闇。ほとんどのページにマーロウの顔、つまり白いしみ、亡霊のような光輪――クウェッツォはその顔に目鼻をつけたがらなかった。彼はまだショーン・ペンの出演を信じていた。クルツに扮したジョージの最初の場面は、汗にまみれた顔の素描で、次は痩せたノッポ姿の移動撮影だ。ジョージは一〇キログラム落とす用意があると言っていた。クウェッツォは、現地の赤痢の力を借りる手もある、と冗談を言ったのだった。

　撮影ディレクターとチーフ照明係がマリブに来て一日働いた。波の音を打ち消す声の高なりが聞こえた。クウェッツォの重く高飛車な声色が。書斎から出ていくとき、彼らは彼女にほとんど挨拶もせず、夕食にも残らなかった。ストーリー・ボードのクルツが死ぬ辺りのページが開かれていたが、どの図版も真っ黒だった、幾つかの灯り、そして眼と歯を除いては。クウェッソは自然光で撮影したかったのだが、唯一ジャングルに持っていける軽い機材では、とても暗くぼやけた映像になってしまうことが予想された。

海が無頓着に上ってきた。高波の日々には、波がテラスまで打ちつけ、ピロティの下で砕ける音が鳴り響いた。彼は鎧戸を閉め切って室内に閉じこもり、中は暗くて、太陽は外で無駄に輝いていた。

彼女の故郷はコンゴではないし、この親しみのあるバスクのような海岸は、ロサンゼルスと溶け込んで靄が立ち込めていた。彼女はいつでも彼のそばに行けるとわかっていた。彼はそこ、ピロティの上の家のなかで、待つことに凝り固まっていた。

彼女はサーファーたちとおしゃべりしていた。たいていはこの波、世界でも珍しい真っ直ぐな波を求めて、何時間も車を走らせてきていた。それから彼らは、有閑人種や女の子たちに混じって、砂丘に垂直に立って、身体を乾かした。鵜のように立って、いま自分たちが抜けてきた波の方に、眼を向けていた。彼女はすでにビアリッツにいたサーファーたちが、同じ眼をしていたのを見ていた。そこで自分の生を消費していた大人たちに。彼女は独りごとを言った。きっとそれなのだ。きっとそれなのだ、私がここで再び見ているのは。この焼けついた眼。水平線に取り憑かれ、留まり、燃えるような、この信じがたい男、私の恋人クウェッソの眼は。

＊

一度だけ、彼女は彼を砂浜まで連れ出すことに成功した、何杯かの酒とイラストレーターが立ち去った後で。彼女は陽気になり、日焼けしていた。全人生が、コンゴから遠いここで展開しそうだった。彼女は、吊り紐にフックで身ごろを留めた、白いワンピースを着て、大きな麦わら帽子からブロンドに輝く三つ編みを出していた。彼は頬笑んでいた、魔法のように、思いがけず。そう、彼女は生き生きして、陽気で、彼もひき込まれ、恋していた——に違いない、さもなければ？　さもなければ彼がそこに、一緒にいるわけがないでしょ？

彼は波打ち際で止まり、足先を濡らした。さあ、ついてきて！　彼女はさっとワンピースを脱ぐとビキニになる——ラクエル・ウェルチ〔1940- アメリカの女優で「二十世紀最高のグラマー」と呼ばれた〕は私よ、一っ飛びで波に飛び込み、クロールで泳いだ。彼はケイタイを出して写真を撮った、クックー！

二人はもうすぐつき合って六か月になる（彼はそれを聞いてびっくり仰天した）のだが、彼女は一度として彼を水の中に引き入れることができなかった、ジャグジーだろうと、プールだろうと、ましてや海はもちろんだ。彼が言うには塩分がドレッドロックの髪を傷めるのだそうだ。彼はそれを一週間に一度、儀式のように洗い、長い時間をかけて乾かした——カビが生えるのを恐れていたのだ。彼が洗髪した後の浴室はいい匂いがした。彼はインドとネパールに行ったことがある。きっとそこからバルサムを持ち帰ったに違いない、あるいはどこかアフリカ系のブティックか。

イラストレーターが最後の四枚の図版を描いた——窓が幾つかあり、日光、小型円卓、町があった。とても青ざめた顔、ウエストが細くなった黒いワンピース、きちっとしたシニヨン——彼女だ。ガラス窓から射し込む光を浴びている。正確な彼女の体つき、小さな胸、長い首、高い頰と額——彼女のポートレートだ。彼女に役が与えられたのだ。彼女はそれを、このようなかたちで知ったのだった。

＊

クリスマスが三日後に迫った。彼女がクウェッソから引き出せた唯一の情報は、彼女がエール・フランスの席を予約した日に、彼は多分、モビウスの代理のプロデューサーのアシスタントと会う約束がある、ということだった。

その朝、彼女は早く目覚めた。穏やかな海はグリーンの空を映しており、二頭のアシカの鼻が二筋の線を描いていた。このアシカたちがいなかったら、どこから海なのか、空が太平洋を完全に埋め尽くしてしまっているのか、わからないくらいだった。彼女はテラスでコーヒーを淹れ、フランスに何通かのケイタイ・メールを送った。それから大麻《ジョイント》を一本巻き、サングラスをかけて太陽がさんさんと輝く東を見つめた。毎分のように飛行機がLAX空港、町の窪みが平らになっているその空港から飛び立っていた。上に昇るとそれらは白い長いライン、コカインのレールを描いており、だんだんあらゆる方向に空間に筋を描いていった。一一時二〇分に、小さく見える飛行機がゆっくりと地上から飛び立って、今あそこに、音もなく飛んでおり、彼女を乗せずに出発したその飛行機は一一時二〇分発パリ、シャルル・ドゴール空港行きだと彼女にはわかった。その飛行機の、すぐ後にまた一機、その次にまた一機、どれも彼女を乗せないまま、事実上一分毎に空に発射されていくのに、ここからはピロティに二枚貝のように吊り下がって見えた。

クウェッソは一日中動かなかった。

良い知らせがあり、オプラ・ウィンフリー〔1954- アメリカの女優、プロデューサー〕が興味を持ってくれたらしい。映画製作が再開する。

アンゴラは祝祭だ

彼らがトパンガ峡谷に帰った夜、家中がイルミネーションで飾られ、その前には三〇台の車が駐車しており、プール脇に巨大なモミの木が立っていた。ジェシーが、上半身裸で赤いボクサー・パンツを履いて客を迎え、素敵な木こりの小人たちが立っている雪の詰まった小鉢を手渡していた。それは粉砂糖壺で、小人たちはチョコレートでできており、人の顔をした砂糖壺は鼻をつまんで持つようになっていた。アルマの出で立ちを理解するには時間がかかった――グレーの毛皮のブラジャー、バニー風のショートパンツ、ヌバック皮のティンバーランド・ブーツ、そして革でできた口輪をしており、その手綱をジェシーは彼女の裸の背中に打ちつけて笑いをとっていた。なかでも異様なのは、おそらく彼女の頭にのっかっていた被り物だ――金色の鹿の角、彼女が最近受賞した「最もセクシーなテレビの希望賞――男性たちの選による」のスパイク・テレビのトロフィーである。

「彼女はトナカイに扮しているんだ」とジェシーが当たり前のように言った。彼はそのトナカイに乗っているふりをしているのだ。「サンタのおじいさんが君の煙突からすごいプレゼントを届けるよ。」

二人は二階に逃げ込んだ。幸い誰もロフトに侵入していなかったが、下の音楽がとても強く、そのうえ震え上がった――ジェシーが、煙突でフランベを作るため、家中のクーラーを最強にしていたのだ。

二人は彼女の家に退却した。現実がうまくいかないたびに（そうなることは多かった）いつもそうなるように、クウェッソは黙りこくっていた。彼女も黙っていようと思ったが、できなかった。事態に正面から向き合わなくてはならなかった――ジェシーがいるかぎり、共同生活はむずかしいのだ。現実的な解決策は、クウェッソが本格的に彼女の所で暮らすことだ。

さしあたりソランジュはモミの木の下に、パリ行きの二枚の航空券を置いた。彼女はビジネスクラスのチケットを定価で買い直したのだ。到着は二十六日になるが、彼女の息子はもう大きいので、クリスマスの厳密な日付にはそれほどこだわらない。

彼は感謝のしるしに唇にキスをした。が、彼は確約はできなかった。彼は撮影前にぜひとも彼の子供たちに会いに行く必要があった。

ルアンダ〔アンゴラ共和国の首都〕に。

アンゴラの。

彼はカメルーンで生まれたのだと彼女はわかっていたつもりだったのだが。

双子だ。母親と暮らしているのだ。彼らの義理の父親はリオにいた。

彼女は頭のなかの「地球《グローブ》」のアプリを巡らせ、ある緯度からもう一つの緯度にカーソルを飛ばし、おおよそアンゴラの辺りに照準を合わせた。だぶだぶのTシャツを着た少年兵たちが頭をよぎる。それからブラジルのスラム街《ファヴェラ》の子供たち、シンナーを吸引する子供や売春する子供たち。ハリウッド―アンゴラ、ロサンゼルス―ルアンダ、LAX（ロサンゼルス空港）―LAD（ルアンダ空港）。毎日、飛行機が一便ある。直行便。ブリティッシュ・エアウェイズだ。

でも彼が考えてみたら、双子は新年をリスボンで迎えると思われてきた。母親がポルトガル人なのだ。そしてリスボンならパリからすごく近いではないか。

パリ―リスボン！

距離の近さに、彼女は有頂天になった。狭いヨーロッパのチャンピオンになったような気持ち。TGVの速さ、完備された高速道路、欧州連合条約《マーストリヒト》、格安航空券を誉め称えた。それに対して、ルアンダはあまりにも遠いのだから。

しかもあまりにも高い、とクウェッソも付け加えた。夜泊まる所だって四百ドル以下では全く見つからない。それに比べたら、リスボンは半額だし、遠さも半分だ。

彼女は彼に、パリではホテルには泊まらないだろうと言いたかった。しかし、地理を正確に把握する間もなく事が早く進んだ。

双子の母親はリオとルアンダとリスボン、ルシタニア〔古代ローマ時代の属州名で現代のポルトガル辺り〕に面した大洋沿岸の三都市の間を行き来しているのだ。双子はと言えば、「マイアミ」に入り浸っているのだ。「マイアミ」

とは、ルアンダの半島にある、足が水に浸かっている、ジェットセット族のナイトクラブだ。facebookで見る少年と少女、星間的な美しさ。赤、グリーン、ブルー、シルバーの、シルク・ボールがスパンコールのように散りばめられた花火と、ビオトープを形作っているようなイルミネーション。地球を素早く回転させてみるなら、未来の色彩が見えるだろう。ルアンダは祝祭だ。リオは**賞味期限切れ**《ハズ・ビーン》。リスボンは**死に体**《デッド》。双子はふたりとも、ルアンダで初恋をした。思春期の問題だ――とクウェッソは言う――彼らは親たちよりも身を落ち着けてるってわけだ。

彼女の頭蓋に映像ははめこまれたが、子供たちの美しさ以外に、何と言ってよいかわからなかった。混血など実在しない――、彼女はこうした言葉、自分の口から出た言葉の運命を知っていた。彼女はほかの顔のイメージを思い描いた、彼らの、クウェッソとソランジュの、ソランジュとクウェッソ二人の赤ん坊を。

とはいえ彼女は、自分の息子のことを彼に話すべきだったろう。でも、まだ二日間があった。

死がその杭を打ち立てた、我らは鋤を投げ出した、そしてすべての名が使い果たされた

クウェッソはオプラを見たことがあった。オプラもクウェッソを見たことがあった――彼女は共同制作を承諾したのだ。時系列の、船での撮影――テームズ川から二本マストの帆船を出港させ、アフリカ西海岸沿いに沿岸航海し、大河を小さな蒸気船で上らせる。さもなくば、少なくともコンゴから――現実的に考えよう――ガボンか南カメルーンから船を出そう。もっとロジスティクスを考え、重い武器は減らそう。クウェッソは渋い顔をしたが、カナル・スタジオが名乗り出ていた。そしてヴァンサン・カッセル〔1966- アメリカでも活躍するフランス出身俳優〕がシナリオを入手していた。

「コンゴで撮影するんだ」と彼は彼女、ソランジュに言った。そして、この言明は彼女にとっては、彼の横暴さというより、彼女への信頼の深さと感じられた、信頼だ。二人はベッドで大麻《ジョイント》を喫った。翌日出発なので、もうパリ行きの荷造りを終えていた。「クウェッソ、コンゴに行く」と彼女は頰笑んだ。タンタン〔一九二九年から続くベルギーのマンガ・シリーズの主人公。犬のスノーウィとともに世界中を旅し、さまざまな厄介事に首を突っ込んで危険な目に合う〕にとって良い憂さ晴らしだ。彼だって彼女同様コンゴに足を踏み入れたことがあるわけではない、クウェッソも。彼にとっても見知らぬところ、彼にとってもアフリカ――ジャングルの、未開の、侵入不可能なアフリ

カは。クウェッソであること——黒人であること——は、なんら免疫にもならないのだから。彼女が理解し得たところでは、彼はカメルーンでもどちらかというと乾燥した地域の生まれなのだ（カメルーンに乾燥した地域があることを彼女が知ったのも、ごく最近のことだが）。彼は二歳のころ、生まれた土地から逃れ出たという。彼が棒きれのように硬くひからび、死んでいるのを母親が見つけた。彼女は祈禱師のところに彼を連れていったが、妖術使いの女に見せる必要があると言われた。これはきっと呪いだと。谷に一人だけ妖術使いがいたが、彼女は少なくともヤギを一頭よこさなければ、何もしてやらないと言った。父親はこの散財、最後の手段に強く反対した。彼は理性的な男で、魔術の類のことは、地元のだろうが他所のだろうが、耳を貸そうとしなかった。しかしクウェッソは死んだままだし、だんだんアサメラの木〔西アフリカの木材になる木〕のように、硬くなり黒くなって、見たところ石炭のようになっていった。彼が粉のようでしかなくなってしまったので、母親はほかの女たちに見つからないように、一家で唯一のヤギを連れて家を抜け出したのだった。

その後、死んだ状態の彼と一角ヤギを連れて母親が妖術使いの女が棲んでいる樹の窪みに行ったところに話が進んだとき、絶え間ない車列のライトがベル・エール・ホテルの後ろに消えていった。これは伝統的に伝わる話なの、と彼女は彼に訊いた。何の伝統だい、と彼は笑った。たぶん母親たちの苦しみの、と彼女は思った。そして一九七〇年代にアルミニウムのヘッドボードのベッドに寝ていたときの、自分の苦しみを思い出した。しかし、クウェッソの幼児期はそれよりさらに昔のことで、それと同じくらい未来に進んで、いま彼らはベル・エールの車列のライトの光円錐を浴びているというわけだ。それらの車は彼らを連れ去りはしないし、それに乗って彼らが姿を消すわけでもなく、彼はここで話をしており、彼女の腕のなかで生きている。

妖術使いの女はヤギを取り、死んだ状態の子供がどうなっているか、検《しら》べた。女は子供の名はクウェッソで、ほかにもたくさんの名を持っているが、クウェッソが彼の本当の名だ、と言った。彼は唯一の子供だが、最初の子供ではない、と。母親は彼の前にほかにも子供たちを生んだ、と。

それはすべて本当だった、完全に本当の本当だった。妖術使いの女は、これは一連のアビクの子供たちの一人だ、と言った。アビクとは、子供‐悪魔のことだ。そいつは女たちの腹に住みついており、倦むことなく、生まれては死ぬのだ。そしてその子がそういうものだと――呪われた厄介者で再生産される存在であると――認めないかぎり、また生まれて来て希望に取り憑くのだと。

妖術使いの女は、自分が必要な時間だけ子供を預かるが、アビクの場合には、もっと治療が高い、と言った――ヤギがもう一頭必要だと。さもないと、子供は生き延びるだろうが、根っこの影に潜んだアビクがまた再生するだろう、と。

そこでクウェッソは妖術使いの女とともに樹の窪みで来る日も来る夜も過ごし、母親がもどってきたときには生き生きとして、顔色もよくなり、元気にさえなっていた。左右のこめかみに生々しい小さな三角形の切り傷があり、妖術使いの女はそこに煤を塗るように指示した。乱切法〔瀉血などのため切り傷を創る治療法〕も医術のうちだった。

樹のなかで何が起こったか、というと、こめかみに三角形の傷跡を持つ成人クウェッソの見解によれば、老女は彼を樹の中の腐食土の、なめらかで湿った土の中に首まで埋めて、外に出ている小さな口から、ひっきりなしに乳を混ぜた水を一滴一滴与え続けたのである。フラニ族〔主に西アフリカの部族〕や、コイサン人種〔コイとサンの吸着音の言語を話す人々、現在は南西アフリカに多いが世界最古の言語系統とされる〕や、トゥアレグ族〔サハラ砂漠西部で活動するベルベル系の遊牧民〕や、ハウサ人〔ナイジェリア北部からニジェール南部で話すハウサ語を話す人々〕や、トゥクロール族〔セネガルなどに住む部族〕や、そしてオーストラリアのアボリジニもまた、脱水症の重い症状などのときに行っているように。

　母親はといえば、夜も昼も、教会の祭壇の前で、闘いの祈りを唱えていたのだった。そして、もう一頭のヤギを手に入れるために、ヤシ酒用のヤシの畑を売ろうと父親を説得した。父親は、これは人質で身代金要求だ、とわめいて、自ら子供を、生きてようが死んでいようが、取り返しに行こうとした。ところが超常現象によって、彼は見えない壁にぶつかってしまった。家から出ようとするのに、酔っ払いでもしたようにひっくり返ってしまい、おでこに時ならぬコブがたくさんできてしまったのだ。そのお蔭で母親はヤシ畑とヤギの交換をすることができ、息子を取り戻すことができたのだ、いまロサンゼルスの夜にソランジュと話をしているクウェッソを。

　クウェッソは妖術使いの女のヤギの匂いや、土に覆われた甘美で薄暗くじめじめした感覚を覚えていると言う。そして、その日から、彼は何も、誰も、必要としなくなったのだ。

　ソランジュは、これは子宮内の記憶、誰しもが持つ失われた充足の比喩だと思った。ＬＳＤの効果でも似たような思い出を創りだす人がいる。

　クウェッソは大麻《ジョイント》を吸いながら、何を思って頬笑んでいるのだろう。やっぱりアフリカは実在する、と彼は言う。彼の前に三人の子供たちが死んだのだった。三人の息子たちが涙のうちに喪われたが、それはみな同じ母体に同じ悪魔が再来したのだった。彼、クウェッソは、初めて生きることができた、なぜならその前の子がようやく正しい理解によって儀式通りに埋葬されたから。女呪術師がその子の墓の、頭の脇に、選ばれた木の葉を編んだ特別の杭を打ち立てたのだ。アビクが一家を呪うのを止めることになった。その九か月後に、クウェッソ――「死神がその杭を打ち立てた」を意味する――が生まれた。彼はこの名のために、この名を満たすために生まれたのだ――彼はアビクが再来する可能性のある九年間を生き延び、その後もずっと生き延びたのだ。

彼の後に女の子が生まれ、コゾコという呼応する名――「我らは鋤を捨てた」を意味する、墓を掘るための鋤のことだ――をもらい、やはり生き延びた。彼女は故郷に残り、彼らはときどきfacebookで写真のやり取りをしている。最後に末の弟がやはり生き延びて、南アフリカで造船所を作った。彼の名はオルコタン――「すべての名が使い果たされた」だ。

この最後の名前は力強い名で、きっぱりとアビクの子供も、子供そのものをも遠ざけるものであり、そのため、母親はそれでおしまいにした。そのうえ、父親は死んだ、かなり早くに、敗血症で。「私も、最初の子が死んだ後で生まれたのよ」とソランジュは言った。彼らが村で儀式を行い、杭と鋤と難解な名前によって事件を葬り去ることができ、ズールー語を使って幼い死者の元に参集したとしても、彼らが野蛮な未開人でないと言えるだろうか？　考えてみよう、彼らは話し合うようになりおおせただろうか？　クリスマスに少しは陽気に集うことができただろうか？　彼女は書斎の写真の方に行きかけたが、クウェッソが極めて厳粛なセリフを言った、「君は北方のアビクの一種だよ。きっとそこが僕の気に入ったんだ」と。

つまり自分は彼の気に入ったのだ。彼が言っているのだから、「気に入ったんだ」と。それで彼女も弟の名前を（全く馬鹿げたあまりにもフランス的な名）を明かそうとしたとき、彼女の大きな秘密のうちの一部を話そうとしたとき、この愛に溢れた信頼のなかで、この出発の前夜に、大麻《ジョイント》で打ち解けた雰囲気のなかで、家族の、過去について、おそらくは息子についても、今まで決して言わなかった、あるいはまだ言っていないことの一端を語ろうとして、彼女が話そうとしたとき、彼は何も問わずに彼女にキスをし、二人はもう一度セックスした。

ビジネスクラス

彼は心理学的な「おしゃべり」に怖れを抱いていた。もちろん北方の発明すべてを否定するわけではない――医学と科学は特に歓迎する――のだが、価値のある唯一の心理学は、夢、タブー、地下の諸力においてのみ働くものだった。俳優として、彼はずっと心理学的な動機というもの、コッポラがごてごてとした暗示、彼がブランドやホッパーやシーンに指示したものを拒絶した――どれもこれも、いずれにしろ、やたらに勿体ぶった、おおげさなもの。彼は集合的無意識に関わる現象、そして言葉以外のあらゆるコミュニケーション形態には関心があるのだが、個人的な無意識には心を動かされないのだった。『闇の奥』にはひとつとして心理学的な説明は出てこない――事実と、行為と、結果のみ。慾動は――貪欲。行動は――蛮行。効果は――憎しみ。そこから感情を導き出すことは、もしそうしたいのなら、観衆に任されている。演出家として彼は、俳優たちが自分の内奥から掘り起こすに任せる、それも頼むから黙ったままでやってほしいと。

彼女は、「死が・その・杭を・打ち立てた」という名前の男を愛しているのだ。そういう着想に馴染もうと努めた。彼が彼女に説明してくれ、彼女を納得させようと思ってくれたことがとてもうれしかった。彼が話してくれたのは、自分を愛しているからだ。

飛行機内で、彼はとても幸せだった。彼はパリを再び見たい、モニュメントなどをまた見たいと思ったのだった。映画のための面会の数は予想外なくらいだった。彼は長い座席に脚を伸ばし、彼女は大きな肘掛越しに彼の手を取っていた。彼は葉巻を喫《や》りたいところだろう。二人はシャンパンと、ウォッカのオン・ザ・ロックと、トリュフのプチ・フールを注文した。「エール・フランスは神に誓ってエール・フランスのままだね。」彼は滅多に誓ったりしないし、するとしても冗談のためだ。必要以上に気取ったフランス語を使ったりして、彼は世界中のアフリカ人の代表の役を担っていると感じているかのようだった、完璧な礼儀正しさによって。パリ行きのＡＦ０６６便のビジネスクラス、こんなにも大きくて、こんなにも重い新型Ａ３８０型のキャビンにあって、離陸時にもなめらかな疾走としか感じないくらいだったが――ここ、空中の贅沢のなか、北方の雪の上空を飛びながら、彼はエア・ホステスに話しかけているのだ。二人はシャンパンと、美しさと、人から見られ俳優と知られる喜び、大衆の注目を浴び、もちろん機内（五三八人の乗客中）で一番のセレブなカップルである喜びを、手にしていた。

そう、彼はパリを再び見たい、モニュメントなどをまた見たいと思ったのだった。そして彼はすべての面会予定に満足していた。彼が移民として行ったとき、パリは彼が生まれた国より親しいものに思われた。カメルーンは機能不全になっていたが、パリは違った。彼は何でも知っていた。文化も言葉も。ごく幼いころからフランスに接していたのだ。モリエールとラシーヌを暗唱し、一人の《ユヌ》女性教師《プロフ》に夢中になった。（この点では彼は控え目なままだったが）フランス人たちの気質構造についても、フランス語の構造についても、彼の頭はそれに適合するように仕込まれていた。この町を千回といわず見ていた。並木道の清朗さ、建物正面にある彫刻の素朴さ、歩道、横断歩道、ショーウィンドウの豊かさ、ほれぼれするような車、メトロの便利さ——そうしたすべてをすでに知っていた。そこの出身で、自分の家にいるようだった、流動的で開かれ、火花を散らせている世界で。

　彼はある映画監督がすでに彼の名で賃貸契約しておいてくれたお蔭で、アパルトマンを借りることができた。フランス人になりたかったのだが、その希望は拒否されていた。一時的なヴィザしかもらえなかったが、一台のベンツを所有し、ヴィンテージのその美しい型が気に入っていた。アヴィニヨン〔演劇のフェス〕でチェーホフを演ることになって、ローヌ河の峡谷沿いに下っていった。それで車はすっかりほこりまみれになってしまったが、彼はそんな状態でフェスティバルに到着したくなかった。そこで手作業で洗車するガレージを見つけ、チップを渡して仕上げを見ていたところ、ある男が自分の車を停めて彼に車のキーを渡して「その車が終わったら僕の車を洗ってくれ」と言った。

　何ということもない、一つの出来事だ。しかし彼はフランスに対して「ちくしょう」とアフリカ風に、そして世界共通でもある言い方をして、カナダ人になった。

　彼らはカナダの縁を飛び越えたところだった。丸帽子のような北極は冬の姿になり、丸窓のなかでほぐれていった。カナダ国籍はやむを得ない手段だった。それが自分の「唯一の恋の恨み」だと彼女に言った。カナダは彼を自国民にしたが、彼はカナダ人にはなっていなかった。

彼女は少し間をおいてから、彼に答えた。パリは彼女の町であり、彼にシャロンヌの近くの彼女の部屋があった通りや、アマンディエ劇場を見せたり、友達のダニエルとレティシアに会わせたりできたら嬉しい。それからリスボンに行く途中で、バスクにも——何と言ってもクリスマスだし、彼女の家族がそこにいるのだ……。彼はエア・ホステスを呼んでシャンパーニュをもう一杯注文した（パリ風の発音で）。そしてグラスを彼女に差し出して乾杯——「『闇の奥』に！」

彼女は彼をなじった、そこ、ビジネスクラスで、北極圏を通りながら。何か月も自分は彼の映画の話しか聞いていない、二分間くらい彼女の言いたいことに耳を傾けてくれたっていいではないか？　それとも彼女の話を聞くことなんて先天的にできないとでも言うの？

氷河が悠然とほぐれていき、グリーンランドがその鼻づらを現わしていた。彼は弁解した、「パリは映画のための幾つかの扉の一つなんだ。これが終わったら、もっと自由な気持ちになるさ。」

彼は粗野というよりは率直なんだ、と彼女は心に決めた。一本の映画——製作準備、撮影、編集、撮影後作業、配給——一年間。彼女は待つだろう。

どうして頭に血が上らずにいられようか

ダニエルとレティシアが貸してくれる小さなワンルームは、いつものように繊細な心遣いで花々と小さなクリスマスのモミの木で飾られていた。彼女が折り畳みソファを展げると小さな屋根裏部屋は完全にクウェッソの長い身体でいっぱいになった。彼らは日の入り頃に到着し、まだ五時くらいだったが、パリの屋根屋根を冬空が覆っていた。屋根裏部屋の隅のキッチネットでは、彼は頭をぶつけないためには屈んでいなくてはならなかった。彼女はパリのマレー地区の魅力となっている外に出ている梁《プトル・アパラント》を指す「プトラプ」という単語を彼に教えた。彼女は電話でハーブを取寄せ、彼も美味しいワインを配達させた。彼は留守電もほとんど聞かないし、メール・チェックもしない。見るからに休暇中という感じで、こんなことは彼女が付き合い始めてから初めてのことだった。

彼はいつものように——スーパーのビニール袋を被って——シャワーを浴びた。特別の理容室でさえ、彼の頭に十分なほど大きなシャワー・キャップは見つからないのだ。鏡の前に座ると、長いことドレッドロックを蒸した後でうなじのお下げを編み込んだ。彼女はそれを見ていた。小さい頃、父親が注意深く髭を剃っていた姿を思い出した。

彼らは素早く、一気呵成にセックスした、息を切らして。人生のうち一〇年間分をこうした数分間に費やすことになるだろう。気違いじみている。病気だ。

彼女はそこにこもりっきり、世界の終わりまで屋根裏で自給自足でもよかったのだが、彼は夕食を食べに行きたがった。いつも男たちは食べ、出かける必要があるのだ。彼は英仏語混じりのカメルーン語《カムフラングレ》で話した。「**多かれ少なかれ何をやっても**《フェッコワ・フェッコワ》、**ジョニー君**《オン・ジョニー・ラ》」とジョニー・ウォーカーの歩行者ジョニーのマークとかけて。彼女は笑い、二人は早歩きでバスティーユに出かけた。途中ザディグ・エ・ヴォルテールで立ち止まると店員たちが飛んできて、彼女は彼にアクア・グリーンのとても繊細なカシミアをプレゼントした。イルミネーションで飾られた町は真昼より明るく、衛星からパリを見たらきっとクリスマス・ツリーのようにキラキラしていることだろう。「ソランジュ」と彼が呼んでいた。広場の交通のざわめきのため、**ソル - アーンジュとアーン**を**シャンパーニュ**（シャンパン）みたいに発音する必要があったのだ。彼女は自分がシャンパンみたいにパチパチ跳ねるような気がした。自分こそ、ほかの誰でもなく、ソランジュなのだ。自分が実体化された感じがする。彼女は存在し、地球上のこの場所のすべての女たちのなかで、世界が変わるのがわかった。「ソランジュ！」彼は彼女に、バスティーユの運河側の縁日の入口で、唇の厚い黒人像が執事の盆にチケットを回収しているのを見せようとしたのだった。

彼女はと言えば、革命記念柱に乗った自由の天使に指を伸ばした——天使は鎖を、断ち切られた鎖を振り回していた〔一八三三年にオーギュスト・デュモンが製作したブロンズ像で、その当時からこの革命記念の円柱の上に置かれ、その左手には専制君主の象徴として断ち切られた鎖を持っている〕。彼は彼女を理想主義者扱いして、「我がいとしきフランス女性《マイ・リトル・フレンチ・ウーマン》」と言った。そして彼女にキスした。

後で振り返ってみると、パリでのこの短い散歩がおそらく彼女の人生で最も幸せな瞬間だった。その後に起きたすべては、このクライマックスの高みからの滑落、恐ろしいずり落ちに過ぎない。人々は二人に見とれた。彼らはもちろん美しかった、飛行機内のときと同じように美しかった。しかし、ここではもう一つの要素があった。彼らは政治的存在だったのだ。この言葉を一度も使ったことのなかった彼女が、彼と腕を組んで散歩することの挑発的な意味を味わっていた。何でもないことだ——空間のごく些細な攪乱、行き交う人々の視線のごく軽い揺らぎ——黒人の男と白人の女。二人一緒に。美しくて金持ちで幸せ。そして彼女は気がついたのだが、必ず、ごくわずかな羨望か、共謀が、一種の裏返しの攻撃性が——有名なギャングのカップル、呪われたが崇高なユートピア主義者、幸福と人間性の『ボニーとクライド』〔一九三〇年代のアメリカで強盗を繰り返し最後は警官に射殺されたカップル。当時から彼らを英雄視する人々もあり何度も映画化された〕を見るような眼差しがあった。ソランジュとクウェッソ、我らのために祈りたまえ。

彼女は彼にぴったりくっついた。「誰も私たちに無関心な人はいないわ」「そりゃそうさ、僕たちはスターなのだから」と彼はおもしろがった。パリはくるくる旋回し、広場が彼らを連れ去っていく、**どうして頭に血が上らずにいられようか、大胆な腕の中に抱き締められて？**

運河のはずれ、リシャール＝ルノアールで、彼女は数秒間、彼を見失った。彼はドラッグストアに入り、その毅然とした長身の姿がヘアケア製品の棚のところに止まっていた——カリッサ製の乾燥毛先用シアバター・アルガンツリーのスペシャル・ヘアケアの前に。店員が眉をひそめてみている前で、ビンの蓋を開け、ソランジュに香りをかがせた。これだったのだ。ミルラと金粉、魔法使い《マギ》の香《こう》かと思っていたのは。脚の力が抜けてしまい、彼女は彼の首に抱きつき、キスをした。「これ、フランスにしかないんだよね」と彼は言った。これがなくなったら飛行機に飛び乗るのだろうか？　なくなる度に一人のフランス女を誘惑しているのだろうか？　店員は彼らから一メートルのところで、身動きもせずに、見とれていた。彼はＳＭＩＣ（最低賃金）用のアメリカン・エクスプレスで払い、袋いっぱいのヘアケアのビンをもって店から出た。

　彼らはタクシーに乗り、「テルミヌス・ノール」で夕食を食べた。彼女は彼をグット・ドール〔アフリカ産のものが多いパリ一八区の地域〕に連れていきたいと思ったが、彼はアフリカ人地区に興味もないし、この種のエキゾチズム趣味もないし、ンドレ〔アフリカの食べ物〕も、ピーナッツ・チキンも食べたくない、と言うのだった。彼が食べたいのは、フォアグラであり、いちじくのジャムであり、生カキであり、ビュロ〔大西洋沿岸の大きな巻貝〕であり、舌平目のグリルであり、プイイ・フュイッセ〔ブルゴーニュ地方マコンの辛口白ワイン〕であった。

　二人はおしゃべりし、彼女は暑くなった、ワインと時差ぼけ《ジェットラグ》、そしてクリスマスの何かが彼女の頬を赤く染めていた。彼女はクレーヴのこと、南の地方のクリスマス、雪のない世界を思い出した。時として赤い風が窓辺に砂を運んできて、彼女の母がそれはサハラから来たのだ、と言っていたものだ。でももうそうしたことには関心を失っていた。彼のことがわかってきていたから――彼女が自分のことを話すことで彼が聞きたがるのは、大きな「歴史」と関わる個人史だった。例えば、バスク出身であるとか、彼女のフランスでの体験とか、フランスでの学校、その非宗教性《ライシテ》、フランス共和国民が「人種」という語に対して示す驚くほどの拒絶。彼女は自分の息子のことも思い出したが、ブリス、アンティル諸島出身の元彼のこと、そして彼女が彼のことを黒人と意識していなかった、ということを話した。

クウェッソは肩をすくめてみせた。彼女はそう言い張った。その頃、彼女はブリスにほかのことを見ていたのだ。だけど、絶えずコンゴとコンラッドの話をしていると、どうしても肌の色のことが頭から離れなくなってしまう。

彼はしきりに手の甲で目をこすった。

「君もさっきの店員の目つきを見ただろう。」あれは疑問ではなく、確証だった。

「誰だって高級なカリッサのビンを、これから買うのだと言わずに開けたら、厳しい目で見られるわ」と彼女は哀願するように言った。

「僕が買わないと彼女に確信させたのは何だと言うんだい?」

彼女は答えなかった、無駄なことだ。彼は答えが聞きたいわけじゃない。コヨーテのように疲労がうごめいていた。

しかし彼女はまた口を開いた。「ブリス自身も一度も肌の色のことは話題にしなかったのよ。」彼が遮った。「君がほしいのは証明書さ。人種差別主義者ではない、という証明書。だから君はそれを獲得するために僕と寝るんだ。」

彼女は馬のようなエネルギー、怪我をした馬のようなエネルギーを振り絞って頭を振った。そしてつぶやいた、**偏執病**《パラノイア》と。

彼は手の甲で両目をこすってから冷静になった合図として目を開けて言った。「ああいう魅力的な店員たちは皆、僕に走り寄って〈こんにちは〉、〈さようなら〉と言葉をかけることによって自分は**肌の色を気にしない**《カラー・ブラインド》、と思わせようとするアメリカ女たちと同じさ。彼女たちも証明書がほしいのさ。君はそういう類の人間じゃない。だけどもし君がブリスの肌の色を意識したことがなかったとすれば、それは抑圧でしかあり得ないよ。」

ならず者も精神分析のお世話になっているってわけさ、ユング派のね、と彼は言っていたことがあった。パオ・アルト〔多くのハイテク企業が集まるカリフォルニアの地名〕では、週に二度ベンツで通っていたのだ。

「私は抑圧などしていないわ」と彼女は抗議した。

「誰が言ったか知らないけど、**ユダヤ人というのは、ユダヤ人であるとはどういうことか、と自問する人間のことだ**、というでしょ。私は黒人であるとはどういうこと、と自問しているわ。それなのに皆、それは明白だと思っているみたい。黒人だと、永久にほかの人から見られるわけ。で、ほかの人って誰のこと？　それが私よ。私が演じるべき役柄なのよ」

彼女はユダヤ人の話などしたくなかった。そもそも黒人の話も。ほかの人の話も。二人のことや旅行の続きのこと、リスボンのことでもいいしリスボンじゃなくてもいい、子供たちの話なんかをしたかったのだ。

ふたりは海の幸を食べ終えた。舌平目が来たが、焼き過ぎだ、と彼はつき返した。新しい舌平目が来て今度は完璧だった。彼は彼女に魚の身を捌くのを手伝ってほしいと頼んだ、彼女が漁師の孫として生まれたから。彼が覚えていてくれたことに彼女は感激した。彼がやさしい眼で彼女を見つめた。彼は、真実というものがどれほど破壊的なものかを知っていた。彼らが望もうと望むまいと、**多かれ少なかれ**《フェッコワ・フェッコワ》、彼らは何世紀間も、手を切られたり、鞭で打たれたり、奴隷貿易の経験を受け継いでいるのだ。そして、彼は愛が死より強いなどと、ウォルト・ディズニーが喜ぶようなことは信じない。とんでもない、人はブルドーザーの中だの、メリー・ポピンズの傘の下だので愛し合うことなんかできないのだ。

愛《アムール》。彼がこの言葉を口にしたのは初めてだ。初めて、二人のことに関して愛する、という動詞を活用した。

彼女がディナーの代金をご馳走した。ワーナーから大金の小切手を受け取っていたし、今は彼女の地元にいるのだから。そもそもロサンゼルスでは、彼らは外食などすることがなかったが。

僕には二つの愛がある

クリスマス休戦（この表現を彼女は彼に教えた）の期間だったが、彼は一連の面会約束をしてあった――クリスマス当日にはカナル・スタジオで、三十一日には「ホワイ・ノット」プロダクション〔一九九〇年にフランスにできた芸術・問題作を専門とする映画プロダクション〕関係者と。ヴァンサン・カッセルの名が流れていた、魔法のように。カッセル……、カッセル……、と風に乗って行き交っていた。

僕には二つの愛がある　トゥティユー　ティユー
故郷とパリ
その二つからいつも　トゥティユー　ティユー
僕の心は魅せられる
ハリウッドは美しい
でもどうして違うと言えよう
僕を惑わすのは

パリ、パリのすべてさ

彼はジョセフィン・ベーカー〔1906-1975. アメリカの黒人歌手、フランスでも活躍しフランスの国籍を獲得〕のこと、キャサリン・ダナム〔1909-2006. アメリカの黒人ダンサーで世界中で活躍した〕のこと、ミリアム・マケバ〔1832-2008. 南アフリカの歌手。グラミー賞受賞者〕のことを話した。彼女にマケバの六六年ストックホルムでのコンサートを、ユーチューブで見せた。ヒョウの毛皮を着ている。「黒人だと毛皮に身を包んでも、差別主義的な問題にはならないの？」とソランジュが聞いた。彼はヒョウの皮の由緒正しさを説明した。当時、黒人スターはアメリカ人とカリブ人だけしかいなかった。驚きだし、陶酔してしまうくらいだ——マケバを知らない奴なんかいるかい？ 彼は「パタパタ」〔ミリアム・マケバの代表曲〕の音楽をかけて彼女をダンスに誘った。彼が創りたいのは大衆的な映画、安ピカで、セクシーで、音楽と冒険がたっぷりで、スノッブではない、フランス映画とは違うものだ。彼は、アフリカで製作したことのある、フォルモサ・プロダクションのボリス〔ボリス・ヴァン・ジル、同プロダクションのアフリカ映画製作者〕と約束があった。

彼女は自分が一緒に行くことになっていないと聞いて驚いた——彼女はフォルモサのボリスをよく知っているのに。だが、クウェッソが確かに前にここでの経験を、生活を、コネを持っていたのだ、ということで納得するしかなかった。

日が暮れて、彼女は彼を待っていた、屋根裏部屋のツリーがチカチカ光る中で。ダニエルとレティシアのところで夕食を食べることになっていた。刻々と時間が瞬いていた。彼女は午後ローズと会って、**ティユー・ティユー**のエピソードを一心に話したのだった。「あら、彼ってとてもおもしろいじゃないの！　そういう男は結婚するわよ、すてきじゃない！」とローズは言った。それから浴室の鏡で自分を映してみた。バストが小さ過ぎるかしら？　お腹は？　今なお欠点のないライン。若い娘のようなヒップ。今や息子のことを彼に話すばかりだった。

彼女はまたローズに電話した。それから母親に、父親に、そして息子にも。それからダニエルとレティシアにも電話して遅くなりそうだと言った。スマホを見ると画面に**クウェッソ**の文字。すぐに出た――僕なしで始めていてほしい、busy なんだ。カッセルはパリに寄っただけなんで、彼をベルヴィルで捕まえることになる。

満月だった。エッフェル塔の回転光の束が丸く、グレーの屋根屋根を揺らしていた。もし彼女が二人の恋愛を円で描くなら、彼は彼女の「私」の真ん中を占めるだろうが、彼女はと言えば、彼女は彼の周辺の小さな月のような存在で、彼の潮の満ち干きに影響を与えることもなく、彼の「大志」は決して欠けることもないのだ。

＊

二二時一五分に、彼は彼女が彼を待っていたことを怒った。「パリではみんな、夕食が遅いのよ」と彼女は土地の習慣を言い訳にした。彼は興奮して晴れやかな顔をしていた。カッセルが参加したいと言ったのだ。そして新しいアイディアも浮かんだ。ボリスはサルコジがダカールでやったばかりのスピーチのテキストを彼に渡したのだった。クウェッソはその文章を大声で読み上げて、ブラザヴィル出身の証明書を掲げているタクシー運転手と笑い声を上げた。彼は自分の映画で、植民地首長である人物の口から、このスピーチの抜粋をそのまま挿入して語らせようと思ったのだ。

アフリカの悲劇は、アフリカの人間がまだ「歴史」の中に十分に入ってきていないということであります。アフリカの農民は、数千年の間、季節とともに自然との調和において存在することを理想として生きて来たのであり、永遠が、時のリズムを刻みながらまた再開し、同じ仕草と同じ言葉を終わることなく繰り返すとのみ認識しているのです。すべてが再び始まるというこの想像力のなかには、人間的な冒険や、進歩の概念の入る余地はありません。

「十九世紀の文章そのままだ」とクウェッソは容赦なく、逐一読み上げた。

自然がすべてを支配するこの世界では、人は現代人を苦しめる「歴史」の恐怖を免れていますが、すべてが予め書かれているような変化のない秩序のなかで不動のままです。決して未来に向かって跳躍することがないのです。決して、自ら運命を創りだすために反復から出ようという考えに至りません。アフリカの問題――アフリカの友である私に次のように言うことをお許しください――それはそこにあるのです。

「墓場のない言葉。ごくわずかな略奪品もない言葉。レオポルド二世〔1835-1909. 一八六五年からベルギー王となりコンゴの植民地化政策を積極的に推進した〕以前の言葉だ」

アフリカの課題とは、恒に反復し恒に反芻するのを止め、永劫回帰の神話から自らを解放することであります。ずっとなつかしんでばかりいた黄金時代がまたやって来ることなどないと自覚することです、なぜならそんなものは一度も実在しなかったのでありますから。アフリカの問題とは、あまりにも幼少期の失われたパラダイスをなつかしんでばかり現在を生きてしまっていることなのです。

彼はタクシーの中で、ダニエルとレティシアの家の下に着くまで、スマホにコピペしていた。タクシーの運転手はもう何も言わなかった。ショックの状態で、それ以上でも以下でもなかったのだ、運転手は。ほかのことを話すことはできないのだろうか？　二二時五一分になっていたが、彼女は最後のメールをダニエルに送って、家のコード番号を教えてもらった。インターホンを鳴らすとダニエルが扉を開け、彼女が「こちらがクウェッソ」と言うと、ダニエルが「おお、はじめまして」と言った。彼女は「おお」が大げさ過ぎるのに気がついた。

*

帰りのタクシーで、彼は手の甲で顔を押さえるあの仕草、熱に浮かされた仕草、放心しているかのような、そして――彼女はそれを読み取ることを学んだのだが――悲嘆の仕草をしていた。会う相手に予告しておくべきなのだろうか？　何を？　彼の一九〇センチの背丈を？　彼の目の覚めるような美しさを？　彼の山のような髪の毛を？　人々を驚かせてしまうのは、彼女のせいなのか？　彼のむずかしい名前を前もって言っておかなかったから？　彼と一緒にいるから？

「僕は彼らを知ろうとするべきなのだろうが、彼らの方は、僕がどこから来たのか知ろうともしない」

タクシーはブローニュの森に差し掛かっていた。モルドヴァ人の運転手は関わろうとしなかった。

「その逆よ……。彼らは反対に興味津々なのよ……。あなたに質問する勇気がないのよ、なぜなら怖いから、何がかわからないけど、出身を聞いてあなたを傷つけるのが」

「僕は出身地の質問なんて怖くないよ。彼らはパリが世界の中心だと思っているんだ。三つのギニア〔ギニア共和国・ギニアビサウ・赤道ギニアは三つの別な国〕も、ガーナも、ニジェールも、ナイジェリアも、ザンビアも、ジンバブエも、彼らにとっては似たようなものなのさ。仮にアルジェの闘いを覚えているとしても、それが世界の果てなのさ」

彼は怒りの網のなかに閉じこもった、血塗られた頑固な「歴史」、堅固な「歴史」のなかに。彼は過去のなかにあり、ここパリにいても、彼だけに関わる測地学による現在のなかにあるのだった。

それでも彼女はタクシーのなかで、彼とともに在りたいと、和解不可能な時間のなかに一緒にいたいと思っていた。

彼女は黒々とした大木が並ぶ方を見ながら、自分には息子がいる、と言った。その子は彼女より彼女の父親になついたので父親と暮らすことを選んだのだと。それで、そう、生まれて間もなく、子供を彼女の父親に託したのだ。彼女のお腹が目だってきたときに、その子の父親と思しき男が姿を消し引っ越してしまい、彼女はあまりにも若かったし、もう堕ろすには遅過ぎるということを、彼女の父親がわかってくれて。それで、**多かれ少なかれ《フェッコワ・》どっちにしても《フェッコワ》**（彼女はこの表現が気に入っていた）というわけ。

クウェッソは知っていた。

何を知っていたの？　彼女が少なくとも子供を一人もっていることを。噂話を読んだということと？　彼はグーグルしたの？　違うよ（彼はモルドヴァ人の運転手を気にして声を低くした）。乳首だよ。「白人女は子供を産んでいないかぎり、乳首の色が薄いんだ。」彼女はタクシーのなかで、クレーヴにいた頃、そればかりか一九八〇年代の、あることないこと——ヴァージンじゃなくなるとわかるらしいとか、指の長い男はあそこも長いんだ、などと——聞いたり人に言ったりした頃に、逆戻りしたような気がした。「それはホルモンによる事実だよ」とクウェッソは言い張った。誰がそう言ったの？　何人の白人女と寝たというの？　黒人女の乳首も色が濃くなるの？　どうして彼女はいつも問いが溢れ出してしまうのに、彼は違うの？

アフリカの問題

小さな屋根裏部屋の階段で、彼は彼女に、翌朝約束があると言った。つまり数時間後に。「でも列車が」と彼女は驚いて言った。彼は驚いた様子だった。遠心力のエネルギーがモミの木を、彼女の両親を、彼女の息子を、ばらばらにした――あなたが残るのなら、私もパリに残る。いや、君は家族に会いに行くんだ。僕は、映画に、ここにいることを求められている。踊り場で二人は言い争っていた。彼女はバッグの中を探ってカギを探した。二人とも飲み過ぎていた。彼女は予定通り明日の朝の目覚ましをかけ、二人はいまいましいTGVに乗るだろう。隣の人が、ラシャとガウンで威厳を保って姿を現した――ほらご覧なさい、しまいには夜の騒ぎと何だかわからない罪で警察行きになるわ。ところが隣人はクウェッソの方に眼を上げると、自分の巣に引っ込んだ。彼女はカギを見つけられなかった。クウェッソは小声でわめいていた、約束が立て続けにあるんだ、シャキッとしていなくてはならないのに。カギはバッグの裏張りの中にすべり落ちていたのだった。

彼はパソコンの前に陣取った。灯りがついているため彼女は眠れない。ようやく彼は横になったが、何の仕草もなく、直ちに眠り込んだ。彼女は起き上がった。彼の上着を探った。彼のパスポートがそこにあった、ブルーマリンのカナダの小さな冊子で、イギリス連邦の紋章が入っている。これを抜き取ってしまえば、彼はもう逃げられないだろう。それは身元保証だった。

彼の姓名はまるまる二行を占めていた。クウェッソ・フルジャンス・モデスト・ブレジネフ・ヴィクトリー・ンウォーカム＝マルタン。世界中でこのようなアイデンティティの存在はたった一人だろう、と確信できた。彼は父親がコミュニズムにシンパシーを抱いていると話していたが、この名の一部はそれで説明できるだろう。彼の名のフランス語的な部分については、彼は明らかにこの部分を捨てているのだ。

写真を見ると、ずっと若そうで、ドレッドロックが短く、眠そうな顔だ。

彼女はパスポートを上着にもどした。黒人から証明書類を盗むなんて、それ以上に汚い真似はできなかろう。

六時に目覚ましが鳴った。彼らは服を着てコーヒーを入れ、クウェッソはテーブルの上のカギを摑み、彼女のスーツケースをモンパルナス駅まで運んだ。

彼女がリスボンで合流するには及ばないという。彼がそこに行くかどうかわからないのだ。ものごとを正面から見てみよう——二人ともあんまり家庭的ではないのだ。彼女が彼の帰りのＬＡ行きチケットをオープンに変更する必要があった、彼女が支払ったので彼女にしかそれはできないのだ。彼は変更の差額を彼女に返済するつもりだ——費用はいずれにせよ映画準備段階《プレ・プロダクション》に組み込まれるだろう。

彼女は一号車の一五番の座席に腰掛けた。彼が彼女のスーツケースを列車に載せた。彼がホームに降りたとき彼女は均衡が失われ、列車が傾くのを感じた。平静を保つために呼吸を整えた。彼が窓ガラスに手をぴったりくっつけた。その赤い手のひらに彼女は自分の手のひらを合わせておいた、もっと小さいが。ガラスが冷たい——彼らの運命線と愛情線は重なり合っているだろうか、手の線の同じ地平に向かって延びているだろうか——彼女はガラスに唇をつけたが、彼は真似しなかった。彼は頰笑み、眼には隈ができていて、ガラスの曇りが彼を包んでいた。

　最初の揺れでガラスの曇りは消えた。彼らの手の輪郭は、亡霊のように残っていた。それらが消えたとき、彼女は二度と彼と会えないような、絶対に家族に会いに帰ってはいけないような、そこに残り、何もあきらめず、必ず欲望に従うべきなのだ、と感じた。列車は彼女から彼を奪い、フランスがSECURIVERと企業名が書いてあるガラスのなかで上ったり下ったりした。彼女は彼に、ポワティエ辺りで、もう何もすることがなくなって、メールを送った、「あなたがいなくて淋しい」。彼から返事がきた、「僕もだよ」。

　多かれ少なかれ何をしようとも《フェッコワ・フェッコワ》、列車は走り続け、フランスは平らで、緑で、水が豊かで、時は時速三百キロで飛び去り、彼女は「僕もだよ」の後、眠り込んだ。突然、フランスは木々に覆われた。そして、駅のホームに、みんながいた——彼女の父親、彼女の母親、彼女の息子が。彼らは歳をとり、息子はますます太っていた。「一人で来たの？」彼女は彼のための場所を用意するため、彼の名も言ってあった。すべてはそのためだったのに。車が彼らをクレーヴに運んだが、まだ一時間はかかるのだった。
イルミネーションが瞬いているモミの木の前で、彼女はすぐに飲み始めた――父親が彼女に差し出したウィスキーを。お祝いなので、彼は元妻のビュッフェから、まるで離婚などしていないかのように、真っ直ぐにそのウィスキーを取り出したのだ。ポワティエのメールの後、何の知らせもない。彼はどこで、何をしているのだろう？　母親が、「来なかったフィアンセ」の顔を見たいと言い張った。「彼はヴァンサン・カッセルと会っているのよ」とソランジュは見栄を張った。クウェッソの写真を一枚見せた。「ソランジュは私たちにいっつもこういう変わり者を差し出すのよね！」と母親が言い、父親は彼を人食い人種《カンニバル》扱いした。「おまえが彼に食わアアれないといいイイんだが。」

そのうえ、黒人と会うにはバナナをバナアニアと言うような訛りでしゃべらなくてはいけないと思い込んでいるこの男は、――彼女は忘れがちになるのだが――セゴレーヌ・ロワイヤル〔1953- フランス社会党所属の政治家で二〇〇七年史上初の女性大統領を目指して立候補したがサルコジに敗れた。オランド大統領の元パートナー〕と同じダカール生まれで人生の最初の四年間をそこで過ごした男であり、食事前にニュースを見るたび「何てバカ野郎なんだ、サルコジの奴は」と言うのだ。

彼女の母親はニンニク味クルトンを作ってくれていた。彼女の息子はますます太り、ますます粗野になっており――注意してやらなくては――恐ろしいほど昔の隣人に似てきていた。「パパ、セネガルのこと覚えてる？」と彼女は聞いてみた。彼女は父親に一度も質問したことはなかった。彼はたった一つのことしか覚えていなかった――ハルマッタン、サハラから来るひどく乾燥した風のこと――埃と火のように焼けつく喉、血が彼の小さな上っ張りに滴り落ちた、なぜなら彼が友達と笑い過ぎたため彼のひび割れた唇が**チャック tchac**！と裂けたのだ。「それは一種のフェーン現象よ、ここでも同じよ」と母親が言った。

彼女は母にポアゾン〔香水の名〕とジョージの自撮り写真（母はそれをコレクションしていたので）をプレゼントした。父にはウィスキー（香水同様、免税店で買ったもの）。息子には、初代のアイフォーンと最新版のアイフォーン。そして三人みんなに、彼女の手書きメッセージ入りの、年内ロサンゼルス往復のプレゼント用クーポンを。父親は自分がエール・インテル〔一九五七年から一九九七年にエール・フランスに完全統合されるまで操業していた国内あるいはヨーロッパ内航空会社〕で褒賞された頃をなつかしんだ。突然メールが来た――「君のアドレスを教えてほしい」。ここ、クレーヴのアドレスということだと理解すべきだろう――彼はやって来るつもりなの？「明日着くの？」返事はない。彼女はウィスキーを飲みながら食事した。

母親がクリスマス菓子《ブッシュ》を用意している間に、彼女は家のなかを一回りしてみた。アイシング〔お菓子に糖衣をつけること〕したところでのスケートする小人たちの姿は、ジェシーの家でのクリスマスを思い出させた。ここからは銀河ほど遠い話だ。プレイモービル〔ドイツ製の組み立て玩具〕は彼女の部屋に、彼女が一年前に置いたままになっていた。天井の電灯をつけてみると、母親は出ていった娘の部屋を、あれ以来扉も開けていないに違いない。彼女はそれら（プレイモービル）を分解する。彼女は去年のクリスマスに、乱痴気パーティ風に、つまり下半身をピンで留めて女の子と男の子、女同士、男同士、それからプールや、キャンピングカーや、馬を積み上げておいたのだった。一年前、彼女の頭のなかには何があったのだろう？　そもそもこんな問い自体、おもしろくない。自分のことが思い出せない。すでにクウェッソのことを待っていたのだ、それとは知らずに、こんなには苦しまずに。十五歳のころに、ここクレーヴで待っていたのと同じように、未来を待っていたのだ——その時は直近の未来は赤ん坊という形で登場したのだった、何という驚き。二〇年経つと、ほとんど話題にすることもなくなったが。それは理解できることだ。

　彼には話したかった、クウェッソには。感情が溢れ出る。彼に話してみる、娘時代の部屋で小さな声で語ってみた、籐《とう》製の傘の電球の下で。とても幼い子供、アフリカの娘のように。彼女がハリウッドに出るすぐ前に、『ヴォワシ』誌に、彼女の息子は「成年」だなどとさえ書きたてられたが、それは嘘っぱちだった。訴えるべきだった。「ソランジュ！」と母親が階下で呼んだ、昔と同じ声だ。彼女は鎧戸を開けて大麻《ジョイント》を巻いた。庭は暗かったがクロベの木の背後のローズの実家に灯りがついているのが見えた。「ソランジュ！」同じ命令だ。彼女はすべてのプレイモービルを注意深く、想像上の道路に沿って並べて立てた。ウィスキーを飲み干すと、全部をキャンピングカーの上に倒した。一年後、同じ場所でこれらを見つけることだろう。いや、もう来ることはない。彼と一緒でないかぎり。「ソラアアンジュ！」プレイモービルたちを動かした、死んでしまわないように。この部屋でまだ何かが起こるように。あるいは、プレイモービルが彼女より生き残ることになろう。これらのものは壊れることがないのだから。

　彼女はおもちゃのプールに、ジャグジーのように大きな、自分のグラスを置いた。プレイモービルが全部白いことを利用した。息子はソファから動こうとしない。小人たちの皿が地べたに散らかっていた。それらの小人の何かが彼女をうんざりさせた。彼女は飽き飽きしていた。いや、それは大麻《ジョイント》のせいだった。顔を上げるとクウェッソがいた。違う、彼女の父親だ、なんてばかな。彼女の大切なサンテミリオン〔赤ワインの種類〕のボトルを開けるところだった。同じやり方、両肩が開いていて首がまっすぐで銜えタバコして。そして声も、こんなだった。説教じみた重々しさ。何を主張するにも、同じように。もちろん父の方が歳とっているが。そして白人だが。それに禿げている——一番おかしいのはこの点だ。でも同じ——同じ鼻、同じ額、同じ少し中国人風の眼。

翌朝——いや、お昼だ——翌日、息子が出かけた時のことを覚えていない——彼女の父が連れていったのか？　酔っ払っていたのに？　——彼女の母がトラックで来たわよ、と言った、そうトラックだ、郵便屋さんじゃなく配送係がフェデックスの彼女宛ての荷物を、家ではみな寝ていたため隣の家に届けていった、というのだ。確かに娘もみなと同じように何もしなかった。荷物を揺すると**チャックチャックチャック**という音がした。

それは赤茶色で、プルーンのように丸まるとして、クルミのように硬い、奇妙なフルーツだった。そこには手紙が、というか一言だが手書きの伝言が入っていた。彼女は初めて彼の書いた文字を見た。「シャトー・ルージュの市場のコーラ〔kola：コラノキの実。コーラ飲料は元はこれを原料としていたが、現在は含まれていない〕。すてきな君へ、チャオ。」

「**すてきな君へ、チャオ**」って、何を意味するのだろう？　彼の声でそう言われるのなら、いとおしくマッチョな、やさしさだ。でも元気のないときに、読むだけだと、これは別れの言葉ではないか？　クルミを贈るのは何らかのメタファーだろうか？　気が狂いそうだ。彼は、子供の頃、コーラ中毒になったと話していた。彼女は知らなかったが、カフェインでいっぱいなのだ。西アフリカではどこでも、ホスピタリティや親愛のしるしに贈り合うのだ――アペリティフや何かに。彼女は皮をむいてみた。彼女の器用な指でなら、すぐに分厚い皮がむけると想像していた。彼が二人の会話を思い出して、特別に仕掛けをしているのだろう――中は象牙色のパズルで、完全にピッタリ合わさったピースからできていて、離して分け合うための継ぎ合わせ品なのではないか。一つのシンボル、二つに割って各自が一つずつを保管するようなものと理解できるのではないか。それは、融和の果実にしては、信じられないくらい苦いものだった。そのうえ、指と歯が赤くなってしまった。彼女は注意深く歯を磨いた。

もはや自転車で川沿いに散歩するくらいしかなかった。ぶかぶかのセーターと古いジョギングシューズ。綿毛で覆われたような空と灰褐色の水面、裸の木々の下で音もなく高く繰り出していく冬の急流。サギや、バン〔クイナの一種の水鳥〕、そして一羽の冒険好きな鵜が、海から遠いのに、一本のコナラで羽根を乾かしていた。

彼女は彼の幼少期を夢にみた、彼をパソコンから引き離すことができた夜に、彼が話してくれたことを。彼の言葉に酔って、そう――彼女は彼で満たされ、ずっと甘美な気持ちでい続け、彼のために気を使い、うまい返事やいい表情ができるか不安になる、というような感情でいた――そのため、彼の話では、ベヌエ川〔ギニア湾に注ぐニジェール川最大の支流でカメルーンに源流がある〕沿いでの遊びのうち、カバへの恐怖と、キプリングの物語のような、ワニの捕獲のことしか覚えていないくらいだった。二人の子供時代は同時期だったが別々の惑星でのこと――いや、同じ惑星上なのだが、同じ座標ではなかった。彼女が小学四年生のとき、彼は売春宿をやっているレバノン人のところで小間使いをやっていた。彼女が『子供たちの島』〔一九七四～八二年に幾つかのテレビチャンネルで放映されていた子供番組〕を見ていた頃に、彼は初めて映画を観たのだった。伝道師たちがリールを持って回り、アフリカの腰巻《パーニュ》――彼らが探したなかで最も平らに拡げることができたもの――に映写した『ベルナデッタの奇跡』〔ベルナデッタは、ルルドの泉で聖母マリアの出現に会い、その後奇跡を起こした聖女〕である。洞窟での聖母の出現は、腰巻《パーニュ》のスクリーンに丸く印刷された「スーパー・コンステレーション」〔一九四〇～五〇年代にロッキード社が生産した大型プロペラ飛行機〕の幾つもの飛行機が幾つもの穴状に見えるようになっており、身体の麻痺した少女は、「**エール・アフリックの協賛万歳！**」のスローガンとともに歩き始めた、という。

　彼のオープン・チケット！　彼女はその手続きをしなくてはいけないのだったっけ。

　彼は一人で読み書きを勉強したのだった、奇跡の腰巻ではなく、レバノン人が密売していたビールのケースの上でだ。その後、伯父さんの援助で、ドゥアナのイエズス会系の学校に行ったのだ。そこの書庫で読み漁ったというわけだ。彼女も自分一人で読み書きをおぼえた、『ウィ・ウィ』〔一九四九年にイギリスの作家が発表した子供向け作品の主人公ノディ（頷くという意味から来る名）が、フランスではOui-Ouiになり、一九五五年からテレビアニメとなり今日まで世界中で人気がある〕で。なんというつまらなさ？　彼は全く彼女の子供時代のことなど気にかけない――彼はすでに知っているつもりなのだろうか、白人娘の子供時代、本や映画がいくらでも語ってきた同じような子供時代のことなど？　でも、彼女の川は、でも夏のこと、でも温帯諸国でも驚くほどの暑さのこと、でも、とても深い森のこともあるのに。彼女も性的エピソードのことは黙っていようと思うが——彼が、彼女の思春期の小さな野蛮人、若き食人種《アントロポファジュ》時代を知る準備ができていないと感じていたので。

彼女は夢見た、父親がクウェッソに対して、最初の驚きが去り、バカ丁寧に朗唱される人種差別的な挨拶《クリシェ》から、もっと真面目な態度に変わること——男同士の理解、ワインを一杯やったり、女どもをはじき出して、男らしいふざけ合いなど。すべてはうまくいっただろうに。彼らは素晴らしくわかりあえることさえあり得るだろう。彼女の父親は息子を亡くしている。クウェッソは子供のときに父親を亡くしている。完璧にうまくいくだろう、コーラのまだ青い実のように、きっぱりと調整されて。彼らに共通なのは、静かで、厳しくて、魅力的な一つの世界、そこで彼らは孤独に耐えるのだ、打ち負かされようと、勝利しようと、とにかく孤独に。そして「大志」だ。彼女の父親も彼なりの「大志」をもっていた。彼女には何であるのか、どのように呼ぶべきものか、よくわからないのだが、飛行機、飛翔、移動、拡散などに関わる何かだ。収穫に対する軽蔑——跳躍とジェットと風の男なのだ。この「大志」は実現しなかった、恐らくは見つからなかったのだ。しかし、視野というものがあった、彼女は覚えている——そのなかに包括されていたくなるような、広い視野があった。クウェッソの見ているもの、彼、クウェッソが見ているのは、そこ、コンゴでの、巨大さ、豊かさ、幾つもの大河の上の地平線の奥深さだった。それが、「アフリカの問題」なのだ、この果たされない約束、彼女はもはやそれなしでは生きられない。

Ⅲ

ソランジュ、いろんなことがある

　二か月間、連絡がなかった。二か月間だ。少なくとも直接の知らせはなかった――テッドと製作者代表が情報をもっていた。クウェッソはアフリカでロケハンをしていたのだ。ルアンダから電話してきていた。ラゴスの幾つかのスタジオを、アシスタントとチーフ・オペレーターと見て回ったという。キンシャサからも電話してきた。コンゴは複雑だ。ＦＡＲＤＣ（コンゴ民主共和国軍）とＤＰＰ（大統領保護師団）。北部―キヴと南部―カサイ。ウガンダ軍とルアンダ軍。ツィカパ〔コンゴ民主共和国のカサイ地方の大都市〕のそばでは、エボラ熱が決定的になっている。彼はブラザビルに引き返すしかなかった。ブラザビルでさえバザールがある。ジョージのエージェントは病気になっていた。彼女は今までになかったほどニュースを追ってみた。そこの地方のニュースを、少なくともできるだけの努力をして。

　彼はある瞬間からカメルーン南部、赤道ギニアとの国境付近に移動した――クリビという町からファクスを送ってきたのだ。彼女は衛星写真サイトで彼を追った。プロデューサーが彼女に転送してきたファクスの最後に、彼は一言、フランス語で、手書きで付け加えたのだ、「ソランジュ、いろんなことがある」と。

彼女は、彼の「いろんなことがある」とともに取り残されていた、父の家で木の実《コーラ》と取り残されたときのように——殻の中に何もないよりはまし、ということだ。

彼女は契約書を受け取った——許婚者役《ラ・プロミーズ》、カッセルとの三シーン、撮影日、場所は別に定める。二万三千ドル。誰もが収入のために努力している（噂によれば、ジェシーは例外だが）。予算はアフリカに集中し、吸い取られている。他方では、現地での人件費は非常に安価で、船の現地での改修はスタジオでの船よりも安い。河については、ロケハンの結果、ンテム河か、ジャ河か、ロベ河となった。ヘリコプターについては見つかっていない。カメルーンに留まるのだとすれば、乾期なら滑走路が使用可能と思われる——彼は四輪駆動車で到達可能な洞窟のロケハンをしていた。雨季の転換点で「幕」が降りてしまうジョージにとって、その辺りが限界となるだろう。

こうしたことが、ここハリウッドの、黄色に染まった丘々で人々が知り得たことだ。これらのばらばらの知らせが準備の緊張のなか、交錯し合い、対立し合い、衝突し合い、粗く調整されていった諸々の利害関係のなかで、一本の映画へと辿り着こうとしていた。

オルガも雇われていた——喪服から隊の制服まで、ラフィアヤシの腰巻《パーニュ》から真鍮のゲートルまで、これは本格的なコスチューム映画だ。彼女のアシスタントのナオミも、アクセサリー・コスチュームに駆り出され、すでに「下唇に挿し込まれた金の唇飾り」や、お守りや呪術の護符、羽根飾り、ブレスレットやアンクレットに取り掛かっていた。メイク係は、乱切法やタトゥーや歯の研磨などを研究していた。

彼女にとって、ロサンゼルスの長い毎日に彼女たちを見ているのはよかった。彼女もオルガとドレス作りをした。一緒にピコ大通りで布地を選んだ。グレーのバザンだ。パールのボタン。クレープ状に折り返した二重フラップに、襞飾《ルーシュ》りとベルト。袖口にレースをあしらった提灯袖。当時のようなストッキング。本物のコルセット。長い下着。スクリーンには見えないものも同じくらい重要なのだ——コルセットをつけた女性、喪失によって硬化した許婚者《ラ・プロミーズ》。

結局、彼女は『ER緊急救命室』に、続いてテレビドラマの三つのエピソードに出演した。外交官の妻が、息子の運命がはっきりしない限り、そこを離れることを拒絶するのだ。彼女は待合室のなか、廊下とカフェテリアの間で暮らし始め、イヴ・サンローランのスーツにだんだんにしわがより、半ば苦しげだが半ば崇高になる。そしてドクター・バーネットとの間に純粋な愛が紡がれる。最終的におもしろい役柄ではあるし、彼女もベル・エールの家賃を支払わなくてはならないのだ。続くシーズンへのカムバックが重要なのだ。

二か月半。どれくらいの時間で縁は断ち切られるものだろうか？　結ばれていた物語は解きほどけてしまうのか？　恋愛、それは悪い方に進んでいた。愚かな愛、生きることを妨げるような恋。地獄の一形態のような欲望。「**すてきな君へ、チャオ。いろんなことがある。**」『ER緊急救命室』のスタジオにいるときも、ドクター・バーネットの腕の中でも、どこにいても彼女は彼とともにあった。火事に遭うヒロイン役——ロサンゼルスの消防士たちのテレビドラマ——では、ギャラも役柄も、彼女が要求できるものより低いものであることを監督もわかっており、それでほくそ笑んでいた。気持ちを支えてくれる両肩の間の窪みもない。ローズはスカイプの向こう側に控えているけど、ジョージは撮影中かコーマ湖だし、オルガは本当に信頼できる人じゃないし――ほかの俳優たちは男も女もライバルで、隙あらば彼女の傷口から血を吸ってやろうと身構えていた。エージェントのロイドは、親切でプロだったが、あきらめと同情をもって彼女を見守っていた、終わりを待つほかはなす術がないというように。恐ろしい病気の終わり、触っただけで罹ってしまう、ぞっとするような熱帯病の終わりを。

けれども、映画は実現するだろう――ジョージの契約もサインされたのだから。ロイドは、巫女《シビラ》が天罰、イナゴの襲来、膿み、暗黒の闇、家畜の群れの死などの正確な日付を予言するときのようなふくれっ面をしていた。

彼女は一年前から、シャブロル監督の次回作に参加を決めていた。はっとして予定の日付にフランスに撮影に出かけたのだが、この撮影の間に、クウェッソはロサンゼルスに再登場して、彼女を探し――彼女を探していたように思われ――彼女がもどって来る日を決めようと連絡した時には、もう彼は返事をしなかった。そして返事をしてくれた時にはもう遅かった。非同期化《ディシンクロナイゼイション》。日付も、場所も、休暇も。「それはあまり効率がよくない」――彼の最後の言葉が彼女の心に残っていた、クウェッソの最新のメールの言葉が。次の約束、唯一の予告された日付、たった一つの関わり、それが許婚者《ラ・プロミーズ》の役だ、撮影の終わりのほうの、六か月先の。

彼女は耐えられそうにない。

*

ファンタスティックなくらいの停滞不動状態。定められて。根付いて。彼が観たという映画を観る。ポランスキーや、ポラックまでも。レナード・コーエンをイヤホンで聴く。自分の役の準備もする。増殖する根茎《リゾーム》によって、会話のうちで、彼を生じさせる事柄だけを聴き分ける。彼が読んだ本を読む。コンラッドの伝記。ロバート・ヴァルザー〔1878-1956. スイスのドイツ語作家〕の『森』――彼が一番最近手にしているのを見た本。彼女はこの『森』を何度も繰り返し読んだ、そこにクウェッソの脳のカギや小径、地形図を探し、彼の思考の形を見出そうとして。「森がもう消えることのない世界のファンタスティックなイメージ……。」

彼女はグーグル・アースでクリビを探した――森の木々が海まで生え続けている、根の一本一本の糸のような川の流れを除いて……そして、それが、森の木々が、赤道の向こうまで、ガボンを越え、コンゴを越え、ザンビアの北部まで。

お腹はばらばら、頭は燃えさかる。超‐伸び伸びの糸が彼女を彼に結びつけているのではないか、そこにいる彼に、森の中、どんなに生い茂った想像を越えた空間であろうと、どんな海岸のバーで、どんな娘と一緒だろうが、どんなファヴール、どんなローラと一緒だろうが？ 彼女は、少し古臭いが、子供の頃に読んだバルジャベル〔1911-1985. フランスのSF小説を牽引した作家〕の一冊、『軽はずみな旅行者』を思い出していた。その旅行者は時間の中を移動するのだが、宇宙服に小さなかぎ裂きを作ってしまう。お腹にだ。彼のお腹は裂けてしまう。彼の身体は現在にもどったのに、腸は過去に残ってしまうのだ。空っぽになった憐れな鶏。それが彼女だ、まさにこの旅行者だ。一体どんな巫女が彼女の未来を読み取れるだろうか、彼女の内臓が迷宮の中で糸を繰り出しているというのに。

大いなる時間

彼女はマリの上空で眼を覚ました。また眠りについた。カノ〔ナイジェリアの都市〕の上空で朝食のトレーが来て、眼を覚ます。地面は鮮やかなオレンジ色だ。飛行ルートのスクリーンで、幾つかの地名を知る。ジョス〔ナイジェリアのプラトー州の都市〕には一本の川と暗い大きな三角形があるが、それが湖なのか岩の塊なのか、彼女にはわからない。それから灰色の横線が平行に続いた。それから幾つもの雲。突然、カメルーン山、白い海の中の赤い島だ。それからドゥアラ〔カメルーン最大の都市〕に下降を始めた。何も見えない、グーグル・アースで約束されたマングローブも、海まで進む川も。雲の中で到着した。お湯の雲だ。彼女はセーターを脱いだ。雲が町の中、空港の中にある。気化燃料と下水渠と砂糖の匂いがした。「野蛮な運転手たちに悩まされた場合には、この番号にお電話を」と書いてある看板の下で、三〇人のタクシー運転手たちが「元気？」と聞いてくる。彼女はファンたちに対するように冷やかな頬笑みを返した。電光表示板には、ヤウールへの接続便は六時間遅れと出ている。窓口に文句を言いに行ったら、カウンターが水を撒いた後かと思うほど湿っている。「待つことです。タクシーには乗らないことです」とブーブー〔アフリカの女性が着るゆったりした長いチュニック型上着〕を着たカメルーン航空のホステスが助言してくれた。「危険なのですか？」「いいえ、でも渋滞で二度ともどれないかもしれません、この時間、橋を渡るのは不可能です。」

しかし六時間も待つなら、彼が思春期を過ごした町や、彼が並んだ船の向こうにある貨物船に憧れた海岸を見ずにはいられない。空港の日陰から外に出た途端に、彼女はＳＰ50の日焼け止めクリームを身体に塗った。彼女は衛星写真で前もって、ハイウェイと海に行く右手の道を調べてあった。彼女が引きずっていたスーツケースは、マカダム舗石道で明らかに使い古した音をたてていた。大勢の人々が彼女同様いろんな荷物を引いたり、押したりして歩いていたが、彼女と異なり、みんな黒人だ。三人乗りや四人乗りで走っているたくましいバイク、乗っている連中が彼女に「元気？」と叫んでいく。そして車はみな彼女にクラクションを鳴らしていく。歩道はなかった。海岸に向かう道は右手に開け、土がオークル色だった。一人の女性がマンゴーを売っていた。海岸？ここから行くと、むしろ港ですよ。この人たちが皆フランス語が話せてよかった。これがクウェッソの国なんだ、彼が生まれたのはここなのだ——カナダなんてくそくらえ。

少したつとスーツケースのキャスターが一つ壊れた。いずれにしても、この小型スーツケースを引っ張って歩くのは邪魔だった。彼女はパスポートと現金をポケットに入れて、その荷物を葉の茂みに隠した。後でそれらの葉は「ゾウの耳」という名だと聞いたが、そのときは、全体として歯医者の待合室によくあるフィロデンドロン〔サトイモ科のつる植物〕に似ていると思った。道はオークル色ではなくなり、茶色く、柔らかくなり、彼女のコンバース〔★のマークで人気のアメリカのバスケットシューズ〕が埋まり、黒い水が彼女の足の指を浸すと、一瞬、気落ちした。飛行機が彼女の頭すれすれに離陸して行き、大気は灯油と蔓植物の匂いがした。

彼女は衛星写真で探索した川に辿り着いた——残念ながら下水渠で、ゴミが溜まって悪臭がしていた。巨大なイチジクやその他グリーンの何だかが、こんがらかった蔓になっていた。カエルのサイズと動き方でなくては進めないだろう。衛星写真の撮影後にジャングルが密生したに違いない。そういう現象の話を聞いたことがあった——石化作用のある泉で物が石灰で覆い尽くされるのと同じように、熱帯地方の植物は置き去りにされた物体を覆い尽くすのだと。

まだ四時間残っていたが、彼女は引き返した。彼女のスーツケースは元の場所にあったが、ハチと水滴に覆われていた。ハイウェイの道端でグレープフルーツ・ソーダを買った。それは「栄光のインスタント食品」という小さなスタンドで唯一売っていたものだ。そのネオンも消えていた。四百ＣＦＡフラン〔セーファーフラン。アフリカの旧フランス植民地諸国で使用される共通通貨〕だった。半ユーロくらいにあたる。小銭がないので、五千フランを置いてきた。渋滞している。空港方面は流れていたので、タクシーに乗って二千フラン（やっぱり小銭がないので）。「カメルーン航空に乗るのかい？」と運転手があざ笑った。「ここでは『多分航空』と呼んでいるよ。旅行の先行きが不確かだからね。」

靄のなかで色彩もなく日が沈んでいった。平らでメタリックな海の一種が見えた。蒸留酒工場と、岩に腰掛けた恋人同士の姿。浜辺がなく、へりのない海岸、繊維質の集塊と水。どこから陸が始まり、どこで海が終わり、どこで河と認められるのか、わからない。カメルーン航空のカウンターで、ホステスに時間が早まったと教えられた——彼女を待っていてくれたのだ、白人の乗客を。ほかの一〇人ばかりのあわてている遅刻者たちとともに、カウンターの後ろの手荷物検査所に大急ぎで潜り込まなければならなかった。グリーンとオレンジ、黄色というインコの色彩の小さな飛行機が滑走路に停まっていて、ほかの人たちとそこに向かって走った。

見事に切り抜けた。こうしたことすべてをクウェッソに話そう。明日。明日、彼女は彼に会える。彼のことを途切れ途切れにしか考えていなかったと気づいた——異国情緒というのは強力な気晴らしだ。

真っ直ぐな道《ドロワ・シュマン》

ヤウンデ〔カメルーンの首都〕、ヒルトンで車を待つ。行程は馬鹿げていた。計画はみな、プロダクションのアシスタントが計画したのだ――ハリウッドから見ると、ドゥアラ、ヤウンデ、クリビは一つのテーブルに散らばったスクラブル〔バラバラのアルファベット文字を並べて単語を作るゲーム〕のようだったのだろう。彼女はあれほど下見することを主張したのに。彼女は自分の地理的感覚を保持していた。

クウェッソから返事はなかった。恐らく電波のせいで、ジャングルの中だからだ。プロダクションが予定した運転手は町にいたので到着した。ケイタイのできる前はどうしていたのだろう？　四輪駆動車はランド地方の松の匂いがした。空調は目いっぱいに。木々が上ってくるように町が低くなっていき、どんどん家が減り、どんどん木が増えていき、とうとう木ばかりになる。それは風景とは呼びがたい。もはや何も見えず、自動車道路の域を越えた。木々の最初の一列を越えたが、一種の化け物じみた垣根だ。森という言葉そのものが意味をなさない。この森とランド地方の森〔フランス西南部のランド地方は住民が竹馬で歩行するほどの湿地帯で不毛な土地だったが、十九世紀に松を植林して大森林地帯となり林業・製紙業などが発達した〕とでは、たとえば大西洋とコーム湖くらいの差異があった。同じ概念でも同じ物質でもないのだ。グリーンと言うならグリーンには違いないが、分厚く、巨大で、突出していた。道はひどかった。マカダム鋪装は終わった。道の真ん中に、穴やこぶ、溝があった。彼女の基準では、それは自動車道路でなく、堀であり、谷底道だ。板を橋のように渡して。

けれども、**多かれ少なかれ**《フェッコワ・フェッコワ》、少しずつ、彼女は彼に近づいていた。彼女は二人を隔てている円弧に沿って、最後の行程を進んでいた。

運転手はパトリシアといった。いやパトリシアンだ。パトリシアンは半分バカ族だった。ラジオはコンゴのリズムで歌っていた。「私たちは問題を提起したが、解決法は提起しなかった」。彼女は空腹だった。彼らは休憩した。その地域（一〇軒の小屋、一つのテレビ・アンテナ、手書きの看板）は「ワシントン」と呼ばれた。かんかん照りのなかでノキアとキャッサバ〔熱帯の灌木で根からタピオカができる〕を売っていた。パトリシアンは彼女に、「すいません、ソランジュさん」と言って、キャッサバの棒の皮をむいて、うす甘くて、率直に言って不味い、白い果肉を取り出してみせた。それがチフス性の伝染病の流行をもたらすものだった。彼が言った、プランテン・バナナのフライを食べる方がよい、と。でもそれはそこにはなかった。

彼女は消毒剤のジェルで両手をこすり、歯を磨きたいと思った。腕を激しく刺された。「ムー・ムー」〔アフリカの〇・五ミリ以下の黒い虫で刺されると激痛になる〕だった。しばらく様子を見てパトリシアンが言う、それは刺すのではなく、齧るのです。彼女は熱帯用スペシャル虫除け剤をスプレーした。赤道地方スペシャルの方がよかったのではないだろうか？　ケイタイが鳴った——クウェッソか？　違った、母親がクレーヴから掛けてきたのだ。「うまくいってるの?」村の鐘の鳴るのが聞こえ、向こうもここと同じ正午だとわかり、腹痛に襲われた。ジェシーの言った通りじゃないか? 同時に二か所に存在することは物理的に耐え難いということではないか? 惑星は自転することによって、このような人格遊離の埋め合わせをしているのではないか?

トイレが現実的な問題だった。一軒の小屋に穴が見つかった。彼女の腹痛は、半ばは怖じけから、半ばはキャッサバのせいで、なかなか治まらなかった。彼女は熱くなったソーダ水でイモディウム〔強力な下痢止め〕を二錠、呑み込んだ。パトリシアンによれば、まだ四時間の道のりがあった。予定案では、河まで進む、四輪駆動車を大きい方の小村《グラン・ポコ》に預ける、荷物とともにカヌーで渡ること。米五〇キロ、塩一袋、ヤムイモ大袋一個分——ロケ班二日分の食糧——、それにいわゆる白人向けミネラルウォーター二〇パック。それから、対岸に置いてきた四輪駆動車を船で運んで来る、それを「橋渡し」と呼ぶ、こうして対岸に荷物の積み替えをする、そして、さらに小さい村《プチ・ポコ》まで走っていく。

彼らは、ノルウェー風気候〔クーラーで〕の四輪駆動車で再び出発した。突然、彼女はメールを受け取り、文字が映画のトラックのような動きで並んだ、Kouhouesso と。メールが衛星経由で彼女のためにここ、「ワシントン」まで、何もないこのアフリカ奥地まで届いたのだ。高い高い、木々より高いアンテナを伝わって。魔法の言葉を、彼女に宛てられた言葉を表わすために。

「それで、アフリカの女になったんだね?」

いかにも彼らしかった。沈黙のあと、これだ。いかにも彼らしい。

彼女はちっちゃな笑顔マークと丸に十字を送った。キスのしるしだ。

少し考えて予定の概要も送った。ここから四時間でプチ・ポコに着くけど、それで彼に都合がよいだろうか？　どこで再会できるのか？　すべてうまく行っているか？

木々が生い茂っていて、そう、すごく高い木々が生い茂っているため、互いの顔を確認するにも屈まなくてはならず、歩く道筋の上に開いている空は逆さの河のように見えていたが、場所も時間もどうでもよい。今ここの世界は再び、たった一人の男のためだけに集中するものとなっていた。

*

クウェッソは村にいなかった。彼のために「真っ直ぐな道《ドロワ・シュマン》」という宿を見つけてあるというので、彼女は、自分もクウェッソの部屋に泊まる、と主張した。「白人」チームはどこにいるの？　彼らはみなグラン・ポコにいる。そう、河沿いの。ジェシー、ファヴール、クウさん（クウェッソ）とそのアシスタント、オペレーション・チーフ、カメラマン、音響係、テクニシャン全員、ナイジェリア人もカメルーン人も、オルガまでも、全員だ。ここの方がよく眠れる。この時間では、もう「橋渡し」はないのだ。クウさんの部屋については、彼がすでにカギを持っているという。

彼女はラフィア〔ラフィアヤシの葉から作る強靭な繊維〕でできたシートに横になった。人がスポンジゴムのマットレスとカビ臭い一組のシーツを持ってきてくれた。ワイファイも通じない。流れる水もない。腹痛に関しては何とかするほかなく、そのためにあるのか確信のもてないバケツを利用した。クウェッソに電話した。彼女の方は電波が来ているが、彼の方は？　携帯用蚊帳を拡げてみたが、どこに吊る下げればよいのだろう？　プラスターの天井はくぎを刺したら崩れそうだ。彼女は目を閉じた。汗びっしょりになりながら呼吸を整えようとした。泣き出しそうなのを堪えた。なぜなら、もしそこで泣いてしまったら彼女は終わりだから、もし泣いたら完全に崩れてしまうだろう。もし彼女が目を開けたなら、子供のときのクウェッソと同じように、彼女の中の水分がなくなってしまい、彼女の代わりに粉の小山しか残らないだろう、白い粉の。

お鍋の尻は火を恐れない

「真っ直ぐな道《ドロワ・シュマン》」の女主人は彼女に独りで出かけない方がよいと助言してくれた。夜の六時になっており、彼女は日が暮れたことに気がつかなかった。彼女も黒くなっていた。街灯もなかった。道の先に二つのバーの赤い灯りが向かい合わせにあるのが見えた。湿っぽい空気に奇妙にも、はじけるような声やコンゴの音楽、そしてあちこちの虫や夜の鳥、カエル、オオヒキガエルの声、そしてなんだかわからないジャングルの生き物の擦れ合う音、ひゅうひゅう言う声、チュッとか、ビップとか、ドランとかいう音が潜んでいて、まるで分厚い木立のなかで何千ものケイタイが誰のためともなく鳴っているかのようだった。

彼女は女主人と温いビールを分け合った。千フランだ。二本目も、三本目も。女主人はシフィンディルという名だった。夜の一九時というのに闇のなかで心配が募って、ミミイ・マシイの映画を放映中のテレビの前で、心配と恐怖のため、彼女は女主人にすべてを打ち明け、クウェッソのこと、彼の不在、長い間の沈黙などを語った。するとシフィンディルは、お鍋の尻は火を恐れない、と答えた。朝の霧も巡礼者の足を止めることはない。勇気を持てば、不可能なことは何もない。あなたは彼を求めるのでしょう？　それなら全力を尽くすのみですよ。

電気が飛んだ。一〇人くらいの人たちが到着した。何人かはグリーンの制服を着、ほかの者は山刀で武装している。何人かの娘も一緒で、彼らは馴染んでいる様子だった。電気が復活した。彼女は少しほっとした。だんだん熱くなるビールが、体温三七度の身体のなかで消失していく。あたかも、この湿った空気が有機的に、自分で呼吸しているようだ。自分と世界の境界がかすんで、肺が胸から直接開き、肌が溶けていった。あるいはアルコールが、あるいは人々が。彼らは「パトワ語〔元々はパリ風でないフランス語の地域方言（ベルギー方言・スイス方言など）を指したが、現代はクレオール語を指す〕」を話していたが、みな同じではなく、規則正しくフランス語にもどった。彼女はバベルの壁を突き抜ける——彼らは彼女のことを話しているわけでも、何一つたくらんでいるわけでもなく、ここで本当に生活を、心配ごとを、彼女とは関係ない笑いを生きているのだった。それは奇妙であるとともに安心できた。ネオンの光は揺らめき、一瞬あたりが闇になり、虫たちも静まった。大きな瞼の瞬きだ。光がもどり、虫のバイブレーションも一緒にもどり、パラレルな電流というわけだ。

彼女は空腹だった、誰かレストランを教えてくれないだろうか？　シフィンディルが、闇のなかトーチ・ランプをもって、魚を持っている女性のところに連れていってくれた。みんながついてきた。魚はパーム・オイルとピーマンの香ばしい匂いでグリルされており、彼女は籠いっぱいを買った。皿は？　ビニール袋に入れてくれ、これなら十分に厚いから汁もこぼれない、端をこんな風に折れば、と渡された。ほかの人たちは直接そこのテーブルで食べた。彼女はみんなの前で手を消毒する勇気がなかった。山刀で武装した密猟者が彼女にフォークを見つけてくれた。彼女は温い冷蔵庫に残っていたビールを注文した。空気は全面的に止まっており、唯一の灯りはテレビから来るのと、とても高い所からの月光の末端だけだった。一人の娘が自分の子供たちのために魚の頭を分けてほしいと頼んだ。それからデザートは？　パパイアがあったので、彼女はパパイアを全部買った。彼女は自分を悩ますと同時に元気にする財力のゆとりのため、少しずつ確実に主人になっていった。彼女が村の人たちを食べさせているのだから、誰も彼女を食べることはないだろう。

ナイジェリア対ブルキナファソ戦のサッカー中継の前で、カップルができていき、彼女は自分のスポンジゴム製マットレスにもどり、扇風機の熱い風を浴びて、飲んだビールを発汗した。扇風機は電気とともに止まり、また復旧した。彼女はサッカー中継の断続的な喧騒によって、眠ったり、眼を醒ましたりした。遅くなって誰かがドアをノックした。シフィンディルだった。クウェッソがもどってくるのに一万フランかかるという。幸い彼女は封筒に札束を持ってきていた。シフィンディルはソランジュの髪の一房を切り、それを米袋の切れ端で包んだ。それは闇の中で行われたらしい。電気がかなり長く止まったので、サッカーファンたちが去って行った。まだ二二時だった。真夜中なのに鶏の叫びと奇妙な鳴き声がした。もっと後で、彼女は外の、彼女の窓の下で穴を掘る音を聞いた。彼女は窓枠を通して日の出を見たが、シフィンディルともう一人の女が一つの――小さな墓と思われるもの――の前にかがんでいた。彼女たちは頭をそれらしい布で巻き、祈っているようだった――ミレーの「晩鐘」。朝になって見ると、窓の下は少ししか土が掘られていなかった。

シフィンディルは彼女にたらい一杯の水を持ってきたので、彼女はそこに幾つもの塩素の粒を入れて、できるかぎり身体を洗った。土はすぐに水を吸い、黒い模様を描いて蒸発した。一匹のトカゲが彼女を見ていた。二人の娘たちが庇の下の模造皮革のソファで眠っていた。テレビのフランス直営放送が聞こえてきた――『ピッタリ価格』〔品物の価格を当てる番組〕が始まるところだ。

奇妙なことに、もう正午だった。彼女は少し村を歩いた。シフィンディルが「パリ・ソワール」地区に充電器があると教えてくれたのだ。そこの商売は、小さな発電機と一台のタコ足コンセントで成り立っており、充電は百フランだった。ちょっと心配だったが、アイフォーンを預けた。森はそこから、原住民たちの小屋の後ろからすぐに始まっており、前の日に彼女はこの黒い壁を夜と勘違いしたのだった。木々と巨大な草と、いくらかの珍しい花々。高い所、こずえを見上げるこの頭の動き――彼女は小さい頃、家の後ろに林があり、すべてが彼女にはどんなに大きく見えたことか、を思い出した。そして、王女さまが禁じられていた森に入った途端に呑み込まれてしまった、という物語を。ぱたぱたいう音と、鳥の短い鳴き声が聞こえていた。とてもシックで、その頭と体がイヴ・サンローランのロゴのように見える、黒い縁取りのある白い蝶たち。小さな固いものが彼女を爆破した――小さなサルたちが、すごく高い所から投げてくるのは何？ 糞？ コーラ？ うまく命中したものだ。

彼女のアイフォーンが再び使えるようになった。充電屋は、感嘆と威厳に満ちた仕草で、まさにこの前のクリスマスに息子が見せたように、指を動かしてみせた。二〇〇八年のジャングルで。

メッセージは来ていない。

「マンハッタン」地区では、たくさんのトヨタ車が、窪みや出っ張った所に斜めに駐車してあった。クウェッソがもどって来たというので、彼女は小屋まで車に乗せてもらってもどった。棕櫚の玄関口にいた見張り番が、クウさんは眠っていると言った。そこに、この竹と乾燥した土の壁の反対側に、そこに彼がいるのだ。彼女は眠っている彼をあえて邪魔しないでおいた。子供たちが学校から帰って来た、きちんとした制服で足はゴム草履を履き、頭に日よけのため、大きな葉っぱをつけており、小さな木々が動き回っているようだ、次々と背中に繋がって森の未来に向かって。

オルガさえ返答がない。彼女はここら辺のあばら家のどこかで眠っているのだろう。ジェシーは？　それにファヴールをどこに泊まらせたのだろう？

シフィンディルの家にもどると、食べ物はキャッサバか、二千フランのサーディンの缶詰しかなかった。だがもし彼女が望むなら、調理するばかりになっている素晴らしい鶏、心臓と生殖器だけを取り去ったものが三万フランであった。その場で焼くことができる。彼女は断った。

どこまでも森が続く世界というファンタスティックなイメージ

彼女は念入りに洋服を着た。ヴァネッサブリューノ〔フランスのファッション・ブランド〕のサマードレス、だけど暑すぎる――シルクは息苦しい。自分の小屋の日陰に、古代の王様のように直立しているクウェッソは、痩せて焼けつくような苛烈さで、眼は輝いていた。彼女に挨拶代わりに軽いキスをした。もう香《こう》の香りはせず、彼女が自分自身にも感じている植物性の、甘く、少しカビ臭い、あの匂いだった。「軽いマラリア」に罹っていたのだ、と彼は言った。ラリアム〔抗マラリア剤のメフロキンを主成分とする薬〕をちゃんと飲んでいるかい？　ベル・エールの自然療法医がキニーネのエッセンスを処方してくれたが、予防法の話などする気分になれず、黙っていた。二五時に自分を振り向いてと頼む二五人目の妻のような気持ちになった。どうして彼は愛撫してくれないの？　どうして自分に飛びかかってこないの、三か月以上も会えなかったのに？　彼は、パリの冷たい霧のなか、モンパルナス駅のホームで別れたのが昨日のことでしかないかのように、面倒そうに話している。森のシーンの撮影がうまくいかず、主任カメラマンをクビにしたんだ――マルコはもういないの？　――テレンス・マリック〔1943- アメリカの映画監督〕のカメラマンを採用した、少なくとも影と緑を撮ることができる。ソランジュは影と緑なんてどうでもよかった。マルコは訴えるといきまいており、ハリウッドのプロダクションは大騒ぎをしている。カメラが盗まれ、コンボや簡易受信機までも含む、ほとんどのものが消え失せたのだ。カメラはクリビのテレビ屋で見つかったが、アメリカ並みの価格で買い戻すはめになった。君もポコ・ビーチで待っているほうがいい。ずっと穏やかだし、ちょっとしたパラダイスだ。ジェシーやアメリカ人たちはそこに泊まっている、ファヴールもだ。特別に建設されたロッジで、電気も、ココヤシの浴室もあり、君もプチ・ポコよりはいいだろう。

平穏な滞在のために来たわけじゃない、彼に会いに来たのだ。それは難しいよ、仕事で走り回っているんだ、船はまだクリビにあるし、小道具は森だし、制作部は後ろで苦労しているんだ。水が大問題で、ジェシーは病気になっている、カタストロフだよ──彼女はジェシーも、どうでもよかった。彼女は彼に合図を送ってみた。彼が彼女にのしかかり、ワンピースを捲りあげた。彼のマットレスも湿っぽかった。彼女は我を忘れた、けど彼は、けど彼は？　彼にまきつき、きつく抱き締めた、彼はどこに、どういうアフリカにいるというの？　彼女が目を開けると、彼はやさしく頬笑んだ。愛情で、というより礼儀正しさのように。

わかったよ、きょうの河での撮影に君を連れて行こう。だけど、僕がすごく忙しいことはわかってくれるだろうね？　水と、暇をつぶせるものを持って行くように。

シフィンディルの家の前で一人の女、前の晩に彼女の窓の下を掘り返していた女が待っていた。「五千」と女は言った。彼女には理解できない。「あなたの夫が奥地からもどった、五千」彼女は黙ったまま女を避けて回った。すると女は彼女の腕を捕まえた、奇妙に冷たい感触だった。彼女はもう支払っていたし、彼は最終的には村にもどれたに決まっている。女は空中を裁断するような、奇妙な仕草をした。別の世界、別のコンテキストへの、テニスのバックハンドのような、あるいは喉を切り裂くカッター・ナイフの一撃のような。

＊

カヌーの中はすごく暑かった。櫂はまるで油の中のように河の中に沈み込み、鳥たちでさえ声を出さなかった。この暑さは馬鹿げている。彼女は口を開けずにはいられなかったが、空気は体内よりもっと暑かった。クウェッソはペルシア人のように目を閉じ、カヌーの櫂の漕ぎ手は絶えず自分に水をかけていた。彼は暑さを漕いでおり、河と空をかき混ぜ、奇跡のなかに溶け込んでいった。水面に、声を、衝撃音を、源のない奇妙な音を出す波が駆け巡っていた。バイブレーションがソランジュの体内に入ってきた。彼女は、マリブの家や、地中海の日陰や、白いタイル張りのバスルームや、涼風を巻き起こす海の幻影を見た。それは昨日だ、それは以前のことだ。森を見ることが好きだし、画家やエコロジストの叡智も知りたいが、このグリーンとオレンジの打ち震えているアフリカは、さらなる問題でしかない。これらの木はどれもクウェッソを理解させてはくれない。これらの木々は、侵入不可能で危険な、新たな謎を突き付けるばかりで、人間的でない支配者、よそでは切り屑にされるような力の肯定だった。

前方の遠くに作業場が見えた。何台かのブルドーザーが河岸を切り開いていた。作業員たちがレールを引いており、肩が陽を浴びて光っていた。クウェッソは船が着く場面の移動撮影をしようとしていた。引き抜かれたマングローブが並んでおり、脚を上げて死んでいる大きなクモのように見えた。それらは除去されるばかり、マングローブなんて何の役にも立たないのだ。パンヤノキは板状に引き割り、綿状の詰め物《カポック》にしたり、ベニヤ板にしたりする。マホガニーに出会ったときは丸太にして売る。彼女はいろんな単語を覚えた。名前のない木もいっぱいあり、フランス語から掛け離れて生えてきているのだった——ビビンガ、ズウベ、エカン、アレプ、オコングベクイと、カヌーの漕ぎ手は、河岸のモニュメントに沿って観光案内するかのように教えてくれた。フランス語とこれらの並外れたカタチとの接ぎ木はあり得ず、それらの根は大きく張り巡らされ、すっくと垂直にそびえているのだ。例外は、背が高いがひどく曲がり、緑濃く生い茂っている籐《とう》だった。椅子でもテーブルでもなく、生きている籐《とう》が、水の中までその枝を伸ばしていた。ここではソロングと呼ばれているが。そしてピグミー族のガイド、フリーボーイは、同じ一種類の木にさらに別の音節《シラブル》を付け加えるのだ。一つの木なのに、生え方によって異なる名前があった。鋸で切断するのはチーク材。だが、もっとゆっくり切断するのは黒檀。同様にして板状にしていくのだろう。そして彼らピグミー族自身は、集団移住させられたというわけだ。

　オルガがそこにいた。オルガに再会できてうれしかったが、オルガはそれどころでなかった。メイド・イン・チャイナのたくさんの矢筒が、上海からドゥアラまでの間になくなってしまったのだ。

吹き矢の入った箱は無事着いた。しかし、税関員たちの振舞いがオルガを当惑させていた。ある時は、矢筒が集団殺戮の武器と思われてコンテナが押さえられてしまい、またある時は全く到着しなかった。またある時は小包みはあるのだが矢筒の包みではなかった。どの場合も通関に莫大な支払いが必要だった。結局オルガは、現地の職人に柔らかな木で矢筒を注文したが、足りないのは木ではなかった。そこでは彼らは山刀と投げ槍しか知らないのだ。絵を画いて、ちょうどよい形に工夫しなければならなかった。現地の職人は、一つひとつ作業をしていく。彼の名はイニアスだが、それが一八〇個分かかるのだ。村中が矢を放つ訓練をし、二百人のエキストラのほとんどは男だったが、女たちもやむを得なければ加わった。地面のいたるところに、プラスティック製の矢が散らばった。

ソランジュはプルメイラの木陰、彼女のために運ばれた椅子に座っていた。彼女は霧状の水を浴びていた。椅子の足は地面に埋もれていった。真夏の昼寝のようだった。彼女は自分が植物と化していくように感じた。ただアリにだけは警戒していなければならなかった――アリたちの柱がやって来たら彼らの道を開けてやるように。地面は落ち葉で敷き詰められており、小さなスカラベが動き回っていた。そして生きた蔓植物が伸びていく音が聞こえるように彼女には思われた。彼女は暑気を飛ばすためのようにわざわざ飛び上がって、木陰の射程に沿って動いた。

彼女はクウェッソの幻影を見ていた。幻であり、きらめきだ。彼は仕事していた。彼は実現していた。スタート！　はい撮って。カット！　彼女にはそれが信じられなかった、適応できなかった。

自分が演じることなく撮影に立ち会うなんて。何をすればよいのかわからなかった、この手を、この眼を、この体を、この考えを。何かが漂っていた、空気が凝固したように。暑さが一群の塊になったところで、何もかもが打ち震えていた。何もかもが滴っていた、世界の大いなる呼吸だ。ここ、赤道で、地球のベルトで、帯状に広がっていく帯状疱疹のようだった、ゆっくりと椅子に座っている彼女、ソランジュを通過して。この病がバックルの所まで来たら彼女を破壊するだろう。スクリーンの昆虫は何もすることはない。彼女は身体を掻いた。あちこち腫れていた。クウェッソは偶発事には関心を示さないようで、ほかの場所に、フィクションの中に入り込んでいた。ときどき、彼女は彼と眼と眼が合い、彼女は立ち上がって皆の面前で彼にキスしたかった。けれども、一日の終わりに椅子の足は永久的な腐食土に、ケアシガニのような細く深い四つの穴を残したのだった。

幻影を見ない者たちだけが現実へと逃れられる

彼はほとんど眠らない、とにかく村ではほとんど眠らなかった。彼女は四輪駆動車が河から、洞窟から、クリビからもどってくる音を聞いた。彼女が電話しても彼は出ないので、彼女は彼の小屋の扉をノックした。夜警が闇のなかで見張っていたが、見動きもせず、皺をよせて、オオトカゲのようだった。「私よ」と彼女は言った。返事がないが、土壁の反対側で扇風機が回る音が聞こえていた。「私よ、ソランジュよ」と、もっと大きな声で言った。たいてい彼は彼女を入れてくれた。夜警の目は遠方に、森の黒い壁の方に向いていていた。

雷鳴が轟き、移っていったが、雨は降らなかった。トヨタの輸送車がクリビとの往復をしていた。降雨機械のための水が、「密閉された水」が必要だった。ジェシーは雨のシーンをエビアンの雨でしか撮影しないというのだ。一ビン一千フランでドゥアラから届く水。ミネラル・ウォーター以外の水が、たとえ塩素殺菌してあったとしても、一滴でもジェシーの口に入ったなら、もし一滴でも飲用に適さない現地の水が再び彼をアメーバか、神のみぞ知るアフリカの脅威で汚染することがあったなら、プロダクションとクウェッソは責任を取ることになるだろう、とジェシーの弁護士が

LAから警告してきたのだ。

雨を降らせる機械は、エビアンを口まで詰め込んで、六人の現地人によって船に載せられ、蒸気機関の付属品のように置いたプレートで隠された。ソランジュも船に乗ったが、半身は船倉に隠れていた。モーター。発煙筒。アクション。雨は河にも降りかかるはずなので、波紋の輪を、また次の輪を作って河の中に入っていく必要があった。皆がびしょ濡れになり、カメラはカバーをかけ、オペレーターは傘をさしていた。ジェシーは半裸でつやつや光り、跳びまわり、野蛮人より野蛮に、まさに狂気を演じることに興じていた。金の盆に大口をつけて一千フランの水を、フランスの水を飲んだ。その超‐清浄で超‐ピュアなアルプス産の水の分子は栗色の河の水に溶け込んでいった。「会社《カンパニー》」――とプロダクションのことをクウェッソは呼ぶのだが――は、一千フラン札をバケツでばら撒くような真似をしてどういうコストパフォーマンスのつもりなのか、いっそシャンペンの雨で撮影したらどうだ、と渋い顔をするだろう。

もう少したって、船が岸に近づいてきた。ハリウッド風の雨は終了し、クウェッソは満足した、思ったシーンが撮れた。明日は矢の雨の撮影だ。二百名のエキストラがアシスタントの指示にしたがって、それぞれ五回ずつ矢を放つのだ。そして、ようやくレールが引けたら、移動撮影になる。ファヴールがそのシーンで、ゲートルを巻いた存在、妖術使いの女の役で出演する。先ず、ある物音らしきものが鳴る。カット！　と音響係が叫んだ。

音楽だ。聞いたこともない音楽。**ポックポック、パアパア、チュークチューク、クラップクラッ**

プ、鋭い音に上がり、重々しい音に下がる。タムタムなのだが、濡れて、やさしく、訛りのような――彼女はクウェッソの声が河の流れのあちこちに滑り込んでいくのを聞いているような気がした。それはピグミー族の歓迎団なのか、よくわからない。ピグミーの少女たちが特別にやってくれているのか、わからないのだが、いずれにせよ、彼女たちは普段のままのようにそこにいた。十二、三歳で完全に体毛も生えており、小さな胸が尖り、腰まで茶色の水に浸かって、手のひらで水を叩いて合奏しているのだ。驚くべきテクニックで、世界の始まりのハーモニーを奏で、聴く者をセンチメンタルな気分にする。

「撮って、撮って!」とクウェッソが叫んだ。ソランジュは彼が見ている、、のを見た。これを撮影する――衣装も、時代もなく、裸のピグミーの少女たちはずうっとそうやって来たのだ、コンラッドも彼女たちを見たのだ。しかし、彼女たちは演奏を中止し、文字になる前のiのように突っ立っていた。「音楽!」とクウェッソは叫んだ。「売春宿に行っちまえ、ワカ、ワカ、娘たち、タムタムだ!」彼女たちはハシバミ色の裸の尻を出して跳び出し、「ゾウの耳」の茂みに逃げ込んだ。もう終わりだ。カット! あれは映像用ではないのだ。

クウェッソは岸辺で跳び上がり、木の錯綜した襞を拳で荒々しく叩いた。トックという音がした。船の全員がシーンとした。彼女たちはきっと明日も来るのではない? とソランジュは、船倉から出て言ってみた。少し船酔いを感じながら。クウェッソはジャングルに入り込んでいった。

ジャングルに入りこむことはできない。刺のある長い蔓植物が衣服の背後全体を捕えてしまう、肩も、背中も、腰も。そこでフリーボーイは山刀で切断した、足許も、根本から。そこら中で「チャック」と山刀が音をたてた。彼は少女たちの道を見つけた。彼女たちはそこで、好奇心でいっぱいになりながら、すぐに逃げられるようにしていた。「アチヤ」とフリーボーイが言った。「アチヤ」と少女たちは応えた。内気な一本の手が恥骨に伸びた。別な手は彼女、ソランジュの方に。彼女たちは何をほしがっているのだ――エビアンのボトル、ソランジュが豪雨から救い出した一本だ。一番大胆な娘が両手でそれを摑んで開けた。彼女たちはそれぞれが飲んでは回した、ネクターのように。注意深く蓋を閉めてソランジュに返した。（どんな病気を、どんな寄生虫を、この娘たちの口は、これらの手は、これらの丸く突き出した腹は抱えているのだろう？）

その後ピグミーの村で、フリーボーイとクウェッソは村長と話し合っていた。本当に小柄な村長と。ピグミー族の背が低いことは、世界に残された驚異の一つであり、定説《クリシェ》の確認、事実と観念の一致だった。「ピグミーでなくバカと言うんだ」と彼自身半分バカ族の――とはいえ、中背の――パトリシアンが抗議した。話し合いの結果、――今すぐプチ・ポコに行って、五〇本の袋詰めウィスキーを買ってくるように、とクウェッソが命令する。それが、娘たちがもう一度コンサートを開くための値段なのだ。「村を皆殺しにするほどある」とパトリシアンがソランジュに言った。彼は彼女をカヌー、それから四輪駆動車でプチ・ポコに連れもどした。ソランジュは暑くてたまらず、頭痛がした。水を飲まなくてはいけない、とパトリシアンは言うのだった。だが、エビアンの残り、ボトルの中に世界中の全ウィルスが集まっているように思われた。

＊

それからソランジュは発熱した。彼女は少女たちのことを想像した、遠くでタムタムの演奏、あるいはピグミーの村では小さなビニール袋の酒で祝宴だろうか？　彼女自身もその怪しげな味、黄金色の、すごく強くてすごく不味い、だけど燃えるような水薬の効果――湿気の中への道を切り開くような――を味わったのだが。

夜になって彼がやって来た。彼女の意見を聞きたいという。自分のノートパソコンで彼女に編集用プリント《ラッシュ》を見せた。あの野性の娘たちはコンサートのために衣服を身につけていた、一人はデヴィッド・ベッカムのTシャツを、別な娘はプチ・バトー〔フランスの子供服ブランド〕の赤ん坊用オーバーオールの一種を彼女のサイズに合うよう幅を緩めたものを着ていた。水の中で、それは濡れTシャツのミス・ピグミーのコンクールのようだった。クウェッソのアシスタントやクウェッソ自身も写っており、それから何人かの黒人の巨人たちと白人の巨人（音響係）、船の映画チーム全員が映像に入り、彼女たちを説得しようとしていた。ジェシーは彼の盆を鳴らし、それは彼女たちを怖がらせた。彼女たちは衣服を脱ぎ、内気そうに水の中で手のひらで演奏した。**ピカポック**、**プムプム**、**クラック**。最悪。使用に耐えない――そのうえ、彼女たちの絶え間ないカメラ目線――あり得ない。クウェッソは誤りを犯したのだ。実録とは言っても、彼はこれをどうするつもりだろうか？

それでよいのだった――本人が自己満足すれば、その後、モンタージュでカットするまでなのだ。

彼が必要なのは、二人の女の子のドキュメンタリーではなく、彼の矢筒のシーンなのだ。幻影を見ない者たちだけが現実へと逃れられる、というのがズールー族の言っていることだ。小説、映画！船の攻撃。矢の群れ。ジェシー、出血。彼は両手で大げさな仕種をし、立ったまま演技する——銃器での返礼、ウィンチェスター銃およびマルティニ・ヘンリー銃で、バン、バン。そして「森がわめき始める」。彼女は笑っていた——彼こそが映画であり、彼ひとりのための木々、船、河であり、矢、鉄砲、死体、殺人者なのだ。

二人は一緒に袋入りウィスキーに歯で穴を開けて飲んだ。静けさがあった。暑さと疲労に再び捕えられていた。それにしても、ここはコンゴではないわ、と彼女は言った。彼がパリのモニュメントを見たいと言っていたように、彼女はコンゴが、ワニたちが見たかったのだ。幸いナン川〔カメルーン、ギボン、赤道ギニアの国境の川〕にはもうあまりワニはいなくなったよ、と彼は頬笑んで言った。彼は見たことがあるのだ、コンゴを。マレボの水たまり《プール》では何艘もの舟が腐っていた。コンゴだと撮影の実現には何回もの支払いが必要になろう。会社に、ビックのボールペンで書かれた吸水性の紙きれの「出発許可税」の類の領収証が何枚も送られ、そこにはカラシニコフ銃で武装した男のサインがあり、その男は「片目」とか「左利き」などという名で返答し、さらに一週間後には別の伝票が別の税として、別の軍人に要求され、そこにまた別の証明証が続き、失効まで、公務員の除名まで、別のギャングに取って代わられるまで、果てしなく増加、禁止、代償が続く。というわけで、船はずっと動けないだろう。ここなら、支払いは時々、しかるべき人に対してだけで済むのだった。

「それにしても」となおも彼女は、「ファイター」の袋《パック》を飲みながら言ったが、もう何を話していたのかもわからなくなっていた。ゾワゾワうごめく生物が二人を攻撃していた。蚊帳を自分たちの周りに巻きつけ、折り目に扇風機を向けた。二人は湿っぽく、ざらざらするが、風の通るサナギのなかでセックスした。電気が飛んだ。電気がもどった。その後、ベッドサイドテーブル代わりの缶がひとりでに動いたように思われ、鐘のような音がした――ネズミたちが、栄養ビスケットを奪い合っていたのだ。クウェッソが追い払った。彼の動作が扇風機の流れを切っているように感じられた。部屋の闇のなかで彼は見えなかった。風のなかの空気のように、闇のなかの黒人は、本当に不可視の人間だった。

夜明け頃、彼女は窓の下で誰かがまた穴を掘っているような気がした。見に行くのも、クウェッソを起こすのもいやだった。睡眠薬を飲んだ。クリスマス以来――「彼の出発」と彼女が呼んでいる時以来――彼女は寝付けなくなっていた。プレイモービルの夜以来だ。まるであの夜クレーヴで飲んだアルコールが全部、彼女の血液に残っているかのように、彼女を時差ぼけのまま、永遠の疲労のまま、分厚い森の中に留めているかのように。

目を覚ますと、彼はもういなかった。そして窓の下では、地面がまたひっくり返されており、土の皮を剝いたかのように、褪めた色の黄色で柔らかくなっており、湿った引き摺り跡が木々の下まで続いていた。

首まで囚われて

ヴァンサン・カッセルは一〇日間の予定で来ていた。一〇日間でマーロウ役の全シーンを演じるためであり、そのうち三日間は洞窟で、ジョージが着き次第、彼とともに撮影する。彼女にそう教えてくれたのはオルガだ。衣装係チーフはソランジュより必要というわけだ――しかし、彼女は何を待っているというのか、この喧騒のほかに？　これらの人の群れ――ばらばらに泊まり、食事を共にしようがしまいが、それぞれが多かれ少なかれ、ほかの人と重なり合うところのあるミッションを担っており、みんな多かれ少なかれ熱っぽく病気になりかかっているのだが、みんな映画化される小説の想像上の接続面《インターフェース》に向かって緊張もしている、歴史《イストワール》（物語）化される一つのアフリカの接続面《インターフェース》に向かって。ボアが、節や身震い、しゃっくりやこぶもろとも大型アンテロープを消化する時のような苦労に耐えて。

二百人のエキストラたちは、裸で映画化されることを拒んだ。一種の流行《モード》だ。半裸でさえ、ノンだ――黒人の男というものにどういうイメージを与えようとするのか？　野蛮だと思われてしまうではないか？　裸でいるのはピグミー族だ。オルガがデザインし、モロッコで製作された、二百枚のラフィアヤシの腰巻きも、頭と鼻と腕と脚の装飾とともに、ノンと言われた。聖ブレーズなる人物に率いられた代表団は、バンツー族のプライドを脱ぎ去るために、エキストラ各々につきさらに五千フランを要求した。クウェッソは笑った——各自にさらに七百ユーロ、合計百万SFAフラン、二千ドル、安いもんだ。腰巻の値段にもならない。とはいえ彼は金が要ることを忘れてはいなかった、ソランジュに。彼女が彼に請求書を書き、会社が彼女に返金することになろう。

ハリウッドのジャングル映画。さらに五千フラン——サーディンの缶詰五個分、ローストチキン一切れ分、妖術使いの女へのチップ一回分——の代わりに、二百人の護符《グリグリ》で身を飾り立てた村人たちが船に矢の雨を降らし、「熱帯奥地の藪に動き回る人間がひしめく」。このシーンは神の火として機能するのだ。とりわけ崇高だったのはジェシーで、彼は思いがけない簡素さで、高貴な緋色の布のような、血の海の只中で、「深く、親しみがある驚くべき」眼差しを見せて死んでいくのだった。**君はワイルド《ユー・ワー・ワイルド》だった、ジェシー、君は崇高《ユー・ワー・サブライム》だったよ、愛している《アイ・ラブ・ユー》。**

ここの黒人たちはクウェッソのようではなかった。そしてとりわけ、ジェシーのようではなかった。ジェシーは彼らのようではない。確かにアフリカ人になりたがっているアフロ、アフロ‐アメリカンたちはいる（とクウェッソは彼女に説明した）。自分が奪われたアフリカを再発見すること。しかしたいてい、この種のエピソードの結末は冴えない。ある者たちはモンロヴィのシェラトン・ホテルから一秒たりとも外に出ることを怖がる。ある者たちは赤痢のため送還される。最悪の場合、アメリカのパスポートは絶対に放棄せぬまま、アジスアベバのラスタファリアン〔アフリカを約束の地と考え、旧エチオピア皇帝を救世主として崇める信徒〕となって、女は悪魔の汚れに冒されている、と説いてまわる者もあった。それよりも圧倒的に多いのは、アメリカ人になりたがるアフリカ人たちである。あるいは、やむを得ないときはカナダ人に。

彼はタバコを吸い、彼女は再び彼を彼女の説明役、解説者、世界との素晴らしき取次店《ロイヤル・アジャンスール》であると感じた。ジェシーの撮影最終日は明け方まで祝宴となり、クウェッソは彼女とともに「真っ直ぐな道《ドロワ・シュマン》」まで帰った。彼の飽きることのない説明がなかったら、彼女は何ができただろう？ 自分自身の目を奪われたようなものだ。自分の手も、と思いながら彼の両手を両手にとった。自分の首の上の自分自身の頭も。自分自身の甘やかで湿り気のある声も、奪われたようなものだった。彼女は彼ののどぼとけ《アダムのリンゴ》の下の窪みにキスをした。そして彼女の愛情がうるさくないか、と彼に尋ねた――どうしてうるさくなんかあるものか？

クウェッソの首の窪み、指の肉球のように広く、重ね合わせた唇のように丸いこの窪み――この窪みのなかで時が丸まっていった。これが最後とでもいうように、彼女は彼にキスをし、きつく抱き締めた、無反応で、静寂で、背の高い一本の樹のようなこの男を。

彼女は、ヨーロッパの魔女たちのことを思った。「悪魔のしるし」を見分けるために、人は彼女たちの皮膚の一端を突き刺し、傷がつくと魔女の印とされたのである。クウェッソの首のやさしい窪みは、彼のやさしさの最後の部位だった。やさしさは彼のなかに退いていき、ほとんど消えかかり、やさしさはすべて彼の首に宿っていた――彼女のすべてがそれによって柔弱になり、脆くなり、取り消されるかのようだった。

*

彼は繰り返した——ポコ・ビーチに行くようにと。「真っ直ぐな道《ドロワ・シュマン》」は本当にいかがわしい場所なのだ、それもあって、彼は彼女のところになかなか行かないのだ、と。でも彼女は不平を言うことはなかった。彼が化学的処理のトイレをセットしてから、プチ・ポコは文明化されているのだ。すべて、彼はすべてについて対処した。彼は「パトロン」であり、船長であり、プチ・ポコのコッポラだった。毎朝、彼の小屋の前で緊急問題——物流の、大道具の、小道具の、水の、道路進行表の、櫂の盗難の、乱闘騒ぎの、奴隷の見張り役を担う警備会社の、出発の、到着の、帰還の、もめ事の、パニックの——への対応のために待つ人間が一五名はいた。三か所の撮影現場のサラリーの支払いは、現金を封筒に入れ、たった一人のバイクの配達夫が行い、この男を信頼するほかはなかった。ナツミが現地人のコスチューム・アシスタントに代えられたが、オルガがそれを拒否した結果、彼女がオーバーワークになってしまった。やはり現地人のヘア係はメイクとしてもせっせと働き、文句も言わなかった——ここの人たちは労働の価値をわきまえていた。スクリプト・ボーイは、ドゥアラで雇用され、映写技師はナイジェリア出身で、大道具と製作スタッフはすべてカメルーン人だ。計上予算額は莫大で、映画の未来はアフリカにあるのだった。

クウェッソは森を素早く歩き回った——木々はたった一本の木であるかのように彼にしたがい、

ようやく統率の取れた並び方に整列された。山刀、刈り込みハサミ、横引き鋸、ブルドーザーで、カメラが通る通路ができた。さもなければ地平線は三〇メートルで途切れ、視界が閉ざされてしまう。森の映画というアイディアそのものがパラドックスであり、クウェッソを喜ばせ、征服者にしていた。

センザンコウの夜

ファヴールは痩せたのだが、おそらくバストのボリュームはさらに加わっていた。筋の入った綿織物に包まれたSの字のシルエットで、彼女はメイクをした瞼でゆっくりと瞬きをした。まるで王族でない人種に眼差しを注ぐにはそれほど努力が必要であるとでもいうように。「真鍮のゲートルを膝まで」、金色の腕鎧を肘まで、二つの赤いしみを両頬につけ——オルガとヘア係がハチのように彼女の周りでブンブン飛び回っていた。クウェッソは通りがかったバミレケ族からガボンのプーヌー族の仮面と三本のテープのついた頭飾りを買った。ヘア係のウェルカムは、プーヌーの仮面も何にもなしで、ファヴールの頭の上に見事な髪型を作り上げた。みんながそれでよいと言ったが、ファヴールは違った。カツラが検討された。

その仮面——切れ長の目に長い鼻、高い額——は彼女、ファヴールそのものだった、クウは気を配っており、それはソランジュには気がかりなことだった。ファヴールが「象牙複数個分の価値」(プラスティック製ながら）を頭に載せて河岸に姿を現したとき、ようやく、このガラクタが、この安物装身具、この無秩序な拡がりの全体が、フレーミング調節した画像の平面に納まった。それは見栄えがして、「大志」のようなものを体現していた、魅惑的な腕を空に向かって挙げているファヴールが。

クウェッソが不満を持っていたのは、レールを引く係の連中だけだった――まるでフランス人みたいだ。現場監督は組合に加入してさえいた。非常に深く掘り下げた後で、またドゥアラから運んだ砂利で埋め戻さなくてはならなかった。根から引き抜かなければ、ネコバエは除去した先からすぐにまた生えてくるのだった。河が浸透し、土手は崩れ、レールは水に流される。あたかも一つの頑固な力が、昼の仕事を夜突き崩すかのようだった。そいつが地面を動かし、横木を持ち上げてしまうのだ、と人々は囁いていた。木を伐採して裸になった、ほとんど青白い地面の呪い――みな額に皺を寄せ、目を曇らせた。呪術師でなくても、ゴングの中央の周りのように、クウェッソの周りに、多少なりとも甲高い音を立てて輪が開かれていくのが聞こえた。

彼はいつもゴダールの『ウイークエンド』――映画史上最も長い移動撮影《トラヴェリング》――の話ばかりしていた。彼は自分のトラヴェリングが、とても滑らかで穏やかで、河そのものと同じように流れ、船の遅さと同じくらい密やかに進行してほしいと思っていた。チーム全員にシーンの描写をした――トラヴェリングの最後に、ファヴールが、両手を空に向けて挙げているのだ。小説では、彼女の役はそこで終わるのだが、彼女が洞窟のなかにジョージとともに登場できることになったと噂されていた。

彼のそばにいながら、ソランジュは、許婚者《ラ・プロミーズ》のシーンの話をするタイミングを見つけられずにいた。ロサンゼルスにいた時のように、日数を数えた——二人の最後の夜から六日だ。音声の同調が長引いたので、先ずカッセルのプランを実行する。彼女の幾つかの小さいシーンは、できるときにやるだろう。と助監督が彼女に言った。

*

一匹のセンザンコウ〔鋭い鱗で覆われた哺乳類〕。横木を水に流し、地面を動かした——獣のセンザンコウだ。それをシフィンディルの家の入口に尻尾から吊るした。一メートル三〇センチの長さ、体重四〇キロという、体格のいいセンザンコウは、十歳の子供くらいの姿だ。ソランジュがポーチの下にいると、話を聞いた人々がその獣を見にやって来た。ああだこうだ、と言う。その口は丸く、歯が抜けて奇妙で、黄色い埃を吸っているように見えた。ソランジュは母の家の庭で、かなり大きなモグラを見たことがあったが、これは見たことがなかった。

フリーボーイがこの動物まるごとの買い手を探し、彼女の許可を得て、呪文を唱えながらこれを殺した。彼はこれをありふれたヤマアラシのように切り刻むことは許さなかった。パトリシアンがクリビにいる妻の誕生日を祝ってまるごと買った。

五〇人の会食者が、葉っぱの庇の下、石油缶入りパームヤシ酒とミュージシャンとともに食事会をした。センザンコウを食べるとき、一番むずかしいのは鱗だ。パトリシアンによれば、センザンコウは少なくなってきてしまったが、彼らの鱗は魔力をもつと考えられていた。人間以外で唯一後ろ足で歩く哺乳類で、尻尾でバランスを取って歩くのだ。完全に夜行性だ。穴倉を掘り、白アリを食べる。大きな爪で白アリのやぐらを**クラック**、と破壊するのだ。カモのコンフィのピーナッツ・ソース添えのような味だったが。

クリビは素敵な町だ。パトリシアンは白い木造の、カビ臭いが快適なバラックに住んでいた。貧乏ではなくなっていたが裕福というわけでもない――彼が邸宅と呼ぶものの前には守衛もいない。そこから遠くないところに、カテドラルや、フランス人街と言われる区域、二、三軒のコロニアル住宅、カジノ風の建物や田舎風な病院があった。そしてもちろん、よくある小屋やあらゆる形の掘立小屋。パトリシアンの妻はヤウンデで勉学を終えていた。病院は、あらゆる意味で十九世紀風だった。町には訪ねたら面白そうな所がいろいろあった。許婚者《ラ・プロミーズ》も、おそらくここなら生活できただろう。

食事会の真っ最中に、メールが来た。「僕がいなくても始めていいてくれ」そこにK.と差出人名があった。彼はこれまで一度も差出人名は書かなかったのに。まるで混同の可能性があるかのように。あたかも彼女がほかの男を待っているかもしれないかのような、K.の文字。

彼女は黄色く泡のあるマタンゴを飲み、タペ‐タペを食べた。すると、ロサンゼルスでの待っていた日々から喉につかえていた小石と、腹に溜まっていたあの愚かしいダマのようなものが、少し溶けていった。葉々の屋根の隙間を通って日光が紙吹雪を投げかけており、彼女は酔い心地の、少し吐き気も感じながら、空の、衛星たちの高みから自分を見ているような、ギニア湾の奥、大きな森林地帯の際、ナン河の上流のラグーンの端の、無数の点のさ中のほんの小さな点を見ているような気がした。正にアフリカの窪みのなかの。彼女が生まれ、フランス南西部に残してきたもっと小さな、もっと暖炉《カントゥ》みたいな、家族の集まる片隅の、ガスコーニュ湾の窪みから遠く離れて。

ここで祝宴の場に座って、生涯ずっとそうしてきたかのように、オオバコと死んだセンザンコウをぱくついた。クウェッソが彼女に色づけをしたのだ。彼女を少しばかり黒人にしたのだった。そしてここではほかの人たちもそれを理解してくれていた。彼らの歌うような訛りが彼女にも浸み込んでいた――ちょうどクレーヴで、教育のない男たちや、仕事《キャリア》のない女たち、未来のない子供たちに馴染んでいた頃のように。しかし、ここでは注意を忘れないようにしていた、というのも彼女を驚かせるような答えが多かったからだ。彼女は考え込んだ。繰り返して尋ねることもあった。ほら話に拍子抜けして笑い出すと、彼らは彼女のことを可愛い人だと感じていた。彼女が不器用にアフリカ化していくのを、彼らは許容してくれているのだった、彼女が白人だということも忘れて。本物の礼儀正しさがそこにあった。そして彼女もそのことを忘れていた。そのうえK.のことまで、彼女は少し忘れていられた。センザンコウを囲む祝宴で彼の存在は薄まり、彼女はいたる所に彼を見ながら、彼はどこにもいないのに、彼女はみんなに頬笑みかけていた。たった一人からではなく、みんなから愛されたいと望むこと、それが一つの安らぎとして感じられた。

Ⅳ

ジャングル熱《フィーバー》

舞台装置係が頑張ったので、そこはヨーロッパにいるかのようだった。「二階のマホガニーづくりの扉」――それがここ、ンゴロンでは見つけるのが難しいことではなく、しかも高くつくこともないのだった。「驚異的な白さ」の大理石の暖炉や、「陰気な石棺のような」グランドピアノには、シナリオライターは細部を切り捨て、墓のような雰囲気を強調していた。蜀台置き、継ぎを当てた肘掛椅子、元々そこにあったカーテン、輸入品の絨毯――クリビの古いカジノでの、許婚者《ラ・プロミーズ》のシーンの撮影は、ほかのどのシーンよりも安く済んだ。完全にヨーロッパのようだった、そう、暑さ以外は。彼女とヴァンサンは、そう言っては笑い合った――彼の方はネクタイを締めたスーツで、彼女の方は首までボタンを閉めたドレス姿で。

　彼女はひどく上がってしまっていた。カッセルのためではない、彼女はすでに超一流人たちと仕事してきている。クウェッソだ。この関係のためだ。彼女はずっと避けてきた――監督との色恋沙汰は。お腹が痛んでいた。毎日イモディウムを服用し、キナの煎じ茶を飲んでいた。ウェルカムとオルガが議論していた。ウェルカムは神経質になっていた――ファンデーションが流れている、これ以上長引いたら最初からやり直しだ、エアコンを使うべきだったのだ、と。とはいえ、寒さの演技は、ヨーロッパを演じたり、悲しみを演じるのと同様、可能だった。

オルガは疲れ果てている様子だった。そのうえ、みんなが彼女のことを「中国人」と呼ぶのが彼女をいら立たせていた。ドレスと三つ揃えのスーツはとうとうクリビまで到着しなかった。きっと大西洋の真ん中で、難破船の残存物のように漂っているのだろう。ドゥアラの税関は、必要不可欠な物がそこから再噴出するにせよ、しないにせよ、サイホンのような働きをした。オルガはドレスを作り直し、それらしい布地を探し、それを染め、糊付けし、大急ぎでパールの小さなボタンを作らせ、レースを見つけ出し、コルセットをでっち上げなければならなかったのだ。そのうえカッセルのために、工兵の制服からスーツを仕立てなければならなかった。

そして照明。部屋は北側にあったが、いわば燃えあがっており、照明係は苦労していた。その間に、クウェッソは軽いカメラで細部を撮影していた。彼は許婚者《ラ・プロミーズ》の、黒く覆われた膝の上に載せられた両手を写していた。彼女も自分の目で自分の剝き出しの両手、とても白く、静脈がとても青く、ウェルカムが控え目なマニキュアをつけてくれた両手を見てみた……。カメラは投げ置かれた彼女の両手の上を動いており、それは甘美で快感だった。クウェッソが、彼女だけを……。

彼は彼女を見つめていた。彼女の眼を撮影した。彼女はカメラのなかに沈み込んだ。その視野の縁取りのなかに、人々の身体が、影が通っていった。ウェルカム。ヴァンサン。照明アシスタント。大道具アシスタント。アシスタント・カメラマン。クウェッソが離れ出た。彼が彼女から離れ、彼女は彼を目で追った、照明、部屋が回り、浮遊していた……。半透明のブロンド色、灰褐色のハレーション。この役は彼女のものであり、彼女のために作られている……。**回って＝撮影している**《サ・トゥルヌ》。おお、彼女は自分が美しく、悲しく、戸惑っていると感じていた。彼女の秀でた、明るい額は、輝いていた、信頼と愛情とで……。「私ほど彼のことをわかっていた者はほかにありません……私はあの方から気高い、全幅の信頼を得ておりました……彼を最もよくわかっていたのはこの私です……。」

「カット」とクウェッソが言った。「君の声、聞き取れないよ。」

「ほかの誰も……。あの方にとっては、この私がなくてはならないものだったのです……」

　彼が彼女を見つめた。彼女の顔を探っているようでさえあった。彼女はもっと正確な指示、この男とこの女のことを説明してほしかった。彼に彼らの愛情を語ってほしかったし、彼らの約束を繰り返してほしかった……。彼は彼女を曖昧な状態のところに放り出したのだ。燃え上がる明かりのなかに。だからと言って撮影は進んでいなかった。太陽が世界をうんざりさせていた。カッセルは座り直した。ウェルカムが彼女の顔にパウダーをはたいた。やり直しだ。

「一番よく知っていたとおっしゃるんですね、……」カッセルは、マーロウであると同時に彼自身でもあった、まるで人が二言語を話し、確証をもって、二つの出身地を証明してみせるかのように。彼の返答には、残酷な疑念が漂っていた――靄のかかったコンゴで、彼と彼女は同じクルツを知っていたわけではないのだ……。彼女はワルツを踊っているような気がした――と言っても悲しみのワルツを。照明が悪化していた。スタッフがどんなに努力しても、太陽が上るのを妨げることはできない……。アクション、アクション。ソランジュ――「私はそれこそ幸せで――幸運で――そして本当に誇りとしていましたわ。……。でもあんまり幸せすぎたんですわ、きっと。しばらくは幸福すぎるくらいでしたの。それが今の私は本当に不幸な――もう一生かけて不幸な女になってしまいましたのね。……。」目に涙を浮かべ、彼女は巧みで、正確だった。だが、クウェッソはもはや彼女を見ていなかった。「カット。」

空がいつもの灰色でなく、雲を払って水色を誇示していた。光と影が映像で、スーパーエイト風〔一九六五年に開発された個人映画用ムービー・フィルム〕に瞬いてしまっていた。イル＝ド＝フランス〔パリ周辺のこと〕にいるかのようだった。クウェッソは窓を一つ開け放ち、カーテンが飛び上がった。彼は鳥を、前兆を待つように、空の端から端まで眺めまわし、一つのシーンの時間分だけ持続する時間の穴を探すかのようだった。

ついていなかった。

しかしながら、一四時頃、大いなる嵐の空を呼びそうで嵐にはならなかった大きな積雲のお蔭で何とか終わった。遅れを取り戻すため、四輪駆動の輸送隊で埃の舞い上がるなか――車から離れなかった歩行者は自分たちが何を危険にさらしているのか思い知った、**おやまあ！**《エキエ》 神の鉛筆は消しゴムをもたない。――もどって行った。一行はプチ・ポコで彼女を降ろし、通りがかりにファヴールを拾って、河のシーンにもどっていった。

どうしてポコ・ビーチに行かないのかい？　ポコ・ビーチの方が快適だろうに。シフィンディルの家の前で、彼らは五分ほど言い争った。暑さはやりきれないほどだった。庇の影で、サルを売っていた。吊り下げられた小さな体が、冷たくなることなく硬くなっていった。ポコ・ビーチならば、彼女はイセエビを食べられるだろうに。

みんなが二人を見ていた、二人とも灰色の日射しの中にいるのを。彼女は、クルツの死のシーンの後、すぐに行くから、と言った。オルガが彼女のために、洞窟の場面用にもう一着ドレスを作っているのだ。「ジョージがすごく誉めてるわ」と彼女は強調した。クウェッソは答えなかった。彼は彼女にキスをした。かなり長い間、唇に。彼が彼女の胴体をやさしく抱き、彼女のうなじの方まで電流が走った。彼は四輪駆動車で走り去り、彼女は一瞬くらくらして佇んでいた。彼女の目がもう姿の見えない影を追っていた。

村中が、彼らがキスするのを見ていた——それは公的なものになっていた。彼らは、彼女も『ハリウッド・リポーター』〔一九三〇年から日刊紙として発行された映画業界誌。二〇一〇年から週刊になったが、季刊グラビア誌やウェブサイト、イベントなど多彩な発信を続けている〕に出てくる一人だとみなすだろうし、彼女もそれ以上心臓がドキドキすることもなかった。

「ジャングル熱《フィーバー》よ」とシフィンディルは言った。娘たちは笑い出した。それは一つの診断だった——白人女が黒人男を求めたり、時々その反対の場合に言われることだ。呪術師も笑っていた、寛大な笑いで、あたかも大したことないと言うように。

そして大きな黒い木々の下で

雨が降った。季節の最初の雨だ。道筋があまりにひどい状態なので、彼らは静まりかえり、彼女は後部座席でドアの取っ手に摑まりながら、揺れに備えたり、震えたりしながら、朝の恐ろしい湿度のなか、風邪を引く心配に囚われていた。ウィンチのケーブルが、動かなくなった途端に切断した。発火のように。何か目に見えないものが迸り出て、ケーブルを引っ掛けていた幹が、黄色く長い一筋の線を描いて動き始めた。トヨタは跳び上がり、また落ちた。彼女は子供の頃見た闘牛の牛たちを、その地面を、彼らの最期の身じろぎを思い出した。

泥が長靴を呑み込んだ。バカ族やバギエリ族〔いずれもピグミーの一種〕のガイドたち、フリーボーイ、ムバリ、トメロは、不可解なことに、ビーチサンダルでも足がもぐり込まない。彼らはみな首に護符を掛けている。フリーボーイは絶えずアイポッドをいじりながら、祈りのようなものをつぶやいているようだった。さもなくば頭の中で歌を歌っているのか。森は、長い水の糸を引いて、より垂直な次元で、水びたしになっていた。

頭が少し彼女の方に向いた。ジョージがマグネシウムを強化したバイオ・チョコレート・バーをくれたのだ。ジョージのエージェントは、身体的な保護のために現場に立ち会うことを主張しており、この二人の余計な白人の存在は奇妙だった。ジョージは、砂漠でも、銀河系空間でも、都会のジャングルでも、ここでも、どこにいても立派だった。しかしエージェントの方は、探検隊風ジャケットに顔用蚊帳をつけて、目立っており、あとヘルメットさえあれば、ドクター・リビングストン〔1813-73. スコットランド人のアフリカ探検家〕そっくりだった。

その後、彼らは再び動き出した。大型のトヨタに六人乗っていた。あまりにも曇っていて森が見えないくらいだったが、輸送隊全体が彼らについていった。道のりは暗いトンネル状態で、パトリシアンはライトを点けた。クウェッソは何もしゃべらなかった。パトリシアンは会話を続け、ジョージは冗談を言っていた。彼女は喉が痛かった。温かいお茶を飲みたいという気持ちに取りつかれていた。彼女の身体はすでに、でこぼこ道を生活圏《ビオトープ》の所与の条件として、重力のローカルな現れ方として、受け入れていた。彼女はしなやかに、柔軟になり、ジョージとフリーボーイの間にはさまれて、揺れでグロッキーになりながら、ドアの取っ手にぶら下がったまま眠り込んだ。

その後、彼らはディア河のフェリーに辿り着いた。ムー・ムーが襲撃してくるので、彼女は目出し帽をかぶり、園芸用手袋をしたため、フェリーのボーイ（船長は彼を「海軍大将《ラミラル》」と呼んだ）は彼女のことを、何もかぶらない時以上にじろじろ見た。船長と海軍大将《ラミラル》は、河岸の粘土に二本の渡し板を並べ、クウェッソは一台目の四輪駆動車のハンドルを握り、車は優雅にひとっ飛びして乗船した。小さなフェリーは沈み込み、ロープが張りつめ、杭が水の方に傾いた。パトリシアンが彼女に手を差し伸べ、ジョージのエージェントはジョージの手を取ることにこだわり、全員が乗船した。急にものごとがシンプルになった。それがよかった。スムースな流れでことが運んで、ようやく時間の流れが河と同じ形になった。彼女にパリの町がフラッシュバックした——ある朝、大通りと交差するバック通り〔バックはフェリーの意味〕にぶつかった、あれはどこに行くところだったのだろう？　誰と会うために？　あそこ、自分の国で。白人たちのスムースな流れの国で。海軍大将《ラミラル》が、その小さな身体で巨大なハンドルに被さって、それをだんだん速く回すと、フェリーはしばらく戸惑ってから進み出した、ちょうどロバや馬が、人が何を求めているのか理解した時のように。彼女は身体で動きを感じた。それから横滑り。フェリーは河を横切り始めた。彼女は、さあ、どこかに止まるのね、と思った。ひっくり返りそうだ、と思ったら違った。速く進むために流れを利用して、カニのように斜めに進んでいるのだった。

海軍大将《ラミラル》はほとんど子供の域を出ていなかった。彼女が彼と目を合わせると、彼は目を逸らし、とても真剣に岸を見つめた。数千匹の黄色い蝶が、河の上をひらひらと飛びまわっていた。クウェッソは石油缶に寄りかかってタバコを吸っており、彼女はまたフラッシュバックで、彼女が小さかった頃の父親のイケメンぶり、その力強さ、その頑なな閉鎖性を思い出した。

それはロープ式《トラーイユ》渡し船だった。（彼女は最初、ウィンチ式《トゥルーイユ》と理解していたのだが）船長がトラーイユとaの音を口を大きく開けて強調してみせた。彼らの周囲で**クラック**、**クラック**、**クラック**と地獄の大騒ぎのような音がしたが、一体いつ頃から使っている船なんだろう？　きっとドイツ人たちの頃からだ、と船長が予想した。こういうメカはプロシア製さ。彼は自分の父親から受け継いだのだ。そもそもの最初に森の奥まで踏み込んで行ったのはゾウたちで、彼らの大きな体でゾウの道を切り拓いたのだ。彼らの後に、ケファロス〔森に棲む小さなアンテロープ〕、ボンゴ〔アフリカ中部に生息するらせん形の角を持つアンテロープ〕、腹白ハリネズミ、カワイノシシ、センザンコウ、ブッシュバック〔アフリカに生息する哺乳類でオスは角を持つ〕が駆け込んだ。そして、彼らの後にピグミー族が、そしてその後にバンツー族が。そしてその後に白人――ドイツ人、イギリス人、フランス人が。船長は、渡し船からゾウを二度見たが、ゴリラを見たことはないという。彼はとりわけ、逃げずに脚で踏ん張る水牛を恐れていた。彼はライオンを一度見たという、ドゥアラの、動物園で。

　彼女はサーカスのゾウを思い出した。サーカスの一頭のゾウが、丸い帽子を被って歩いていた、ずっと前、ジャングルから遠く離れた彼女の幼少期に。もう過去にもどるには遅過ぎた。一つの国のようにそこに帰ることはもはや不可能だ。あまりにも遠くまで、あまりにも踏み込んでしまっており、もはや何も彼女を彼女自身に繋ぎ直すことができない、この男、クウェッソのほかには。

　彼は再び渡し船（フェリー）に乗って出発した。七台の車と撮影隊全員を運ぶためには、七往復必要だった。一筋のあわい霧が河の中央を覆い、クウェッソのシルエットがグレーの半透明になった。この方角に向かうときは、流れに乗るためか、ほかの何かわからない理由でか、運航が静かで滑らかだった。反対方向のときだけ、**クラック**、**クラック**がまた始まり、それが大きくなって、二台目のトヨタが到着したが、みんな濡れていた。反対岸では雨が降っているのだ。それからクウェッソはまた出発していった。最後の運航のときにファヴールがいた。四輪駆動車が、エンジンを止めて、時の流れに乗ったかのように、水の上を進んできた。ソランジュには、遠くでクウェッソが車の扉を開き、ファヴールが優雅に降りて、彼女の細く黒い腕が彼女の唇まで動き、クウェッソにタバコに火をつけてもらっているところが見えた。滑稽だ。するとその時になってようやく車の扉のパーンと閉まる音が鳴った。その時になってようやく音が運ばれ、彼女の許に到達したのだ。一秒に三百メートル、と彼女は考えた。一秒に三百メートル進むのだ、もし彼女が叫んだら、もし彼女が彼の名を呼んだら、クウェッソ、と。

その後、彼らはアブラヤシのプランテーションに沿って車を走らせ、幹と幹の間に空が線を描いた。そして断崖に着いた。おかしいことに、一種のパーキングがあった。バカ族の女たちが葉っぱでできた小屋で焼き魚を売っていた。ネコのような大きな魚で、切り身をヤシの葉に包んでテイクアウト用に供されていた。その下には河の支流があり、男たちが象牙色の石鹸でその魚を釣っていた。特別な匂いか動物性の油分か、わからないが、魚たちが夢中になるのだ。彼女は何枚かの写真を撮った。そしてムバリとフリーボーイを観察した――彼らは親指で釣った魚の皮を剝いており、うろこはなかった。黒くてひび割れた皮の下には粘着性の油分の層があった。その下は美味しく、黄色くてジューシーだった。彼女がガーデニング用手袋をはずすと、小さいハチたちがひっきりなしに指に止まった――叫び声を上げる。それは刺されたためではなく、針もなかった。おそらく彼女は――それを何と呼ぶのだろう――魚の触角かヒゲに触れたのだ。「これらのススの仲間は死んでも生き続けるんだ、**おやまあ《エキエ》！** 投げ槍に突き刺されても、長い長い間動くんだ」とフリーボーイが言った。彼女の親指が膨れ上がった。死んだ魚に刺されたのなんて、彼女だけだ。典型的な白人女《ムーンディレ》〔コンゴで白人のことをムーンディレと呼ぶ〕。彼女は抗ヒスタミン軟膏を持ってきていたのだが、荷物はトヨタ車内のどこかに埋もれてしまっていた。

その後、徒歩で洞窟に向かって登って行った。木々の間に空もよく見えず、斜面や高低差のあるほかの木々が見えるばかりになった。フリーボーイが、地面に丸い大きな穴が幾つもあいているのを見せた。ゾウの足跡で、爪の後がくっきり残っていた。ムバリが蔓植物を切ると、彼らはとてもピュアな植物の樹液を飲むことができた。ジョージのエージェントだけが飲もうとしなかった。

彼女からはときどき、坂道のカーブのところで、隊列の先頭を歩くクウェッソの背中が見えた。小路が拓かれていて、山刀で切り拓く必要はあまりなかった。クウェッソは、下見の段階から前方の遠くを歩いており、フリーボーイがその後ろを小走りについて行くのだが、コントラストが大きくてクウェッソが巨人に見えた。パトリシアンが行列のしんがりだが、それ以外の人たちはみんな、彼女とクウェッソの間に、つまりファヴール、イレール、ジェルマン、シドニー、それにヴァンサン、それからジョージとジョージのエージェント、それからタデ、イドリスにサン＝トメール、そしてクミナッサン、それにオルガ、ムバリとトゥメロ、ウェルカム、アルシャンジュとパムフィル、それからベナン人の炊事係でみんながベトンと呼んでいるグベトワイエノンモン、そして、みんながこの名で知っていたけど、きっと本名が別にあるのだろうフリーボーイ。さらにはＭＡＳＳ36の武装ガードマンたちと、彼女が名前を忘れてしまった人々がいた。これら数珠つなぎになり、頭に何かを載せて運んで行く黒人たちは、映画のためとはわかってはいるが、何がしか既視感《デジャ・ヴュ》を感じさせるところがあった。何も持ち運んでいないのは、彼女とファヴールだけで、ジョージとヴァンサンでさえリュックを背負っていた。

手に痛みを感じ、額が燃えるようだったが、それだけでなく何か冷たいものが彼女を捕えていた——森だ、と彼女は思った、森の手だ。歩くことに集中しようとした。自分に言い聞かせてみた——もし私がクウェッソのことを一心に考えたら、彼が振り向いてくれるに違いない、と。あそこの、小路の高みで彼は振り向いてくれるだろう。彼の重たい頭が、振り向くのだ。あんなにも甘美な首の窪み。私に頰笑みかけて、励ましてくれるのだ。いえ、ただ振り向くだけでも、私は元気になれるだろうに。小路の高みに向かって、テレパシーの糸を投げかけてみる。クウェッソの姿は消え、巨大な葉々が彼を呑み込んでしまっていた。彼女は彼の方に伸びあがり、とても強い思いを送った、振り向いて、私を見て、と。しかし歩行者たちの列は伸びて何かがそれを遮り、小路は彼女に共振することなく、彼女に敵意を向けた。それはファヴールで遮られたのだ。森とファヴールが彼女に敵対しているのだ。

ずっと待っていたのに、そこで休憩するという指示が届いた。一つの巨大なシダ、つまりグリーンの物体、セロリのお化けが、根も茎もあまりにも錯綜して生えているため、斜面に平らな踊り場が出来上がっていた。立ち止まると、無数の小さなハチがいたる所に止まり、ハエのようなしつこさで入り込める所どこにでも侵入してきた。光のようなものが見えたのだが、それはファヴールが、肩にさりげなく羽織った銀色のストールだった。ムバリが森の中に姿を消し、「コガネムシ」だと言う白い虫を捕まえて来た。水のボトルが手渡されて上ったり下ったりし、塩素の錠剤が跳ね返り発泡した。彼女はそれが自分のことのように思われた、ジグザグに動き、閉じ込められ、減速され、弱体化していくのだ。そして、彼女がずっと待っていたクウェッソが半回転した。何をしているのだろう？　彼は降りてきていた。どこに向かって？　だんだん列の低い方に。どうして？　彼は彼女の前で止まった。彼女は目を上げた。「大丈夫かい、君は？」彼女は彼に腫れた手を見せた。彼はどうってことないよ、と言って、その手を彼の手のなかに握り締めた。彼の唇は濡れていた。「コガネムシ」を食べたのだろうか？　「私を食べて」と彼女は思った。食人《カニバリズム》への願い、懇願。私を食べて。もう終わらせてほしい。私を食べてほしい、永遠に向けて。

女たちが森のなかに

疲労により大いなる沈黙が支配していた。洞窟に向かっての沈黙。彼女はと言えば、幸せだった。パトリシアンは不安そうだった。彼は木々の上を見上げていた――いや、木々の上を見上げているフリーボーイを見ていた。フリーボーイは口を動かしている。彼らはみな、夜になる前に着かなくてはならないことがわかっていた。さもなければ、フリーボーイ、ムバル、テュメロ、すべてのピグミー族は進むことを拒否したはずである。フリーボーイは、木々がしゃべっている、と言った。半分バカ族のパトリシアンが通訳した。悪魔たちは――目には見えない。けれども彼らはそこにいて、夜が彼らを人間のそばに連れて来る。夜の彼らの大胆さは並外れている。ファヴールは目を空に向けて上げた。悪魔たちは人間の口の中に入り、彼らに予言めいた言葉をもたらす。不吉な出口からの言葉。彼らは人々の身体に入り込んで、悪さをするのだ。

木々は警告し告知するのだ、とフリーボーイは言う。木々は賢者の側に立っているのだ。洞窟は神聖化されていた。クウェッソはタバコを捨て、再出発を告げた。彼女はがっかりした。待つことはできないのか？　フリーボーイが語ること、パトリシアンが翻訳すること、木々が言っていることを聴かないのか？　と。

クウェッソは繰り返した。「そこにレッツゴー《オン・ニ・ゴー》。そこにジョニー、行こうぜ《オン・ニ・ジョニー・ラ》」〔フランス語の「On y va（さあ行こう）と一九五六年のアメリカ映画Go Johnny go（孤児の少年がロックンロール・スターになる話でテーマ曲が大ヒットした）を入り混ぜたセリフ〕と。フリーボーイは頭を振った。森は魔力《ブウィ》に満ちている〔ガボン語で「マジカル」の意。女がそれを乱してしまうとされる〕。秘密が外に出る。木々は囁く。打ち倒された木のそれぞれが、外に背後の木を残している。ヒョウたちが村に侵入する。世界が病に倒れる。しかし特にフリーボーイが嫌っているのは——そのために彼は少し息を詰まらせており、口ごもっているように見えた、彼女がしゃべれない言語で口ごもっているかどうかを見分けるのは難しいとはいえ——女が森の中に入ることだった。パトリシアンは少し戸惑っていた。彼は通訳した——女たちが森の中にいる、と。

私だけじゃない、と彼女は抗弁したかった、ファヴールやオルガもいるじゃないか。彼女たちもきっと、マジカル《ブウィ》なのか、ファヴールとオルガも？

「兄弟、君はガボン人じゃないだろう？　ガボン人より迷信深い僕にもコルシカ人しか見えないぜ。前進だ、兄弟、さもないと悪魔たちが君の耳に力いっぱい叫び出すぞ」とクウェッソが言った。

みんな、また歩き出した。転がった幹をよじ登る。岩に摑まる。ムバリとテュメロは山刀を再び取り出して、道に張り出した枝をはらった。長い間だった。雷鳴が轟き、みな鋸で切ることは予想していなかった。フリーボーイは行列の真ん中でふくれた。その後、頭上の音は止み、後にはミルク色に輝く空が広がった。道が乾いて歩きやすくなった。やっと登って来た、という思いだった。森は開かれ、征服された。なかば文明化されたのだ、森が。木々を上から眺める——亡びたカノーポス〔古代エジプトの都市〕、幹が枝分かれして羊毛状になった巨大なブロッコリー、アーティチョークのてっぺん、パセリの鶏冠を。空になった頭上に、古い帽子のように「自分」というものの切れ端をそこで被り直した。

自分で立っていることへの感動。伸びをすること、物思いにふけることへの。でもまだ登らなくてはならない。彼女はほしいものを、彼女のためのものを、クウェッソ以外のものを探した。開けた地面を思わせてくれるもの、駅か空港か、しっかりした土地、通り、草原を。子供の頃の思い出が巻き戻されてきた。クレーヴの午後、夏の、退屈な。野外祭りとゾウたち、そう、ゾウがそこにいたのだ。小動物園の板壁に額をぶつけたこと、サーカスの夜、初めてのキス。森によって彼女から引き離されている過去。木々のなかに生え出てきて、ここ、森のなかに含み込まれている時間。白人にとっては、輪切りにされている時間。

花崗岩の高台に到着した。最後のパンノキが、石に潜り込んだ手のようだ。空は赤かった。男たちは木の深い襞に寄りかかっていた。木々が形づくる翼や幕の間に横たわることもできた。クウェッソはさらに前に進み、洞窟に舞台装飾の様子を見に行った。ムバリとテュメロはリュックをはずして、ヤシ酒のひょうたんを出した。ジェルマンが朝から頭に載せて運び、ロボットのような奇妙なシルエットを作っていた、小さな発電装置を置いた。フリーボーイは袋入りウィスキーをかじった。言うところの白人チームも同様にした。マールボロの箱が回された。テントが立てられ始めた。イレールは薪を探すよう指示した。ベトンとタデは石で極めて古典的に火を起こした。

ジョージ、ヴァンサン、ジョージのエージェント、パトリシアンは伐採された切り株でポーカーをした。ウェルカムはファヴールの口紅をテストし、ファヴールの方は、彼が肌を白くするのを断念させようとした。オルガは、衣装ケースに頭をもたせかけて、すでに眠っていた。まるで道を間違えて迷子になった移動サーカスのようだった。

ブーツを脱ぎ、シャワーを浴びること、それが彼女の願いだった。日が暮れ、蚊の襲撃に合って、彼女は顔で肌が出ている最後の数センチメートルを手袋で隠した。クウェッソの声がもどってきて、低く響いたので、すぐにわかり過ぎるくらいわかった。大道具に問題が生じたのだ。ムバリとテュメロが夜間料金は高いのだ、と賃金を再交渉してきて、フリーボーイもパトリシアンに通訳してもらっており、彼らの声がクウの声と交錯した。それからほかの言語になった。大声になったり囁きのような時もあった。眠る。いろいろな音が彼女を囲んでいた。虫たち。金属食器の音。土の中から聞こえる何かの音。ケチュア製テントが崩れた**ポフ**、という音。笑い声。ファヴールが英語で何かを要求し、その後でヨルバ語で彼女のテュラヤ〔ケイタイの機種名〕で個人的な電話をした。ベトンとタデがフランス語でののしり合っている。彼らは食糧の袋をなくしたらしい。木々は開かれ、また閉じた。クウェッソの背中が彼女の眼の前に見え、それから遠のき、さらに遠のいた。彼女は柔らかい枝をゆっくり遠のけ、彼女の足が流れ、泥で滑り、嵌り込んでいった。

愛撫で目を覚ました。父親がいつもしてくれた蝶のキスのようだ。フードに手をやると、手袋に何かが入った。小さな動物——いや、一匹の虫だ。手袋を振った。だが出ていかない。彼女は対決する決意をする。クウェッソが彼女を誇りに思ってくれればいいのだが。丸くて赤褐色の多角的な目。そしておそらく、あと二つもう少し小さいのが下方に。グリーンとブラウンの四本のアンテナは長い指のように長く、動き回りながらも彼女を見つめるためであるかのように、そこに留まっている。それから一種の口を開いてかすかな音をたてた、**ヒヒヒヒイイククク**。手袋をはめた二本の指でそれを取って遠くに投げた。そして身震いした、ずっと、ずうっと。

交渉の声が止まった。「長談義《パラーブル》」〔アフリカの部落単位の論争〕というのはスペイン語から来ていて、全然アフリカの言葉じゃないんだ、と以前クウェッソが教えてくれていた。人種差別主義者の単語だ。彼女のハリウッドのエージェントを思い出した。彼のビジネスでの獰猛なほどの寛容さを。そのうちに、すべてのテントが片づけられた、杭打ち式の大きいものまで。青白い光の輪のなかで、ベトンが彼女に食べ物を差し出した。ムバルは、毛の生えた子供のようなものを捕まえたのだ――キヌザルだ、とベトンは保証した、まるでそれならば食べられるかのように。両手を鍋のなかに入れているのを見たように思った。彼女はコンデンスミルクのチューブを吸った。ジョージが生温かいコーヒーをコップ一杯持ってきてくれた。彼が看板娘《エジェリ》役をやっている超グローバル・ブランドのコーヒーだ。「これはブラック。強烈で、深く、官能的で、繊細です。」彼らはクウェッソから隠れて笑った。コオロギたちが、まるで肺をもっているかのように、息切れしたような声を出し、時おり野鳥が鳴いた。フクロウだろうか？　空気がブンブン唸り、獣たちが呼び声を上げていた。だが結局、姿を見ることはなかった、獣たちの。死骸でさえ。見えるのは虫たちと星々。今夜星空を見上げているすべてのものたちと同じ惑星に生きている、と感じること。

彼女は数歩、離れた。チームの連中はみんな移動の途中で、自分で木を選んで小用《やって》していたが、ファヴールは――ファヴールはきっといかなる身体器官の必要にも服従していないのだ。ソランジュは、パンノキの周りを、もう一〇分間もうろうろ回っている。ホタルの群れが足許で飛び散り、瞬間的に木の下を照らす。土は木の葉に覆われている以外、何もなかった。彼女はテレビのルポルタージュで、女たちが一本の木の下で糸玉のようなものを集めていたのを思い出した――フライにするための灰色の大きなクモから、拳いっぱいに……。だけど……、女たちは確か、アジア人だった。中国風の帽子を被っていた。彼女のおしっこは用心深い静けさで、葉っぱの上にぱらぱらとかかった。ベビー用の濡れティッシュで身体を拭いた。迷った後、そこに、地面に捨てた。聖なる自然の口に。

衣服のいたるところに、『ランボー』的な霧状の再襲撃。ホタルたちがチカチカして、こんにちは、こんばんは。

その後、彼女はクウェッソのテントを見つけた。亜麻の入り口は閉じられていた。彼女は躊躇する。そっと明かりのもれる留め金具を開けたが、それが手から外れるのを感じた。クウェッソが中から、彼女に何をしていたのか、どこにいたのか、と聞いた。暗闇のなか、彼が入口を開けてくれ、彼女は彼に抱きついた。彼女には彼が見えなかったが、避けがたい現象だ。衣服を脱ぎ去ること、自分の身体が虫殺しの悪臭を放っているように感じられていたのだ。裸の肌の安堵感。あなたの、私の。彼が彼女の上に転がり、二人はやさしく息づいていた。二人の周囲には、木々と虫たちが無限に拡がっていた。

後で、彼は話した。中央のプロジェクターを支えるはずだった装置が嵐で壊れてしまったので、明け方から点検しなければならないが、部品が足りないのだ。ここで電気器具やケーブルを盗む奴がいるなんて誰が信じられるか？　洞窟に配置した警備員が明かりを目撃し、歌を聞いたという。どうやら警備員は、もっと近づいてみようとはしなかったらしい。この森のなかに、悪党の淫売がいるなんて誰が信じられるか？　その後、彼は眠りのなかで抗議をしていて、彼女が止めた。彼女は身体を掻きむしった。耐え難かった。お尻と腿の上の方を何ものかに嚙まれたか、刺されていた。彼女はできるだけ音を立てないように、カバンのなかを探った。濡れティッシュを傷口にあてると先ず安心できたが、その後、うめきたいほどヒリヒリした。

彼は一気に立ち上がり、その声は木の息吹のように、地面に浸み入った——**明日、働くのだ**。

彼女は動かずにいた。そして朝までの、十字架にかかるまでのような時間は、彼女が彼とともに生きることを凝縮するような、まだ次の日を待つことであり、耐え難くも待つ時間だった。

完璧過ぎる世界

彼らは島にいた、この混乱した場所に生まれた火山島に。灯台のようなものが見えた。日の入りとともにピンク色に染まった靄が筋になって流れていく。雲の海のように密度が高い、巨大な木々の集合が、膨れ上がり、波打ち、引き締まり、あらゆる種類の緑色をして、幾つものドーム状に丸くなり、事物の形、生えていくものの構造、人間的なところの全くない形になるべくアレンジされて。それはガボンだった、次にあそこにコンゴ、彼女が行けないコンゴ。空は真っ赤に染まり、それから消えていった。六時だ。巨人たちがくず折れていく音が聞こえた、葉や塵や小さな木々の超新星が爆発して穴ができる音が。秘密の伐採人がいるのだ。動物たちの逃亡する音、叫び声が、遠くで聞こえた。

まだ撮影には入っていなかった。しかもジョージは明後日帰ってしまうのだ。照明橋を組み立て直し、ケーブルのネットワーク化もやり直す必要があるし、電気をショートさせる元になったトップライトを諦めなければならなかった。そのためには木の葉で一種の小屋を組み立てて、その上方にプロジェクターを、奥に偏向装置《デフレクター》を、すべて洞窟の中に作ることになった。まるでピグミー族たちの気が狂ったかのようだ。ようやくジェネレーターを接続できたとき、無数のコウモリが飛び立った。それで、クウェッソは、エボラ熱は嚙まれなくては発症しない、とアナウンスしなければならなかった。

　みんながざわめき立ち、怒鳴り合い、目標物を追いかけ、鳥のような声を上げて葉っぱの茂みに駆け込んだ。「ヘイ、中国娘！」とウェルカムが叫んだ。「私はウイグル人よ」とオルガが言い返す。「あなた、病気なの？」と心配になってソランジュが訊いた。「恐怖心よ」とファヴールが衛星電話に向かって言ったのだが、ちょうどオルガに対しての返事になった。彼ら俳優たちは、非常に広い切り株で待つように言われていた。尻から苔の湿り気が伝わってきて、自分も周囲とともに生えていくように感じられた。木々から見たら、彼らは大きなキノコの串焼き《ブロシェット》に似ていたことだろう。そして、森の中の空き地でのこのキャンプ、緑の喧騒のなかのこの旅芸人たちは、全体として世にも風変わりな状況を作り出していた。一人の男の「大志」を具現化するため、大河を屈折させ、「歴史」のフレームワークを作り、ジャングルを支配するために、自らわざわざ苦痛に耐えて集まった三〇名の人間の集まりは……。これらの人物たちが動く様を、ここから遠く離れた映画館で人々が見ることになる……。キノコたちは帽子を揺らしていた。「ジャングル」とは言わない、とクウェッソは言う。この語はアジアについて使われるもので、ここはモウグリ〔一八九四年にキプリングがインドでの体験に基づいて書いた『ジャングルブック』の登場人物〕の国ではないのだ。そもそもアフリカにトラはいない。毎日三分間、彼女が彼から引き出せるようになった、世界についての彼の説明は、彼女にとって盗んだキスのようなものだった。

ジョージとヴァンサンはポーカーの話をしていた。ファヴールは、フランス人の四分の一が自らル・ペン〔1928- フランスの右翼政党「国民戦線」を創設した政治家〕に投票するなんて民主主義にとってスキャンダルであり、軽蔑されるべきだ、といきまいている。もし国民戦線が選挙に勝利したら、状況は少なくとも明瞭になり、人権を生んだ国についての真実が露呈され、そこでこそ人々は語り始めることができるかもしれない。ソランジュは、木々のてっぺんの方に頭をめぐらせていた。葉むらに身体を委ねていた。彼女は帰りたかった——彼とともに帰りたかった、彼らの国へ、海岸に、ピロティの上の家に、ロラン・ヴルジィ〔1948- フランスのシンガー・ソングライター〕風な別の場所に——**太陽が人々に同じ色彩を与えてくれる、同じ色彩を、やさしく……。**

　彼女は川で水浴びをする、小川に毛が生えた程度で、イレールとベトンが水を汲み尽してしまいそうだ。身体を洗え、埃や汗から解放されるのは気持ち良い。身体半分、流れに入る時間は。それに、身体の熱と空気が一つになるような、小川も一緒に重くなるような、森の素材そのものから出来ているような感じだ。動物たちも黙って控えている。鳥たちも動かない。虫たちさえ隠れており、彼女には岸辺の長い草のなかに、爪のように丸く、赤い色がついた小さなカエルたちしか見えなかった。水は素晴らしく透んでいて、脚の指の間からほんの少し黄色い砂が巻き起こるだけだった。

「来て」と彼女はクウェッソを誘った。彼は来なかった。

　彼女には洞窟は期待外れだった。正直に言うと、洞窟というより岩が崩れた跡のようだ。敷石が重なり合って穴ができているという感じ。まあ良い、いかにも何かが取り憑いている雰囲気があって、素敵だ。樹脂でできた頭蓋骨を突き刺した投げ槍が立ち並び、松明と砲弾がほかの部分に並べられ、手の空いた黒人グループ全員——ガイド、炊事係、機材係も含め——がエキストラになり、昔風の衣装を着てズアーブ兵〔一八三一年に組織されたチュニジア人、アルジェリア人を主体とする現地のフランス歩兵〕を演じた。フリーボーイだけが嫌がった。悪魔を挑発する気か、と。ウェルカムが彼にメイクしようとして追いかけ回したので、小さいピグミー族とノッポのバントゥ族の取り合わせが、吹き出物のように笑いを伝播させていった。クウェッソは、男たちの口が光っている映像がほしいと言った。「まるで彼らの口がまだ十分に見えていないみたいだ」とピグミー族について言ったのはウェルカムだった。

「若い娘のこと？　……ああ、彼女は別だ、完全に……。彼女たち——つまり女たちのことだが——はいつもこれらとは別だ——あるいは別であるべきなんだ。我々は、彼女らのためのこの素晴らしい世界に、彼女らが留まっていられるよう助けなくてはならない……」

クウェッソは、開始の合図《クラップ》の前に、各自に小説のトーンを、『闇の奥』の数ページを読んで聞かせた。女たちに関するくだりは、彼女のことを言っているのだろうか？「驚くべきなのは、女たちが現実とは別に生きている、そのあり方だ……。隅から隅まであまりにも完璧過ぎる世界、それをもし彼女らが現実化しようとでもするならば、それは最初の日没より先に崩れ去ってしまうだろう！」クウェッソは、文字どおりの男で、隷従ということを熟知し、彼女同様、支配という事象を熟知しており、誰も、ファヴールも、オルガも、抗議することはなかった。ナレーション、時代、視点の問題……。逃げ遅れたコウモリが出口を見つけられずに飛び回った。ＩＱの問題だ。ジョージは懐中電灯で自分の顔を照らし「バア！」とやったが、フリーボーイは笑わなかった。

　フリーボーイは彼のアイポッドを決して耳から離そうとしない。明らかに彼は役に立っていなかった。クウェッソとオルガは、そのアイポッドに糸で吊るされた一〇個ほどの小さな飾りに感心した。自然石、犬歯、鳥の羽根、真珠、撚り糸など、クウがお守り《グリグリ》と呼ぶものだ。素晴らしい。でもアイポッドは持たないでくれ。わかってくれよ。護符を持つのはいいが、革紐につけてくれ。さもないとアイポッドが映画に写ってしまうよ。

「俺は思うんだ《ジュ・ワンダ》……クウェッソって何様なんだ？　おやまあ《エキエ》！　彼はキャタピラーを押すのかい？　彼はトウガラシを食べるのかい？　この男は払うのかい？　この侵犯者《ドゥジョ》はそいつが好きなんだ！　教えてくれ。多かれ少なかれ《フェッコワ・フェッコワ》、金を払うべき《イル・フォー・パルレ》なんだ。俺は俺のサンダルを履いているけど、それが彼の役に立つのかい？　きたねぇ《イチエ》！　こいつはあくどい卑怯者だ。エレレ、彼はそこで何を侵犯する《ドゥジョス》気なんだい？　嘘八百《アロ》さ！　なんちゅう偽善者《チュリフェレール》だ。そんな奴は溺れちまえ。いっちまえ《アッカ》！　俺は我慢がならないね。俺は歩いていく。なんちゅう下司野郎《シアンヴェール》だ。ねんねでしかないってことさ。出て行け《モフ・ミ・デ》、たのむから」

　パトリシアンはフリーボーイの英仏語混じり《カムフラングレ》のカメルーン語を、国連通訳並みにニュートラルに翻訳した。そこからも、クウェッソの権威を覆す陳述であることがわかり、被害妄想が限界に達していたので、フリーボーイはプロジェクトを去ることになった。

　フリーボーイは、寝るのに使っていたゴザを丸め、幾つかの袋詰めウィスキーやキャッサバの杖、チョコレート、彼の石鹸とタオルを取って、それら全部を蔓植物で縛り、森の中に去っていった。彼の山刀の音がしばらく聞こえ、それから消えた。彼には芝居のセンスがあった、フリーボーイには。幸い、バギエリ族のガイド、ムバリとテュメロは残った。しかし、彼らが話すことについては、誰も理解することができなかった。

彼女は、オルガが用意した白く長いチュニックを身につけた。ウェルカムが青白い顔色にメイクしてくれ、彼女の趣味からするとあまりにも吸血鬼じみていたが、彼女はぼんやりとしか現れないことになっていた。ジョージ演じるクルツが息を引き取るときに、許婚者《ラ・プロミーズ》の姿が彼の目の前に漂うのだ。それは彼女の考え――コンラッドからは自由な――だ。彼《コンラッド》なんて消えちまえ。虫たちがプロジェクターの前に雲のように集まり、目に見えるほどの密度だし、耳に聞こえるほどブンブン言っていた。扇風機の一撃で追い払わなくてはならなかった。それが見えないよう、聞こえないようにしなくてはならない。ファヴールもまたイメージ通りなのだが、ソランジュが青白くやつれているのと同じくらい、この策士の女の方は燃えるように野性的で、クウェッソはこの二人の女性像に関して、彼が嫌うステレオタイプに陥っているのではないか、と思う。彼女はもう一度合わせ鏡を一瞥すると、写った姿は美しいが、チュニックを最後にもう一度直した。彼女のよく映える横顔だったので、軽くかがんでもっとよく光を受けるようにした。が、注意して、静かに、モーター、撮影だ。

名優《キャメオ》登場シーン

彼女に彼が言った言葉──「わかるだろう、うまくいってないのが。」最後のテイクの終わりに、彼が彼女の方を振り向いて言ったのだ。この言葉が彼女の中に永遠に入ってしまったように、彼女はこの言葉を沈黙のなかで何度も何度も聴き、また繰り返し聴くように思われた。わかるだろう、うまくいってないのが。

とはいえ、映像は美しかった。彼女は正確で、幽霊のごとく、そしてまた感動的だった。けれどもクウェッソは、そういうシーンを信じることはできない、と言うのだ。クルツが最後に考えるのは彼の許婚者《ラ・プロミーズ》のことではないと。クルツが望むのは、「野蛮人を皆殺しにするんだ」なのだと。

二人は愛を交わした。それを愛とあえて呼ぼう。彼は、最初、欲していないかのようだった。ところが、彼女に触れた途端に、彼もまた、恐らく、驚きのなかに、不明瞭なところに、説明不能のなかにあった。この輝かしさ、この圧倒。この驚愕。二人はそれぞれ自分の皮膚の奥にまで墜ちていった。動きに次ぐ動き。脱皮に次ぐ脱皮で、もう少し、さらにもう少し、二人は遺骸《カダーブル》にまで、肉の普遍的な闇（黒さ）のなか、骨の普遍的な空白（白さ）まで到達する。

彼はへとへとだった。「ジョージは明日飛行機に乗ってしまう。緻密なプランの部分はみなカメラに収めたが、映画の最後に、マネキン人形か、ほかの人の身体を使って、クルツの亡骸が船に運び込まれるシーンを見せるつもりだ。」彼はひとりでしゃべっている。彼の両手は夜の蝶〔蛾のこと〕のように動いた。それにまた、ヒッチコックの出現のように、自分自身が出ようかと思うのだ、名優登場《キャメオ》シーンだ。自分は死体となり、硬くなり、遺骸《カダーブル》となり、現れたり消えたりし、自分の頭にジョージの顔が接ぎ木され、この手は白く塗られるだろう。映画の言葉しか、彼はもう話さなくなっており、それが生命の言葉になっていた。彼が覚醒剤《アンフェタミン》か何かを飲んだのではないか、と彼女は思った。愛の言葉を、彼女は、ごく小声でしゃべった、頭を彼の首に、あのしょっぱい夜の窪みに載せて。彼女の優しさが彼をうるさがらせるだろうか？ どうしてうるさくなんかあるもんか……彼女は彼に愛してると言った、唇で、吐息で。

セリフ。接ぎ木。モンタージュ。許婚者《ラ・プロミーズ》〔「約束されたこと」の意味もある〕。彼女には奇妙な遺骸たちが見えてきた。映画の生き物たちだ。古代の怪物、ブレムミュアエ〔古代ローマ時代の空想上の生き物〕、頭が胴体から生え、人類発生起源の研究で話題になった、白人旅行者が初めて目撃したヌビア人〔エジプト南部とスーダンのヌビア地方に住む。鉱物資源に恵まれ、古代エジプト語の金（＝ヌブ）が名前の由来〕たち。わかるだろう、うまくいっていないのが。彼女には、地中に埋められた、妖術使いの女の樹の洞の中の子供の姿が見えた。彼女の額は燃えるようなのに寒気がしており、二つの感覚に捕えられていた、慢性的なマラリア、彼女ひとりが罹患した無気力症。あらゆることで時間が足りないというのに、彼はなおも時間をかけて彼女に映画の話を続けた。

しかし、最後の夜、彼は知らずにいた。彼自身、それが二人の最後の夜だと知らずにいた。彼女には、彼が映画の後のことは何も考えていないのがわかっていた。彼女自身も知らずにいた、誰も知らずにいたのだ、それがそうだとは、二人の最後の夜だとは。

*

撮影終了となった。クリビのカジノで、男たちの祝宴があった。翌日、彼の姿がなかった、おそらく彼の小屋にもいなかったのだろう、扇風機の音が聞こえなかったから。ガードマンも立ち去り、森の中へと引き返した後で、姿がなかった。

彼女は、彼女にはおそらくわかっていた。きっと。次の夜はないだろうと。翌日、彼女が海岸に歩いて行った様子から、それが感じられた。ポコ・ビーチ、というのは何も意味しない。土地の名前ではモホムボという。パラダイス、ココヤシの木々と謎めいた海、穴のあいた舗装道路。彼女をそこに連れていくと言っていたのに、彼はずっと河から離れず、誰も彼を船から引き離すことはできなくなったのだ。無蓋トラックに、ウェルカムとオルガ、イレールと彼の妻、ジェルマンと彼の姉妹たち、それからムバリ、彼の妻たちと子供たちが一緒に乗ったが、テュメロの姿はすでに見えなかった。みなすでに、ばらばらだった。ウェルカムとオルガは互いにそれ以上耐え難くなっていた。と言ってもウェルカムは、もう彼女を「中国娘」と呼ぶのは止めており、落ち込んだ様子をしていた。舞台装置の残りが届き、人々はそれらを解体し、送り返し、売り立て、盗み、分配した。

すべてが終わった。それぞれが帰路につき、オルガは別の映画へ、ヴァンサンはシンガポールへ、アフリカ人たちはそのままその場へ。彼女はクウェッソへ。ウェルカムはラゴスにもどり、ノリウッドのスタジオで、仕事を見つけるだろう。その後についてはわからない。ブラック・アフリカ〔かつて西欧人はアフリカを未開の地、魑魅魍魎の世界と考え、暗黒《ブラック》大陸と呼んだ。現代では、黒人たちの居住する地域という意味で使うが、ここでは、わざと昔の偏見的な考えを真似て、両方の意味を兼ねて言っていると思われる〕西部のホモセクシュアルの運命については誰もわからなかった。

赤道ギニアは雨の下の緑のラインだった。そこでは河幅がとても広く、輝きと雨、スコールがあった。ナン河は小コンゴと呼ばれている。でもそう呼ばれても同じこと、コンゴでないことは確かだ。モーター付きカヌーが、内燃機関用燃料のドラム缶を積み上げたピラミッドを繋いで輸送していた。ギニアからたった一筋の火が放たれるだけで、このピラミッドは破壊され——彼女は空っぽの頭で思いついたのだが——彼女が母へのクリスマス・プレゼントに買った香水と同じくらいの価値が無に帰することになるだろう。国家管理で運用されているのだろう。さもなければ文字通りの無、何も残らない。マングローブもボルドー風の煮込みのように泡立ち、根を半分つけたまま、白い筋を描いて通って行く。それは「小潮」であり、泥の海岸には、一日中そこの小屋で一人で過ごす税関吏はいたものの、それ以外の障害物はなかった。税関吏の小屋が、ある意味、ポコ・ビーチの中心だった。行政的中心とも言えよう。税関吏がおしゃべり好きなのも理解できる。彼は二年前から給料には手をつけず、少しばかりのブタンガスの闇取引きで収入を得ていた。

海は水平線の下、緑が萎え尽きている所でうねりを見せていた。灰白色の手すり。河口、開かれた土地、すべてが並外れて広く平らで、拡散しながらも、いくらかの宙づりの分子たちによって非存在の外側で再びまとまり直した。こちら側に、ナイジェリア人の漁師たちの宿営地があった。反対側は、海、ロッジ、泥と化した砂、マングローブ化したココヤシだった。一歩歩くごとに、ケアシガニとハマトビムシが飛び散った。

雨季が近付いていていた、赤道の雨季が。クジラの潮のような虹が、ギニアへの橋となって伸びていた。ずっと昔のある日、彼女は、母の家にいる息子に、小さな虹の旅人の本を持っていった。彼女がその本を読んで聞かせるのをどうしても喜ばなかった。彼女の母が、この本は十歳の少年には赤ちゃん過ぎるのよ、と言ったのを思い出す。ここでは、毎日六時一八分きっかりに日が上り、きっかり一二時間後の一八時一八分に日が沈む。夜の長さは一生涯、昼と同じなのだ。永遠の昼夜平分時。首吊り状態だ、彼女に言わせれば。

ポコ・ビーチのロッジ側には、アフリカ撮影のわずかな名残があった――三軒のほとんどシックと言えるバンガロー、ピロティの上の食堂、ほぼ西洋風なトイレ、世間から離れたビーチ。小さな宴会をするくらいの金が残っていた。数台の四輪駆動デラックス車は、明日ドゥアラに返すことになっている。最も貴重な機材はコンテナで、パナマ経由でハリウッドに送り返す。大宴会は終わっていた。今度はアフリカ人たちの祝宴だ。

ポコ・ビーチ

彼女は歩いた、やっと海岸を歩いていた、ビュッフェが用意される間。数年後も一枚の写真が残されていた。オルガがアイフォーンで撮ったもので、写真がケイタイ電話で交換されるようになった最初の頃だった。とても華奢なシルエット、長い脚と小さな胸、エルメス・ブルーとゴールドのパレオに大きな麦わら帽子、シャネルのサングラスで素足。結局のところ、誰でもいいし、まだ子供を産める年代のどの白人女でも、ブランドもので飾り立て、二〇〇〇年代の美の基準に適合していれば、よかっただろう。ポコ・ビーチの宣伝写真の出来上がりだ。一〇分後には彼女は水浴していた。彼が到着した。彼女は彼に見てほしかったし、もう一度「本物の魚みたいだ」と言ってほしかった。パレオと麦わら帽子とサングラスを砂浜に置いて、素敵なビキニになって波の中にもぐって行った。泳いでいるのは彼女だけだった。ビーチバレーのゲームが始まった。みんなが水着になったが、オルガだけは日焼けを嫌った。

ウェルカムは海水パンツ姿でイケメンではあったが、奇妙でもあった。遠くから見るとそれが目立った——大半の人間と反対に、彼は顔だけが残りの部分より白かったのだ。二色に分かれていた。

脱色クリームだ。マイケル・ジャクソンの偽物みたいだった。

　ムバリは、理解し難い仕種をして、何か警告しているようだった。「マミ・ワタ」〔アフリカの神話上の女性。水中に棲む絶世の美女で、半身が魚もしくはヘビで表わされることもある。この女神のために、食物や酒を供えたり、音楽とともにトランス状態になるまで踊る〕と言っている。サメだろうか？　正面の水平線に見えるのは、石油掘削用プラットフォームと数隻の沿岸警備艇だけだった。ジェルマン、イレール、彼の妻と子供たち、ウェルカム、サン＝トメール、クミナッサン、アブ、ベトン、タデ、ファヴール、イドリス、矢筒の職人のイニアス、ヤウンデで勉学中のパトリシアンの妻まで、みんなが一時停止状態のように、海岸で動きを停めて見えた。マミ・ワタは誰も歓迎しなかった。あなたのすべてを奪おうとする、好色で女性的な海の精。水浴する前には、先ず悪魔払いすべきなのだ。クウェッソは笑った。それでも泳ぎには来なかった。彼女も陸にもどった。彼女はマリブのことを、彼は私のものだと幻想を抱いていた頃を、思い出した——さあ、ザブーン、と水に飛び込んで。クウェッソ、来て。夕陽のなかにパシャーンと……。彼は彼女の腕をはねのけ、彼女は止まったのだった——あんなにきっぱりと、あんなに厳しく——彼は泳げないんだ、と彼女にはわかった。

　ラッシュの上映が始まった。バギエリ族は、自分自身の死の映像だと思って悪魔払いの仕草をした。それからみんな、笑い、飲んだ。まだ矢筒が残っていた。戦闘ごっこが始まり、ベニン式の矢が降りしきった。魚のバーベキューをした。ヤシ酒が泡立った。コーラの実を噛みながらビールを飲んだ。太陽が石油掘削用プラットフォームに垂直に沈み、空が燃えていた。クリビから大きなスピーカーが運ばれていたが、電気が飛び、同じフレーズが繰り返され——**キリキリ、マビナ、ヤ、**

シカ——ドクター・ニコ〔ニコラ・カサンダ・ワ・マカレー、1939-85。コンゴ民主共和国のギタリスト、作曲家。ダンス音楽スークースの草分け〕のもの悲しげで魅惑的なギターの音。それこそがコンゴ、失われたルンバ〔キューバのアフリカ出身者が始めた音楽。一九三〇年に逆輸入されてコンゴ風ルンバが大流行した〕とメレンゲ〔十九世紀にドミニカで生まれた音楽。アフリカとヨーロッパの音楽の融合と言われるが、特にコンゴを特徴づけるものではないようだ〕のコンゴそのもの、彼女が全く知らなかったのに、クウェッソが彼女を誘導したところ。彼らは砂の上で裸足でダンスした、メランコリックに、彼らの夢見たアフリカで、彼らのココヤシのアフリカ、黒人全員と、やさしい白人たちと、アジア、オルガと、アメリカ、映画と、石油が浮き出していても黒く汚染された海のない、金と象牙が宮殿を飾っても民族大虐殺のない、娘たちの、すべての娘たちの指にダイアモンドが輝くアフリカ。みんなが愛し合うアフリカ、ダンスするアフリカ。ウェルカムとそのメイクした口、友よ、来たれ、**キリキリ**、**マビナ**、**ヤ**、**シカ**、ワウペダル付きギターのアフリカ、ハワイ風シャツ、工兵服、ハイヒール・レディたちのアフリカ。スタッコ塗装で太陽のなかに永遠に独立性を保つ、写真によるアフリカ。アフリカ風祝宴《フィエスタ》のアフリカ。

撮影は終わっていた。アフリカ人たちは遠方向きの眼を持っていた。彼らのいない国々での自らの不在に立ち会うかのような、拡がりへの眼差し。結局のところ、映画とはそういうものでしかない。それはすでに終わっていた。失望が再び始まった。未来は長く続かなかった。毎日プロテインを食べた八週間、次の八週間のために稼ぐ八週間——村にとって二か月の未来、何袋もの米、パーム・オイル。そのうえクウェッソは、トヨタを一台と発電機一台を置いていったし、会社の金のいくらかを赤痢ワクチンに使い、一二ユーロのワクチンを子供一一五人分、そして、シフィンディルの冷蔵庫で保存できるにせよ、できないにせよ、一年後に同じ人数の再接種の分を残して来ていた。

「アフリカ人になる、というのは持っているものを失う恐ろしさ以外、何の意味もない。」クウェッソはひどく酔っていた。彼は彼女を抱き締めたが、オルガのことも抱き締めた。やあどうだい、お嬢さんたち、と言って。どうだい、三人《スリーサム》でやるのは？　彼の湿った声だと、トゥリーサムに聞こえ、また樹の話なの？　オルガは怒り出した、三人でという誘いを理解して、彼が酔っているとはわかっていても、苦痛を感じたのだ。そう、彼女も泣きたくなった。威厳を保っていたのはファヴールだ。ファヴールは彼らを、優位をもって、最初の日と同じ眼差しで見ていた——無傷の、手つかずのままに。ファヴール・アデブコラ・ムーン。明日のスター。人はそれを止められない。

パトリシアンは踊らなかった。パトリシアンは飲まなかった。一つの事件——が起こったのだ。パラゴムのプランテーションへの道で、移動途中のキャンプでのこと。一人の幼い娘が死んだのだ。母親が出産時に新生児とともに死亡した。すると、上の子である七歳の、幼い娘のことを、人々は悪魔が取り憑いていると責めたのである。キャンプの一部の人々が、別の人々の意見を聞かずに、その娘に白状させるため、足から逆さに吊るしたのだ。彼女はそこに、パラゴムの木に吊るされたままになり、従兄の少年がシフィンディルに知らせるために、警備をかいくぐって、プランテーションを真っ直ぐに横切り、並んだ幹と幹の間を抜けて走った。シフィンディルが妖術使いの女に知らせたが、女は自分はそういう連中とは関わりにならない、と答え、少年はポコ‐ビーチの唯一の公務員を探して彼の小屋に走り、クウェッソのことまで探したのだが、彼は船にもいなかったし、電話も繋がらず、ようやくクリビの憲兵を知っているパトリシアンを見つけたのだが、時すでに遅かったのである。それにしても、キャンプのなかで――その男たちは荒々《ヴィオラン》‐荒々しく《ヴィオラン》、トラブル好きだったのだ、おやまあ《エキエ》！

*

帰りの飛行機で、彼女はフランスの新聞を読んだ。アングレーム美術館が再開した。セバスチャン・ローブがシトロエンC４に乗って、メキシコ・ラリーで優勝した。リヨン市が人形劇の二百周年を祝った。サン・テチエンヌ地方で、大きな大麻密売ルートが壊滅させられた。アフリカ出身の高校生が教師を殴って、禁固重労働一三年の判決を受けた。茶色のヨーロッパ産スキアシガエルが絶滅危惧種の指定を受けた。女性で初めてのエコール・ポリテクニック学長が誕生した。ティモーヌ病院（マルセイユ）に対して、妊娠中絶反対運動の闘士が公式に謝罪をした。成長ホルモンの訴訟が続いている。イドリス・デビ〔1952-　チャドの政治家。一九九〇年から大統領〕が子供たちを孤児に仕立てあげたフランスの人道主義者たちに恩赦を与えた。コンゴ産の熱帯木材四三〇〇トンを輸送中の中国の貨物船がウィストルアム〔フランス、ノルマンディーの町〕で差し押さえられた。フェイスブックというインターネット網が、大西洋を越える勢いでフランスに進出した。パラセタモール〔鎮痛剤〕の製造者が工場をインドに移した。第一次世界大戦の最後の生存者、ラザール・ポンティセリが百十歳で逝去した。緑の党がパリで議席を半分減らした。フランスの障害者たちが、障害者年金の増額を求めてデモ行進した。ニーム地方のカトリック教会によるアンケート調査の結果、回答者の四四%が必ずしも信者ではない、と答え、六五％が一つの教会に所属しなくともクリスチャンでいることは可能だと答え、五六・五％が神は存在すると肯定した。『クリス』〔二〇一一年から始まった人気のテレビ番組。世界六か所の人々の現実生活を追う〕の出演者たちは、ランスでのサッカー試合の幟によって侮辱されたと言っている。アラン・ベルナールが五〇メートル自由形で世界記録を樹立した。社会保障費の赤字が減らない。ニコラ・サルコジがシェルブールで、原子力潜水艦「恐怖《テリブル》」（重さ一万四二〇〇トン、長さ一三八メートル、直径一二・五メートル、最高速度二五ノット）の進水式をした。ポルトガルで誘拐されたマディの両親は自分たちの無実を訴えた。イリノイ州の上院議員バラク・オバマがミシシッピーでの初戦で勝利した。日本の衛星が、シャトルのエンデヴァーによって軌道に乗った。ロシアで襲撃。エレヴァンで暴動。スーダンで暴力沙汰。マルタとスリランカで選挙。ヒマラヤのベース・キャンプが雪崩に巻き込まれ、生存者が語った、「突然、真っ暗になった。私は雪崩に巻き込まれたに違いないと思った」。

シャルル・ド・ゴール空港に着くと、彼女は無数の白人たちの存在に驚いた。紅や斑点模様をつけた柔らかい肌や、羽根をむしられた雌鶏たちが大真面目に歩くのだろう。さあ彼女も預けた荷物を引き取るのだ。すべての荷物が似ているのは、お行儀の良さだ。さあ彼女は大きめのセーターに袖を通す。今は四月、彼女は震えた。さあ彼女はタクシーの列に向かい、ダニエルとレティシアの所で休むのだ。テーブルの上には新鮮なパン、バゲットがあるだろう、クリスマス・ツリーは片づけられているだろうが。それから、彼女はクレーヴへの列車に乗って、振り出しから出直す、とよく言うように、息子と両親の許に行くのだ。

V

The End

彼女は迷わず衣装を選んだ。ずっと前から、ブルーのラメつき毛皮、彼女のワードローブで一番美しい、ディオールの一九七〇年代のヴィンテージものを着ようと決めていた。ずっと前、当初から、最初に映画の話を聞いてから、そして彼女がその実現を信じていなかった頃でさえ、発表試写会にこの毛皮をまとって行く自分の姿を夢見ていたのだ。この毛皮をまとって、彼と腕を組んで行く自分の姿を。

少し衣服がゆるくなっていた。二人の別離からかなり痩せたのだ。二人は同じ都市に住んでいたには違いないが、彼はまだ彼の作品のなか、モンタージュにかかりきりになり、あそこに、あの河に留まり続けており、何の便りもよこさなかった。そして、彼女の何通ものメールが懇願に変わったとき、彼は最後の言葉を、彼の言葉の中でも彼女を萎えさせる一言を返した、「新しい一歩を踏み出すべきだよ、ソランジュ」。

ソランジュ。ソランジュという呼び方。そこに潜んだ二人だけの秘密の意味が、彼女にはとことんまで理解できた。

その後は無しのつぶてだ。ほかの人たちからの噂のみ。彼女はもうそれ以上は、発表試写会以外の何も待たず、待つのを止める、という新しい生活、ため息と悲しみの生活になった。そして今、ラメを傷めないように毛皮をまとうことに集中していた。これより先には、ドレスを着ること以外何もないかのように。

ヘア係が、うなじに無造作に髪が懸かる素敵なシニヨンに結ってくれた。また泣きたい気持ちがぶり返して、彼女は目を閉じた。

彼女は、父母と息子を出迎えてもらうよう、ロサンゼルス空港にリムジンを手配した。彼らをホテルに宿泊させる。自分の住まいに呼ぶ勇気がなかったのだ。オルガに頼んで、彼らをメルローズ・アベニューのヴァネッサ・ブルーノとポール・スミスで多少のドレス・アップを（とりわけ彼女の母はタキシードのレンタルを望んでいたので）手伝ってもらった。とりわけソランジュは、ローズとその夫に飛行機のチケット二枚を送って、彼らに来てもらえるよう説き伏せることができた。そしてオルガが彼女に付き添って出かける。彼女にはオルガが必要だった。ポスターには、ジョージとヴァンサン、そして木々と河しか写っていない。まあいい、ファヴールも写っていない。

木の形をした象牙色とゴールドの試写会招待状はハリウッド大通りのチャイニーズ・シアターと指定していた。出かける前に彼女は何杯かのウィスキーを飲んだ――『ハリウッド・リポーター』のネット動画を見ると、多分飲み過ぎだ。リムジンから下りるとき躊躇いのような表情を見せている。よく見ると、彼女は腕に摑まる相手もなく、少しふらついていた。彼女の息子と父親が後ろに続き、次に母親、続いてローズとその夫、それからオルガと彼女のボーイフレンドが歩いた。赤い絨毯、念のため焚かれたフラッシュ。彼女は目で探した（それもまた、動画でも察せられる）、彼女の眼差しを受け止めてくれる眼を、目で探した。テッドだ。あるいはテッドのエージェントのロイドでもよかった、彼らの違いは大きいが。そこにはアフリカ人は誰もいなかった、パトリシアンもベトンも、イレールも、イニアスも、フリーボーイももちろんいない。それが再び当たり前になっていた──ほとんど全員が白人だった。

ウェルカム──彼女は彼の巧みな化粧ブラシの動きや、硬い髪や、白くなりたがっていた彼の肌がなつかしくなった。彼は何歳だったのだろう、二十歳？　彼女の息子同様に。一つだけわかっているのは、彼女はもう二度と彼に会うことはないだろう、ということだ。あそこでは、ポコのそば、クリビのそばでは、招待状の厚紙が、きっと泥を乾かしたそれぞれの家の壁を飾っていることだろう。おそらくそれらは、奇跡のような移動の末にムバリとかテュメロの葉っぱの小屋に辿り着いていることだろう──パラゴムのプランテーションとアブラヤシのプランテーションの間にある彼らの小屋がまだ存在していればの話だが。もしウェルカムがまだ生きているのなら、招待状はきっとラゴスのどこかにあるウェルカムの鏡台にも届いているだろう。会社は多分、招待状は送っているだろう。多分クウェッソはそこに考えが至っただろう。とはいえサプライズ・プレゼントはなし、飛行機チケットもヴィザもなしだろう。

彼女は、新しい女性報道官がオプラとさんざん議論したあとに、彼女に挨拶に来るのを待った。

彼女たちはソランジュの毛皮にうっとりする、と褒めた後、暗記するほどよく知っている中国風の装飾に目を移した。そして彼女たちは、スティーヴンとベルリンで撮影中のジョージのことを話題にした。それに残念なことに今日本にいるヴァンサンのことも。みんなジェシーを待っていた。

ジョージのエージェントは彼女に挨拶しなかった。まるで彼女のことなど知らないかのようだ。前と同様、彼女のことを、男の眼で、女に対しての情熱が、仕事だろうが感情生活においてだろうが、無礼な表れ方しかしないような、男の眼で見ていた。あたかもこの一件に関して、彼女の側に配慮が足りなくて、やり過ぎとか耐え難い行き過ぎがあったかのように。人の噂によれば、彼はジャングルで植物から足に、障害を起こすような寄生虫を入れてしまったということだ。

一四列目の左側、彼女は、父、母、息子、ローズ、その夫、オルガ、そのボーイフレンドという一行の中央に座った。フローリアが鮮やかな姿で、帽子をかぶったリリアンと到着した。ソランジュは彼女たちにキスするため、列の全員に迷惑をかけて出て行った。クウェッソは相変わらずまだいなかった。試写会は遅れていた。どよめきが起こって、ジェシーが到着した。アルマと一緒だ。二年後にまだ一緒にいると、誰が想像しただろう。ざわついている中を、彼女は立ったまま、数列前まで下りて行くことができた。彼女は目を合わせようとして身ぶりをし、大きく笑った。また階段を上り、列の全員に迷惑をかけて席に戻った。

そうこうするうちに、クウェッソが姿を現した。下の方でジェシーと、またアルマとキスをしている。彼は手で合図した、多分彼女に向かって、いやもっと中央だ。

彼は一人だった。皮のスーツに白い開襟シャツを着た彼は、このうえなく美しかった。ただ一つ（彼女、ソランジュに）気に入らなかったのは、彼が「アメリカ風に」、三つ編みを頭皮の近くで編み直していることだった。ウェルカムならもっとカッコよくできただろうに。

スピーチが始まったが、彼女は何も聴いていなかった。会社代表のテッド、オプラ、クウェッソ。彼女の名が挙げられるのを待った。多分、感謝を述べるところで。ジェシーがステージに上り、喝采が起こった。そしてローラが！　ローラ・ベーンは最前列にいた。スリナム人のローラだ。そこで何をしているの、ローラが？　クウェッソがジェシーとオプラの間の席に戻り、照明が消える直前に、彼女には彼の頭の形が、完全に三つ編みの筋が入った頭のてっぺんが見えた。彼は今もバームの香りをさせているのかしら、と考えた。彼女は信じていた――その距離があってさえ……**おお、彼女には彼がわかっていた、誰も彼女ほどには彼のことをわかっていない**……。彼女は確信していた、その頭の下では、一つの考えもスクリーンの外に漏れ出てこないことを、闇の外に、ロンドンの、テームズ川の、いかりを下ろした二本マストの帆船の。男たちの声と煤けた影、それからアフリカの海岸のものすごい光、地面よりずっと広い空、亜鉛色の海、遠くの暗礁に立ち上る白い泡、大洋のなか遠くまで入り込み、自らを開くとともに存在を知らしめている河、大洋から航行が始まる河、海岸線を越えて開かれたアフリカ。すべて、彼女がドゥアラの飛行機から見ることがなかった光景であり、今もどかしくも、一四列目の席でそれを見ているのだ――試写会場の暗がりのなか、引き離され、見ることもできない一四列下に、完璧に位置づけられている彼を恋焦れながら。

それから船だ。「絶え間ない高速船の騒音。」それが、何と言うか、より明瞭になっていた。彼女は何艘かの船をありありと思い出すことができた。モンタージュは、彼女をびっくりさせるような優しさを持っていて見事だった――優しいときの、彼の優しさ。しかも、この優しさのなかには荒々しさがあった。彼女はこの映画に、映画から取り残されているもの、ミルクのようでいてさざ波が立っている表面を、見ていた。映画に、彼女が持っているはずの思い出を見ていたのだ。彼女の記憶に刻み込まれているもの、推移も、時の経過もなく。彼女はそこ、一四列目にいて、目でスクリーンを愛撫していたことを、永久に思い出すことだろう。彼女はすでに、それを自分の過去として思い出していた。

彼女は、自分の批判的精神をもう一度立ち上げようと試みた。どこがおかしいのか見極めようとした。何かがおかしい、でも何だろう？　リズムの問題か？　失われた烈しさか？　彼女はそこに存在するはずだ。今だ。現れる。白いドレスと拡げられた両手。「一方と他方が時の同じ場所に……。」彼女は現れなかった。彼女であるはずの白い形態。「このおしゃべりな亡霊。」亡霊、誰でもない。彼女の声は消えていた。

オルガが彼女の手を取り、その肌の温もりが彼女をそこ、一四列目に閉ざされたまま、引き止めていた。

松明の並ぶなかで象牙色の顔のジョージ。森。次に別の人間の身体、クウェッソだ。船に乗るところで、白い顔で目を閉じている。船に乗ったところでカット。それは説得力があった。そう、誰にもわからないのだが、誰もなぜかとは言えないのだが……。

彼女の心臓の鼓動が消えそうだった。森が、奇跡のように再び巻き戻されていくが、狭くもならず、縮まることもなく、突然、海に転がり墜ちて行く、そう海だ。そして彼女はそこにいなかった。映画のコンゴ、作り直された惑星のように接ぎ木された、ナン河の河口だ――最良に編集され、最も実際的な、地球の外科手術、ハリウッド大通りのチャイニーズ・シアターでの。

どうして「ヨーロッパ」に行かないのだろう？　クリビで撮影したシーンはどこにいったのか？彼女はどこにいるのか？　彼女はどこに留まっているのか、どこのピクセルに捉えられているのか？　どうして音楽がエンディングに向かい、映画が結びに向かい、どうして「The End」の文字が記されているのか――昔のように、古い映画のように、どうしてもう終わったと書くのか？

喝采、割れんばかりの喝采、彼女の不在に対して。彼女はそこにいなかった。映画のなかにいなかった。光が圧殺していた。三つのシーンが欠けていた。オルガまで興奮していた。彼女の存在はきっと垣間見られてはいた……灰のかぶった光輪《ハロー》……吸血鬼じみた顔色……クルッが言っていた、「恐ろしい……恐ろしい……」と。そしておそらく人々は、ほのかに白い光、網膜に何かの印象を感じたことだろう……。いいえ。彼は彼女の姿をすべてカットしたのだ。そして――彼女の父、母、息子、友人たち――彼女は彼らを呼び寄せ、日程調整し、飛行機のチケットを買い、彼ら全員をそこに、権威をもって、座らせたのだった、彼女の不在に立ち合わせるために。

「衣装のせいだわ、みんな冴えないドレスだったから」とオルガが囁いた。「なんて美しい映画でしょう。でも私にはあなたが見えなかったわ」と母が言った。そして彼女を抱き締め、「とても良かった、それでもとても良かったわ、私のかわいいあなた」と言った。そして一四列目が立ちあがり、試写会場の潮が引き、彼女の血の気も引いていった――そこにいた、クウェッソ、彼の筋のついた頭。彼女は思い出していた、トパンガのロフトでの彼の美しい晴れやかな頭、イフェの王を、女性像ではなく王の像を。そして彼女は、彼がほぐした糸、たやすく映画からほどき去った人物なのだ。いなくてもよい、その不在の窪みを残さない亡霊だったのだ。彼女は不要な存在で、誰もが称賛し、彼はカンヌ映画祭やアカデミー賞《オスカー》に行くだろう、クウェッソは、彼女なしで、ハサミの切断で。

それから

それから立食パーティが、喧騒があり、彼女は急いでシャンパンを飲まずにはいられなかった。そして彼が彼女に会いに来る、彼女の方にやって来る。彼女はすぐに手を上げ、拒絶し、その悲嘆に暮れた様子を彼は警戒する。とはいえ彼らは同じ場にいた。くらくらしてしまう。彼が数センチほど、灰皿の円ほどの距離だけ前に出て、二人は一つの領域内に入った。そして彼女がやったこの仕種――彼を止めるために手を伸ばし、手のひらを開き、垂直に上げた、この仕種を、彼女は誰に対してもやらなかったはずだ、このきっぱりとした、親しい仕種は、彼のためのものだった。彼女は彼を知っていた。おお、彼女には彼のことがわかっていた。そして彼が彼女に注いだ眼差し――彼は彼女を、峡谷を見下ろしながら、こんな風に見つめたのだった。コヨーテが鳴き声を上げていたときに。そしてその後、森のなかでも。ホタルの群れのなかで。海と森。彼は彼女をそんな風に見つめる。彼女にはどうしてかわからない。しかし、彼女にはわかっていた――もし彼がもっと近づいたら、彼女は死んでしまうだろうと。残るのは、粉だけになってしまうだろうと。わずかでも動いてみよ。もしも彼が触れるなら。彼女は消えてしまうだろう。もし彼が彼女に語りかけるなら、それだけでも、一言で足りるだろうに。

特典映像《ボーナス》

何年か後——一〇年だろうか——もう一つ別の発表試写会の、別のカクテルパーティで、ジェシーがポスターに載り、ファヴールがいて、おそらくギネスもいて、ジョージもいて、そして彼がいる。彼女は四十六歳になろうとしているが、ソダーバーグや、マリックや、ミシェル・ゴメスや、ヌリ・ジェイラン〔1959-トルコの映画監督〕や、カウリスマキ〔1957-フィンランドの映画監督〕の映画に出演していた。

彼は髪を短く切っていた。彼女はもちろん、彼がすぐにわかったが、厳密にはもう、同じ男ではなかった。彼の香りももう同じではなかった。彼らが二人だけの大気のなかに突入したとき、二人の間の空気は重く、熱くなり、きしむような疲れを感じさせた。しかし、彼女は深呼吸をし、立っていることができた。『闇の奥』はロング・バージョンのDVDになり、彼女はそれをある日、郵便受けで見つけたのだった。許婚者《ラ・プロミーズ》のシーンはそこにも組み込まれてはいなかったが、ボーナス部分に入っていた。噂によれば、彼はあの映画の成功の後、間もなく、ローラとは別れた。彼はビアンカ・ブリトニーと短い関係をもったが、若いスター女優の自殺で落ち込んだという。そこには、カナダと南アフリカのハーフ、『ギャラクティカ』〔アメリカのテレビドラマ・シリーズ〕にも出ていた素敵な女性と一緒に来ていた。彼は彼女のための映画を書いている最中らしい。

彼は手で驚きのポーズをし、決まり悪そうにして見せ、二人はフランス風に両頬にキスをし、しっかり抱きあい、笑った。二人は一緒にグラス一杯を飲んだ。それから二杯目も。親しさ、というのは途方もない。執着と恨みと。**多かれ少なかれ**《フェッコワ・フェッコワ》、仲間同士、同じ冒険物語《オデュッセイア》からの二人の生き残り——大げさな言い方は止めよう——どうにかこうにかの旅回りの生き残り。二人にもどってきたのはフランス語、彼女がまた再確認したのは、彼の湿った声、彼の歌うようなアクセントだ。つまるところ、遠い遠い過去への愛着だ——彼のことを、彼女はずっとわかっているのだ。

彼は、自分が罹った一種の病気のことを話した。「君のことはほとんど忘れていないよ。撮影の後三年の間、君ほどの女性は一人も見つからなかった。そう、**三年間**、どんな女性も君ほど僕を喜ばせることはなかった。」そのとき、彼の嘘ではないらしい、称賛すべき、やさしい口調を耳にして、彼女は、これこそ彼が彼女に対して今までに示してくれた最高の愛の告白だ、と理解した。

訳者あとがき

幻影を見ずして、この現実に耐えられようか

本書は、Marie Darrieussecq の *Il faut beaucoup aimer les hommes*（二〇一三年メディシス賞受賞）の全訳である。タイトルは、二十世紀のフランス女性作家を代表する一人、マルグリット・デュラスのインタビュー集、*La vie matérielle*, 1987（邦訳『愛と死、そして生活』田中倫朗訳、河出書房新社、一九八七）から引いている。本書冒頭エピグラフと本文九一頁にそれに続く文章とともに引かれており、「男たちをいっぱい愛さなくてはならない」と訳したが、意図がわかりにくいので邦訳タイトルを変更した。しかし、本書全体を読んでいただけば、「そうでもしなければ無理、耐えられないから」ということが理解できると思う。

本作によれば、ズールー語に「幻影を見ない者たちだけが現実へと逃れられる」という表現があるそうだ（本書一九七頁）。つまり、「幻影」を追う者は現実へと逃げることをしない、ということである。それを教えてくれるのは、ヒロインを苦しめるドレッドロック・ヘアの美しい黒人男だ。無口で非社交的、アフリカの現地ロケで大作映画を作るという「大志」を抱く神秘的な男。しかも、その難題をついに実現してみせる力をもっている。「こんな男がいなくなって淋しい」と、英仏語女性誌 *Air*

France Madame の書評は書いている。

二十一世紀の現代に恋愛小説は可能だろうか?と疑問に思っていた筆者だが、この本は、現代だからこそ可能な、二十一世紀の本格的恋愛小説だと感じた。読んでいて胸がキュンキュンしてしまうのは、筆者が時代遅れの女だからだろうか。草食男子や絶食女子の多い今の時代、もう恋に夢中になんかなれないのだろうか。だが、筆者は、この本を女性だけでなく、男性たちにも読んでほしいと願っている。

上記の「幻影」は、「大志」や「理想」であるとともに、「恋」や「愛」であってもよい。二十世紀的な理想――民主主義や国際連合主義――が綻び、科学の進歩が地球を破壊し、「ヒューマニズム」が西欧中心主義の思い上がりに過ぎず、フーコーの予言通り砂に書かれた文字のように跡かたもなく水に流されつつある今、「幻影」に情熱を捧げずして、どうしてこの現実に耐えられようか。

著者マリー・ダリュセックは、一九九六年、デビュー作『めす豚ものがたり《トゥリュイスム》』（邦訳は高頭訳、河出書房新社、一九九七）とともに「彗星のように現れ」、一か月後には知らない者はいないベストセラー作家となった。魅力的な若い娘が近未来のフランスで、だんだん豚に変身していく、という奇想天外なストーリーは世界中で話題になり、現在までに四四か国以上で翻訳されている。素直でセクシーなめす豚娘が巻き起こす騒動を通して人間界のあらゆる権威が相対化される物語は、フランスの書評では社会風刺と受け止められた。著者が高等師範学校卒のインテリということから、めす豚の素直さは「装われた無邪気さだ」などという読み方もされたが、最後に完全に豚になってしまったヒロインは、

「人間の偏狭な価値観から解放される安らぎのようなものを感じさせる」と、かつての筆者は「訳者あとがき」に書いている。同様に、今回のヒロイン、バスク（フランスのスペイン寄りの地方）出身のハリウッド女優ソランジュが、恋する男の「大志」実現のため、アフリカ現地ロケについて行き、ジャングルの自然と気象の過酷さ、食物やトイレ事情、虫や熱病、現地人の呪術や信仰、ろくでなしの役人や泥棒、映画資材の欠損といった、西欧文明との落差を経験しながらも、現地人との祝宴に加わったときに、一瞬ながら恋の苦悩を忘れ、黒人と白人の差異も忘れて安らぎを覚えるのも、著者本来の感性だと思われる。

「彼女が不器用にアフリカ化していくのを、彼らは許容してくれているのだった、彼女が白人だということも忘れて。」（二〇八頁）

今回も、社会風刺と言えないことはないが、西欧文明とアフリカを比較対照したり、人種差別の善し悪しなどの価値判断や何らかの主張をするのではなく、先入観や誤解でしか他者を見ることのできない私たちの姿を映し出すことで、その悲劇性や残酷さや滑稽さを浮き彫りにするのである。*Marie Claire* 誌のインタビューで著者自身、「誤解というのは、最も強い絆です、なぜならそれが最も長く続く精神の状態だから」と言っている。黒人と白人というのは明快な一例であるだけで、男女の関係も半ば永続的な誤解（あるいは幻影？）で成り立っているとも言えよう。

「アフリカというのは民族学者のフィクションさ。複数のアフリカがあるんだ。黒という色についても同じさ。でっち上げなんだ。」（七九頁）

ソランジュがアフリカや黒人について言うことはすべて彼を苛立たせる。彼は彼女のような「天使ぶった左翼を軽蔑」すると言うが、彼女の発言内容の適不適が問題なわけではないことを彼女は知っている。黒人の彼と白人の彼女の会話においては、「一つひとつの単語ごとに、同じフレーズが彼女の望まない意味を担ってしまうのだ。恐ろしい意味を」。そして、「この現象が、彼女の先祖がその祖先を奴隷にし圧殺した一人の男をひたすら待つように仕向ける」（八〇頁）のである。

『闇の奥』という下敷き

「アフリカの問題」――これを実際にカメルーンのジャングル奥地まで行って掘り下げたところが、並みの恋愛小説とは違う本作の傑出したところであり、著者ダリュセックの面目躍如たるところである。「最後のフロンティア」と呼ばれるアフリカについては、本書でも当時のサルコジ仏大統領の愚かな演説が長く引かれており、筆者がこれを書いている二〇一六年八月には、我国の首相も第六回アフリカ開発会議（ＴＩＣＡＤ６）で美辞麗句のスピーチをしている。かく言う筆者も実を言えば、本作ヒロイン同様、アフリカと言えば、ジャングルやゾウなどのステレオタイプなイメージ以上のことは、ほとんど知らない。また、一九三〇年頃から中南米におけるアフリカ出身者の子孫などの間で巻き起こったアフリカ回帰・アフリカ文化称揚の運動、いわゆる「ネグリチュード」でさえ、ステレオタイプな理想のアフリカ像を超えることが難しかったと思われる。本作中のアフリカ経験も、「複数のアフリカ」のほんの一部に過ぎないが、ステレオタイプの打破が生やさしいものではないことを極めて具体的に描き出してはいると言えよう。

そして、あらゆる意味で本作の下敷きとなっている重要な要素がジョゼフ・コンラッド（1857-1924）

の『闇の奥』（*Heart of Darkness.* 一九〇二年出版）である。ベルギー占領下のコンゴの奥地で、元は倫理観も豊かな詩的な青年が、西欧本国の命令も価値観も捨て去って現地人を支配し象牙を採取するようになったと聞いて、その男クルツに会いに行くもう一人の男マーロウの経験談である。マーロウはクルツの死に際に立ち会うだけで、実際にクルツがやっていたことは具体的には描かれず、人々の噂を聞くだけなのだが、マーロウはその噂と、大河を遡ってジャングルの奥地に踏み入る体験を通して異様な興奮を覚え、クルツという人物に魅せられていく。オーソン・ウェルズがこの作品の映画化を目指したが果たせず、キューブリックがその一部の翻案を『２００１年宇宙の旅』という形にし、コッポラが舞台をベトナム戦争に換えて『地獄の黙示録』を映画化したが、これだけの名監督たちが原作そのままの映画化を夢見ながら果たせなかった。それこそが本作ヒロインの恋人、クウェッソの「大志」であり、彼はそれを実現してみせるのである。

コンラッドは、西欧人の想像を絶するジャングルの「闇の奥」で見えてきた、（自分たちは文明人と思い込んでいる西欧人を含めた）人間そのものの「闇の奥」を書いた。筆者は中野好夫の訳で読んだだけだが、作品中、何度も「闇黒」などの表現が繰り返され、原住民は食人《カニバリズム》の習慣を有し、奴隷は鎖に繋がれ「黒奴《くろんぼ》」（原文はniggerと思われる）と呼ばれており、タイトルからして、十九世紀的な「暗黒大陸」のイメージを前提としているのは間違いないだろう。また、徹底的に男の世界を描くものであり、マーロウは「女なんてものは、奴等だけの美しい世界の中に閉じこもらせておけばいいのだ」（人文書院『コンラッド中短篇小説集１』一九八三年、一六〇頁。本書二三三頁にも相当する部分がある）と言っている。

ダリュセックの主人公ソランジュは、コンラッドのアフリカ観はステレオタイプだし、黒人も女も排除した白人男性の世界でしかない、と感じている。読者はさらに、彼らのアフリカ・ロケも、ハリウッドの人間関係も、本質的にはコンラッドの時代と大差がないと感じることだろう。そして、ソランジュにとって（したがって本書にとって）キーになるのが、『闇の奥』でジャングルに入ったまま帰ってこないクルツを待ち続けた許婚者《ラ・プロミーズ》の、

「私はあの方から気高い、全幅の信頼を得ておりました……私ほど彼のことをわかっていた者はほかにありません」（七一頁ほか）

というセリフである。これは作中のロケで『闇の奥』に三分間だけ出演するソランジュのほとんど唯一のセリフだ。コンラッドの小説の許婚者《ラ・プロミーズ》は、この自負だけにすがってクルツを待ち続け、彼がジャングルの奥地で、彼女の知っていた高潔な人物から、現地人に恐れられる「闇の奥」の支配者になったことを知らないまま生涯を送った。こうして、二人の「待つ女」が重なり合って見えてくる。

ダリュセックの表現の特徴について

ダリュセックの著作の特徴の一つは、参照事項の豊富さである。文学博士で大量の文献を読んでいるばかりでなく、すぐにパソコンで検索するソランジュの姿も著者と重なる。本作は、コーヒーのCMで日本の茶の間でもお馴染みのジョージ（・クルーニー）をはじめ、実在の俳優や監督名、映画タイトルが登場するのも楽しい仕掛けとなっている。訳注が多くなってしまったのはお許しいただきたい。かなり大がかりなフィクションだが、バスク出身であることなど著者自身を反映していることは確かだ。ロスでもマリブでもアフリカでも、すぐに泳ぎたくなるソランジュだが、先日、夫と子供三人と

プライベートで来日したマリーも、休日の箱根がすごい人混みだったから家族五人で小田原の海で泳いだ、というので笑ってしまった。前出のインタビューでは、「私は恋以外のことに夢中になっている男が好き。他の女性とライヴァルになるより、理性的なライヴァルと争う方がいい。……一般的に女は病的なまでに待つという力があるのです。私自身、こういう恋の犠牲者になったことがあります。これでフェミニストと言えるのかしらね（笑）」とも言っている。

ジョルジュ・ペレックについて博士論文を書き、剽窃と想像力について堂々たる文学論『警察調書――剽窃と世界文学』（高頭訳、藤原書店、二〇一三）を発表しているダリュセックは、文章表現についても一筋縄ではいかない。本作について、*Magazine littéraire* 誌は、「短く鋭く、恋愛感情で震えるようなフレーズ」がデュラスに似ていると、*Lire* 誌は『クレーヴの奥方』を思わせる感情（あるいはセンチメンタルな）表現」と書き、*Télérama* 誌は「火のようにひりひりさせるフレーズ。そのエネルギーとラディカルさによって、ファンタスティックにまでなる。……これはダリュセックの、最も美しく、最も輝かしい、最も胸を刺すような小説」であり「ラシーヌとプルーストとデュラス的なところがあるが、神秘的ではなく、むしろ野蛮なほど物質的だ」と書いている。実際ダリュセックは理系の思考法が好きで、『亡霊たちの誕生』（高頭訳、河出書房新社、一九九九）は「分子のレベルで書いた恋愛小説だ」と自分で言っていた。本作でも、感情的なことを生物学や化学、心理学的な思考法で表現している。また、五感をフルに使っており、恋人クウェッソの整髪料の香りや、アフリカの町や森の匂いが重要な役割を果たしているほか、フランス語にはない擬音語もふんだんに出てくる。日本語や中国語が非常に豊かなオノマトペ（擬音語・擬態語）表現を持っているのに比して、フランス語は決まりきった数少ない語しかないのだが、本作はアフリカの言語や音楽についてばかりか、それ以外でも著者自身が作ったと思われる擬音語がたくさん出てくる。これは日本のマンガの影響もあるかもしれない。そして、英語やアフリカの言語が挿入されることによって、ヒロインも読者も、スムースな思考回路を狂わされ、音声的にも価値観までも、揺るがされるのである。

表記についてお断りしておかなくてはならないのは、原書ではすべての段落ごとに一行ずつ空けられている（最近のメールなどで日本語の文章も一行空けが増えているが）のに、本訳書はそれを詰めていることだ。段落ごとに一行空けたら相当かさばることを考えるとやむを得ない。また、原文では、短いフレーズや単語、体言止め表現などがカンマで区切るだけで長く続いている文が多い。主に主人公の頭に浮かんだり、目に見えたことを、その順に並べた、という印象で、脈絡がなかったり、唐突に別なことを思いついたりしている。三人称の文章だが、わざわざ「彼」が誰を指すか読者を惑わせるような書き方（マット・デイモンと映画撮影をしながら恋人との一夜を思い出しているところなど）や、フランス語では彼なのか彼女なのか不明瞭なところもある。また、会話のカギカッコはほとんどついていないので、会話なのか、主人公の心のなかでの会話なのか、区別がつきにくい。当初はそういう原文の印象をなるべく忠実に残したいと思ったが、ダリュセックの表現に慣れていない読者には何が何だかわからなくなるので、見直すたびに補足し、論理関係をつけて、かなり説明的な文章になってしまった。

しかし、章ごとのタイトルと内容との関係や、引きずっていくような前後の文の繋がり方（「その後」や「それから」の繰り返しなど）、同じフレーズの反復など、作品全体が部分部分と反響し合い、コンラッドの小説やデュラスの表現との重なり合いや、地球の東と西、南と北も反響し合うような、そして全体が「クレジット」から始まり「ジ・エンド」で終わる映画、あるいはボーナス部分まで盛り込んだ一枚のＤＶＤであるような洒落た構成を形づくっていることを感じ取っていただければうれしい。

最後のフロンティア

このようにさまざまな要素が反響し合う本作だが、*Point de vue* 誌によれば、結局のところ、原書裏表紙に二行だけ書かれた、

「ひとりの女がひとりの男に出会い、恋に墜ちる。男は黒人、女は白人だ。だから何？」

というキャッチコピーに尽きる、という。

ソランジュは、人も羨む美人でセレブのハリウッド女優であり、自立して強い、現代の女性である。しかし、その彼女が恋人の「大志」を尊重し、彼を傷つけまいとするがために、昔ながらの「マゾ」な「待つ女」になってしまうのである。

ダリュセックは、日本語訳が決定した二〇一四年秋の藤原書店訪問の際に、この作品を「他者性」を書こうとしたものであり、「ステレオタイプ」を問題化したものでもあると述べていた。他者とは自分の想像や理解を越えたものであり、他者と関わることは、自分の思い込みや偏見との闘いであり、その最たるものが恋愛である。

そう考えれば、人間が他者と生きている限り、恋愛小説が亡びることはない。そして、古代より夥しい数の女性論が書かれ、男の眼からの恋愛小説が書かれてきたにもかかわらず、男性論はほとんど書かれていない。ごく最近まで本を書く主体が常に男で、もっぱら女を対象としてきたからだ。哲学

者や文学者は、「普遍的人間」イコール男としての人間論は書いたが、女性論に対応するような男性論は書かなかったのである。

となると、*Point de vue* 誌の書評が言うように、「暗黒大陸」とは、黒人だろうが白人だろうが、男のことになろうし、また最後のフロンティアは男女だろうが同性だろうが、恋人かもしれない。

最後に、本作の翻訳を励ましてくださった藤原書店の藤原良雄社長と編集の刈屋琢氏に、また、アフリカに関する部分について細部まで貴重なご助言をくださった東京外国語大学の真島一郎氏に心より感謝申し上げたい。

二〇一六年八月

訳　者

著者紹介

マリー・ダリュセック（Marie Darrieussecq）

1969年1月3日、バスク地方の中心地バイヨンヌで生まれる。高等師範学校（エコル・ノルマル）ほかで文学を研究し、1997年、「ジョルジュ・ペレック、ミシェル・レリス、セルジュ・ドゥブロフスキー、エルヴェ・ギベールにおけるオートフィクションと悲劇的アイロニー」と題する博士論文で学位を得る。

1996年9月、27歳の時、処女作『めす豚ものがたり』で彗星のようにベストセラー市場に登場、日本語を含む30言語以上に翻訳され、世界中で話題になった。1998年、2作目の小説『亡霊たちの誕生』について、アフリカ出身の中堅作家マリー・ンディアイから自作の「猿真似」だと告発されるも、大方の評論家、マスコミはダリュセックに同情的。

2002年、自分の出産後、乳幼児についての本が少ないことに気付き、アフォリズム形式の物語『あかちゃん――ル・ベベ』を発表。2007年、幼児の死を語るフィクション『トムが死んだ』について、同じ出版社P.O.L.に所属するベテラン作家カミーユ・ロランスに「心理的剽窃」だと告発されるが、長年同作家の作品を出版してきたP.O.L.社主、ポール・オチャコフスキー・ロランスが全面的にダリュセックを支持。こうした体験を踏まえ文学論の大著『警察調書――剽窃と世界文学』（邦訳藤原書店、2013年）を刊行。

10編以上の小説作品のほか、オウィディウスのフランス語訳や、演劇の脚本も発表、ラジオ番組や演劇製作でも活躍している。精神分析の資格も持っており、堕胎に使われた薬剤の薬害被害者の支援組織などでボランティア活動もしている。

2015年1月7日、「シャルリ・エブド」襲撃事件当夜に書いた記事が世界各国の新聞（日本では『東京新聞』）に掲載され、その宣言どおり、以後の同誌にコラムを書いている。

訳者紹介

高頭麻子（たかとう・まこ）

早稲田大学第一文学部哲学科卒、同大学院フランス文学専攻博士課程中退。1996年日本女子大学文学部助教授に着任、2002年より同教授。著書に『フランス中世文学を学ぶ人のために』(共著、世界思想社)、『日本文学にみる純愛百選』（共著、早美出版社)、『名作は隠れている』（共著、ミネルヴァ書房）ほか。翻訳にG・デュビイ／M・ペロー監修『女の歴史』（共訳、藤原書店)、N・ヒューストン『愛と創造の日記』（晶文社)、マリー・ダリュセック『めす豚ものがたり』『亡霊たちの誕生』『あかちゃん――ル・ベベ』（いずれも河出書房新社）『警察調書――剽窃と世界文学』（藤原書店)、木々康子編『林忠正宛書簡・資料集』（信山社）ほか。

待《ま》つ女《おんな》

2016年10月10日　初版第１刷発行©

訳　者　高　頭　麻　子

発行者　藤　原　良　雄

発行所　株式会社　藤　原　書　店

〒162-0041　東京都新宿区早稲田鶴巻町523

電　話　03（5272）0301

ＦＡＸ　03（5272）0450

振　替　00160‐4‐17013

info@fujiwara-shoten.co.jp

印刷・製本　中央精版印刷

落丁本・乱丁本はお取替えいたします

定価はカバーに表示してあります

Printed in Japan

ISBN978-4-86578-088-8

先鋭的作家が「剽窃とは何か」を徹底追究

警察調書

（剽窃と世界文学）

M・ダリュセック
高頭麻子訳

デビュー作『めす豚ものがたり』で、「サガン以来の大型新人」として世界に名を馳せた著者は、なぜ過去二回も、理不尽で苛酷な「剽窃」の告発を受けたのか？　古今東西の文学者の創作生命を脅かした剽窃の糾弾を追跡し、創造行為の根幹にかかわる諸事象を「剽窃」というプリズムから照射する。

四六上製　四九六頁　**四二〇〇円**
（二〇一三年七月刊）
◇978-4-89434-927-8
RAPPORT DE POLICE　Marie DARRIEUSSECQ

「おれはアメリカが欲しい。」衝撃のデビュー作！

ニグロと疲れないでセックスする方法

D・ラフェリエール
立花英裕訳

モントリオール在住の「すけこましニグロ」のタイプライターが音楽・文学・セックスの星雲から叩き出す言葉の渦が、白人と黒人の布置を鮮やかに転覆する。デビュー作にしてベストセラー、待望の邦訳。

四六上製　二四〇頁　**一六〇〇円**
（二〇一二年一二月刊）
◇978-4-89434-888-2
COMMENT FAIRE L'AMOUR AVEC UN NÈGRE SANS SE FATIGUER　Dany LAFERRIÈRE

「世界文学」の旗手による必読の一冊！

吾輩は日本作家である

D・ラフェリエール
立花英裕訳

編集者に督促され、訪れたこともない国名を掲げた新作の構想を口走った「私」のもとに、次々と引き寄せられる「日本」との関わり――国籍や文学ジャンルを越境し、しなやかでユーモアあふれる箴言に満ちた作品で読者を魅了する著者の話題作。

四六上製　二八八頁　**二四〇〇円**
（二〇一四年八月刊）
◇978-4-89434-982-7
JE SUIS UN ÉCRIVAIN JAPONAIS　Dany LAFERRIÈRE

新しい町に到着したばかりの人へ

甘い漂流

D・ラフェリエール
小倉和子訳

一九七六年、夏。オリンピックに沸くカナダ・モントリオールに、母国ハイチの秘密警察から逃れて到着した、二十三歳の黒人青年。熱帯で育まれた亡命ジャーナリストの目に映る“新しい町”の光と闇――芭蕉をこよなく愛する作家が、一瞬の鮮烈なイメージを俳句のように切り取る。

四六上製　三二八頁　**二八〇〇円**
（二〇一四年八月刊）
◇978-4-89434-985-8
CHRONIQUE DE LA DÉRIVE DOUCE　Dany LAFERRIÈRE